MISTERIO EN LONDRES

MARY KELLY

MISTERIO EN LONDRES

....

Con una introducción de Martin Edwards

Traducción de Ángela Esteller

Duomo ediciones
Barcelona, 2023

Título original: *The Christmas Egg*

Publicada en 2019 por The British Library, 96 Euston Road, Londres, NW1 2DB, y originalmente, por Secker and Warburg en 1958.

© del texto, 1958, Mary Kelly
© de la introducción, 2019, Martin Edwards
© de la traducción, 2023, Ángela Esteller García
© de esta edición, 2023, Antonio Vallardi Editore S.u.r.l., Milán
Todos los derechos reservados

Primera edición: octubre de 2023

Duomo ediciones es un sello de Antonio Vallardi Editore S.u.r.l.
Av. de la Riera de Cassoles, 20. 3.º B. 08012 Barcelona (España)
www.duomoediciones.com
Gruppo Editoriale Mauri Spagnol S.p.A.
www.maurispagnol.it

ISBN: 978-84-19521-11-8
Código IBIC: FA
DL: B 12.449-2023

Diseño de interiores y composición:
Emma Camacho

Impresión:
Grafica Veneta S.p.A. di Trebaseleghe (PD)
Impreso en Italia

Índice

Introducción

MARTIN EDWARDS

Misterio en Londres, publicada por primera vez en 1958, es una novela de suspense navideña poco convencional a cargo de una escritora también poco convencional. Mary Kelly fue una de las novelistas británicas de mayor talento en la ficción criminal de posguerra y allanó el camino a escritoras de la talla de P. D. James y Ruth Rendell. Tras haber alcanzado rápidamente el éxito, abandonó el género policíaco después de tan solo diez libros publicados en un lapso de dieciocho años. Su salida de escena fue tan misteriosa como consumada; después de 1974 no volvió a publicar nada, pese a que no falleció hasta 2017.

Este fue su tercer libro. Como sus predecesores, *A Cold Coming* y *Dead Man's Riddle*, lo protagoniza el inspector jefe Brett Nightingale. En vísperas de Navidad, se enfrenta al rompecabezas de la muerte de Olga Karukhina, una anciana princesa que se vio obligada a huir de su Rusia natal tras el estallido de la Revolución. Sin embargo, no se trata de una ficción criminal al más puro estilo de Agatha Christie o Dorothy L. Sayers. Tampoco es una policíaca procedimental, como las popularizadas por John Creasey durante la década de los cincuenta. Kelly se centra principalmente en el estudio del personaje y de las idiosincrasias de la sociedad británica.

La idea para la historia se le ocurrió después de recibir, por equivocación, un conjunto de libros sobre Rusia. Los ejemplares iban dirigidos a Marie-Noelle Kelly y aquello motivó a Mary Kelly a leer el trabajo de su casi tocaya. Poco después, el error la llevó a una subasta de huevos de Fabergé. Su conocimiento del vecindario de Islington, un emplazamiento importante en la historia, surgió gracias a los paseos nocturnos que daba junto a su marido al volver de la ópera en Sadler's Wells.

Cuando, ocho años después de la primera aparición de la novela, esta se publicó finalmente en Estados Unidos, recibió los elogios del eminente crítico norteamericano Anthony Boucher en su columna del *The New York Times*. Este describió a Nightingale como un personaje «inusualmente atractivo», sin olvidar mencionar que era un tenor *amateur*. Para Boucher, el libro resultaba «fascinante como etapa en el desarrollo de una escritora importante y un entretenimiento placentero por derecho propio». *Kirkus Reviews* también dio el visto bueno a la novela, señalando que la historia comprendía «más persecución que procedimientos» y afirmando que era «un libro de lectura fácil, que enganchaba y cuyo atractivo no decaía».

El amor por la música de Mary Kelly se hace patente en gran parte de su obra, y también en *Misterio en Londres*. Era una cantante entusiasta, una *mezzosoprano* con un amplio conocimiento de los *lieder*, capaz de interpretar el ciclo de canciones de Schubert de memoria. Christina, la esposa de Brett Nightingale, es cantante de ópera, y Mary acudió a Monica Sinclair, que formaba parte de la compañía de ópera del Covent Garden y era la contralto favorita del director Thomas Beecham, para documentarse sobre los entresijos vitales y profesionales de los intérpretes. Entre los críticos que compartían la devoción de Kelly por la ópera —y que hallaron gran deleite en sus obras—, se incluían dos especialmente notables, asociados casi siempre, más que con el suspense psicológico, con la clásica historia de misterio *whodunit* o «quién lo hizo»: el anteriormente mencionado Boucher y el compositor Bruce Montgomery, más conocido por su *alter ego*, el novelista detective y crítico del *The Sunday Times*, Edmund Crispin.

Misterio en Londres consolidó la reputación en auge de Kelly como una novelista inteligente y poco convencional dentro del género policíaco, aunque ella jamás mostró interés en seguir los dictados de la moda o los patrones establecidos. Tiempo después, en un exceso de modestia al parecer típico de ella, definiría los tres libros protagonizados por Nightingale como «pecados de juventud». Escribió una novela sin Nightingale, *Take Her Up Tenderly*, que fue rechazada por sus editores y nunca vio la luz. Su siguiente libro, que apareció en 1961, rompía con lo anterior y anunciaba una brecha en su carrera literaria. *The Spoilt Kill* tenía como escenario los talleres de alfarería de Staffordshire y la ambientación laboral era tan memorable como poco corriente. Lo protagonizaba un detective llamado Hedley Nicholson, tan opuesto, digamos, a Sam Spade o Philip Marlowe como Nightingale lo era del inspector French del escritor Freeman Wills Crofts o del detective Roderick Alleyn creado por Ngaio Marsh. El libro fue aclamado por la crítica y galardonado con la Daga de Oro de la Crime Writers' Association como la mejor novela policíaca del año, premio que Mary Kelly recibió de manos de *sir* Compton Mackenzie. La magnitud de este logro se hace más patente si se tiene en cuenta que entre los candidatos a los que venció el libro de Kelly estaba *Llamada para el muerto*, de John Le Carré, la primera aparición del ahora legendario George Smiley. Con poco más de treinta y cuatro años se la invitó a formar parte del prestigioso Detection Club, del que más tarde se convertiría en secretaria.

En su reseña de *Misterio en Londres*, Boucher expresó su deseo y esperanza de que Nightingale regresara. Lo que Boucher (como casi el resto del mundo) no advirtió es que, muy de soslayo, en un pasaje de *The Spoilt Kill*, Kelly acababa con el detective protagonista de su primera serie en un accidente de coche. Nicholson reapareció en su siguiente novela, pero la autora no tardó en abandonarlo. Posteriormente, Kelly se centró en escribir novelas independientes la una de otra y, aunque se le restó importancia a su estilo y jamás alcanzó el estatus de superventas, sí llegó a conservar una camarilla de devotos admiradores. Edmund Crispin estaba entre ellos y mostró su entusiasmo con *Write on Both Sides of the Paper* (1969): «Su comprensión del comportamiento humano está vinculada, de manera maravillosa y efectiva, a la holgura económica y la frecuencia de paso de los autobuses [...]. Dicha meticulosidad puede sonar aburrida. Sin embargo, está perfectamente equilibrada con la agudeza profunda, amable e ingeniosa con la que construye a sus personajes».

Durante toda su carrera como novelista, Mary Kelly siempre desafió de manera deliberada, y también admirable, las convenciones e imperativos comerciales que guiaban los bolsillos de casi todos los escritores. Sus editores empezaron a perder la esperanza. Y lo mismo ocurrió con algunos críticos. Incluso sus admiradores admitieron cierta frustración.

Un ejemplo de ello fue H. R. F. Keating, quien, en *Twentieth Century Crime and Mystery Writers*, empezaba un ensayo sobre los libros de la autora diciendo lo siguiente: «Una de las mejores novelistas policíacas británicas contemporáneas, *pero*...; ese debe ser el veredicto para Mary Kelly». Keating lamentaba el hecho de que publicara de forma tan ocasional y sentía que a menudo racaneaba con el argumento, aunque señalaba «el enorme placer que se obtiene con sus libros [...] lo que hace que el lector pase página tras página es [...] la pura excelencia en su escritura [...] desde la primera línea, Mary Kelly observa meticulosamente, describe de forma muy exacta y económica. Su ojo no pierde detalle».

Mary Theresa Coolican nació en Londres el 28 de diciembre de 1927. Su educación se desarrolló en un convento y en la Universidad de Edimburgo, donde conoció a su futuro marido, Denis Kelly (a quien debo agradecer el haber compartido sus fascinantes recuerdos llenos de amor sobre ella). Después de contraer nupcias y de graduarse, trabajó como auxiliar de enfermería y, al igual que Denis, como profesora; su primer trabajo fijo fue como profesora de latín e inglés en el convento del Sagrado Corazón de Jesús, en Beckenham.

Disfrutaba con la ficción policíaca, entre la que se incluían las novelas de Michael Innes y de Dorothy L. Sayers, y la clara estructura del género clásico le atraía; solía decantarse por la «edad de oro» del crimen, desde el período de entreguerras hasta la era de los sonetos y los sonetistas. En un momento dado, su editor la promocionó como «la nueva Dorothy L. Sayers», aunque se equivocaba por completo. El estilo de Mary Kelly no tenía nada que ver con el de Sayers, y menos aún con el de Christie. Jamás quedaba satisfecha con los argumentos de sus libros.

Para una novelista con tales dones y potencial, *That Girl in the Alley* (1974) supuso un discreto y poco esplendoroso fin a su carrera como novelista; tras dicho título, lo único que publicó fue un relato en una antología del año 1976. Decidió ambientar su nuevo libro en Praga e investigó la fabricación de violonchelos como telón de fondo. Desafortunadamente no quedó satisfecha con la nueva novela y, aunque siguió trabajando en ella de forma discontinua durante varios años, jamás la concluyó.

Mary Kelly mantuvo buenas relaciones con varios colegas escritores de ficción criminal; entre sus amigos se incluían personajes tan dispares como Patricia Highsmith, Anthony Berkeley, William Haggard, Josephine Bell, John Trench, Joan Aiken y Michael Gilbert. Fue ella quien persuadió a Michael Innes para que regresara al Detection Club cuando este pareció desinteresarse. Pero se quedó sorda relativamente joven y, con el paso del tiempo, fue perdiendo el contacto con sus colegas y con el género. Sin embargo, se dedicó a otras actividades e intereses. Ella y Denis eran grandes aficionados a la botánica, y disfrutaba decorando y trabajando en el jardín. Empezaron a reformar casas, vendiéndolas y comenzando de nuevo, antes de fijar su residencia de forma definitiva en Bath. Con setenta años, decidió escribir otro libro. La inspiración procedía de la nana *Ding Dong Bell*. El argumento trataría sobre un ahogamiento en un pozo de Surrey, y tenía la intención de darle un toque cómico y malicioso. Lamentablemente, la enfermedad se interpuso y no pudo terminarlo.

Como escritora, Mary Kelly era única. Al leer su obra, incluyendo *Misterio en Londres*, se evidencia que admiraba el coraje y la honestidad, cualidades que también se reflejaban en su vida personal. No hay misterios de habitación cerrada en sus novelas, ni rompecabezas o giros argumentales elaborados, así como tampoco genios excéntricos que resuelven crímenes. Pero su estilo pulcro y discreto hace que sus mejores libros merezcan estar entre los clásicos del crimen.

PRIMERA PARTE

22 de diciembre

La princesa Olga Karukhina estaba tumbada de espaldas sobre su cama, un estrecho catre de hierro con un colchón duro. El gabán caqui y las mantas que servían para taparse apenas cubrían su viejo y huesudo cuerpo. Su cabeza gris descansaba sobre una almohada todavía más gris, por la que trepaba de modo intermitente una apocada mosca de invierno atraída por el grasiento chal que le envolvía los hombros. En el pasado, la princesa Karukhina descansaba en una cama con incrustaciones de nácar, entre sábanas de seda que se cambiaban a diario y debajo de colchas, plumones y pieles blancas. Las paredes de su noble alcoba, que se rociaban constantemente con agua de rosas, estaban recubiertas de jaspe de Wedgwood. Pieles enteras de osos polares yacían sobre el suelo cristalino como si fueran témpanos de hielo. Sin embargo, la oscura y apretada estancia en la que ahora descansaba servía tanto de dormitorio como de sala de estar. El roce de las extremidades había dejado su huella en las paredes, la única alfombra tenía las esquinas rizadas y se percibía un olor penetrante a bizcocho reblandecido. La puerta de un armario ropero colgaba torcida y a sus pies había una calza hecha con papel de periódico que permitía cerrarlo; en el espejo, el reflejo ladeado de la ventana mostraba el cielo atenuado del anochecer londinense. Y allí, en mitad de aquella miseria, yacía la princesa, inmóvil, completamente inmóvil. Ni siquiera se movió cuando la curiosa mosca trepó hasta su oreja. No la notó, puesto que estaba muerta.

—Creo que nos detendremos aquí, en High Street —dijo el inspector jefe Brett Nightingale—. En Bright's Row no habrá sitio para dar la vuelta. Retrocede hasta esa camioneta.

El coche patrulla dio marcha atrás con suavidad y se detuvo. Nightingale abrió la portezuela trasera y se bajó del vehículo en el extremo norte de la High Street de Islington. Solo había estado allí de día; de noche presentaba más aún el aspecto de un superviviente del pasado. Su estrecha y curvada trayectoria y la calzada que bajaba hasta un pequeño arroyo evocaba la pequeña aldea de antaño, ahora engullida por la ciudad. Flanqueando ambos lados de la calle, los altos edificios de fachadas planas, con aquellas diminutas tiendas en los bajos engalanadas con decoraciones navideñas acordes con la época del año, pertenecían sin duda a Londres; pero al del siglo pasado. Nightingale examinó el escaparate de color marrón claro lleno de parasoles junto al que estaba plantado. A través del cristal, en unas letras blancas en relieve, se leía el rótulo SE REPARAN BASTONES. Aproximadamente unos doscientos metros más allá, estaba el Green, el parque de la aldea, o lo que quedaba de él, y en una de sus esquinas, una sala de conciertos. Nightingale recordaba un negocio de pompas fúnebres, con las luces del escaparate iluminando urnas de latón y ataúdes; y descomedidamente cerca, una tienda pintada de azul y blanco anunciaba que su propietario, fallecido muchos años atrás, había sido REPRESENTANTE DE PASTILLAS PARA MUJERES, POR PATENTE REAL DE 1743. Se estremeció, encogiéndose. El aliento salió en forma de remolinos de vaho de sus narinas. «Si la temperatura sigue bajando —pensó—, hasta acabaremos patinando por el Támesis».

Escondió las manos en los bolsillos del abrigo, se alejó del coche y de la tienda de reparación de bastones, y abandonó High Street y su iluminación desigual para adentrarse en el callejón sin salida de Bright's Row. El lado izquierdo era una zona bombardeada que estaba aún vallada; el lado derecho, una corta hilera de casas adosadas, pequeñas y encogidas, que recordaban a las fotografías de las crónicas sociales del siglo XIX. Nightingale echó un vistazo a la calle vacía, a los cuadrados rojos, verdes y floreados que las finas cortinas componían en las ventanas. Por lo que se veía, los vecinos parecían ocuparse de sus propios asuntos. Seguramente, con la llegada de la Policía, algunos hasta estarían eliminando pruebas. Se respiraba una calma casi tan discreta como descarada.

La casa que buscaba, el número 13, estaba al cabo del callejón. Unas cortinas grises dejaban pasar la luz del interior de los pisos. La puerta principal estaba abierta y Nightingale atravesó el umbral, agachando la cabeza para evitar el dintel. Un agente, sentado en un peldaño al pie de la escalera, se levantó. Nightingale lo saludó con un leve movimiento de cabeza y, a continuación, se detuvo. De detrás de una puerta apenas entreabierta a su izquierda le llegó el deje nasal y el tono razonable del sargento Beddoes. De repente se le ocurrió que habría sido un delegado de clase excepcionalmente sarcástico e inflexible.

Golpeó la puerta con los nudillos, la señal previamente acordada entre ellos y, tras un par de segundos, apareció Beddoes.

—No te digo que entres porque ahora mismo está bastante afectada —se apresuró a decir en voz baja, entornando la puerta—. Es la señora Minelli, la inquilina del piso inferior, la misma que nos llamó.

—No hace falta que te disculpes —dijo Nightingale—. ¿A qué hora has llegado?

—A las siete y media.

—¿Dónde está el...?

—Tres jovenzuelos robando en un estanco, una agresión detrás del Green Man y un accidente bastante feo en City Road, así que ha dicho que de momento disculpes su ausencia y que ya que yo andaba por aquí y que como él va corto de hombres..., y que vayas a verle a su despacho cuando quieras.

Nightingale sonrió.

—De acuerdo. ¿Subimos?

Los escalones, recubiertos de un linóleo agrietado, crujían con cada pisada. Nightingale los subió con cautela.

—¿Sabes? —dijo, sin mirar a su alrededor—. He salido nada más recibir el aviso y he venido directo. Un ochenta y tres por ciento de los semáforos estaban en nuestra contra. Lo he calculado.

—Estábamos lo bastante ocupados como para saltárnoslos —observó Beddoes—. ¿Estuvo bien la conferencia?

—Bueno... algo sórdida, pero interesante. Acababa de terminar cuando me avisaron. Me alegro de que estuvieras disponible para poder adelantarte... Si se confirman sus sospechas...

Nightingale hizo una pausa. Sin pensarlo, había dicho que

se alegraba, y era verdad. Sin embargo, no era su intención expresarlo en voz alta, porque la razón real de aquel sentimiento era que le daba urticaria trabajar con cualquiera que no tuviera la fría irreverencia de Beddoes.

—¿Quién hay en la habitación? —preguntó—. ¿El fotógrafo?

—Y Cobb y Telfer.

Nightingale abrió la puerta y entró.

—¡Por el amor de Dios! —exclamó, deteniéndose de repente.

—Hogar, dulce hogar —se mofó Beddoes—. Bueno, ya lo ves...

—No veo nada en esta penumbra. Destapa la lámpara.

Con rostro resignado, Beddoes quitó los alfileres que sostenían un trozo de tela marrón sobre el aplique de cristal de la lámpara de gas.

—Así está mejor, al menos en el aspecto práctico. En el estético es bastante peor —manifestó Nightingale. Mientras lo decía, se acercó a la cama y echó un vistazo—. ¿Ha pasado ya el médico? —preguntó.

—El de la División.

—¿Cuánto tiempo lleva muerta?

—Puede que siete u ocho horas. Sin violencia. La cama no estaba revuelta.

—¿Y tiene el rostro alterado? Por lo que veo, no. Entonces se diría que falleció en paz. Aunque es una coincidencia bastante extraña.

—¿Qué coincidencia?

Nightingale alzó los ojos y se encontró con los de Beddoes, claros y pálidos, ambiguamente ignorantes y despiertos al mismo tiempo, en los que ahora predominaba la inocencia en su mirada inquisitiva.

—Me han dicho —respondió Nightingale, reprimiendo una sonrisa— que los colegas de la División han decretado que se trata de un robo, del mismo estilo que los de Hampstead. Eso es todo. Tú has hablado con ellos, así que puede que te apetezca hacerme un pequeño resumen de lo que te han contado.

—Bueno, en primer lugar —respondió Beddoes sumisamente—, todo se basa en el sexto sentido del comandante. Por lo que he oído, entró en la habitación, se detuvo en seco, husmeó, en sentido figurado, y habló como si fuera un oráculo. La puerta del armario ropero era lo único que estaba abierto, igual que ahora; en el resto de la habitación no había nada fuera de lugar, excepto el cuerpo. Tras un breve reconocimiento encontró esto. —Beddoes señaló hacia una gran caja de madera, un baúl, en el centro de la estancia—. Se hallaba debajo de la cama, donde está la marca de tiza. Como verás, hay dos áreas sin polvo. De inmediato, el comandante dijo: «Las mantas... Las utilizó para no marcar el suelo y quitó el polvo de la parte superior».

Nightingale se agachó para examinar el arcón.

—Es muy bonito, ¿verdad? —señaló—. Y completamente fuera de lugar en esta habitación. ¿Puedo abrirlo?

—Sí, pero lo encontrarás vacío; ya lo estaba cuando el comandante lo abrió.

—¡Por el amor de Dios! ¿De verdad cree que, después de llevarse lo que había dentro, lo cerraron con llave?

Nightingale se encaminó hacia la mesita junto al cabezal de la cama. Una hoja de papel, de un blanco clínico en medio de toda aquella lobreguez, le había llamado la atención nada más entrar. Sobre el papel había una llave y un trozo mugriento de cuerda.

—La encontró el comandante; la tenía atada al cuello —puntualizó Beddoes—. La señora Minelli dice que siempre la llevaba encima. El cordel era lo bastante largo como para quitárselo.

—Pero lo han desatado hace poco —observó Nightingale— y creo que solo una vez. Aún se ven las vueltas y áreas limpias del viejo nudo. Pero continúa.

—Mientras los subordinados calmaban a la señora M. con un poco de té, el comandante ha aprovechado para preguntar a los vecinos de la puerta contigua si hoy habían visto a alguien o habían notado algo extraño. El viejo del fondo, que siempre está en casa, dice haber visto una furgoneta verde esta mañana delante del edificio, sobre las diez y media. Ha pensado que eran los del gas y asegura que en uno de los laterales llevaba el letrero Gas Támesis Norte..., aunque podrían haberlo sacado de cualquier sitio. Pero ese viejo entrometido y despistado no ha visto entrar o salir a nadie. Según la señora M., nadie ha avisado a los del gas. Ella no los ha llamado y, si alguien de las plantas superiores lo hubiera hecho, lo sabría.

—Una lavandería en Hampstead y un taller de reparación de televisiones en Golders Green... En ambas cosas, bolsas y fardos no resultan sospechosos. Quizá hayan venido por eso.

Nightingale señaló hacia la estufa de gas que había en la chimenea. De las seis boquillas, tres estaban taponadas con corchos.

—Economía doméstica —anunció Beddoes.

—Pero tanto en Hampstead como en Golders Green enseguida vimos que estaban compinchados con los criados. ¿Quién los dejó entrar aquí? ¿O se limitaron a entrar y punto? Pero ¿quién les dijo...?

—Un momento, ¿sabes cómo se llamaba?

—Carrikina. Un poco raro.

Beddoes frunció el ceño y negó con la cabeza con aire ofendido.

—Karukhina —pronunció elegantemente.

—Yo solo repito lo que me han dicho —replicó molesto Nightingale—. Desde que hiciste ese curso de ruso estás insoportable. ¿Por qué no pides que te trasladen a Inteligencia?

—¿Y matarme a trabajar para que cualquier señorito de clase alta no acabe enfangado? Ni hablar.

—Vale, vale. Karukhina. Entonces, ¿es rusa de verdad? Es decir, ¿nació allí?

—Sí. Según la señora M., llegó después de la Revolución. Por cierto, la señora M. está limpia. Hasta el comandante le ha dado su visto bueno. Fue camarera y se nacionalizó en el 39, justo a tiempo. Durante la guerra empezó a trabajar en un hospital y allí se quedó. Su marido la abandonó en el 41. Sencilla, devota y todo lo demás. He estado hablando con ella.

—Eso veo.

—Nada más entrar en su habitación, lo primero que llama la atención es el icono que tiene sobre la repisa de la chimenea, una reproducción de la Virgen de Vladímir. —Beddoes observó a Nightingale durante un instante—. Dice que es una imagen sagrada. Al parecer, durante un bombardeo, la señora Karukhina se topó con la señora M. de rodillas en el pasillo rezando el rosario. No cruzaron palabra y la señora M. no volvió a pensar en ello hasta que la señora K. apareció con el icono, se lo tendió y señaló con gesto imperativo hacia la repisa de la chimenea. Allí se puso, en un periquete, y allí se quedó. La señora M. está convencida de que desvió la bomba hacia el otro lado de la calle. Por cierto, tiene un marco de oro grabado con esmeraldas y rubíes del tamaño de un guisante —concluyó Beddoes tratando de mostrar indiferencia.

—Ah, ¿sí? —Nightingale pasó por delante de él—. ¿De verdad?

—Pues si acaba siendo de latón y cristal, el comandante habrá metido la pata. Ha sido el primero en darse cuenta. Fue entonces cuando decidió avisarte. Recuerda que en Hampstead robaron toda esa horrible porcelana.

—Porcelana de Nymphenburg, sí. Así que, si presumimos que ahí arriba había algo más y que se trata de la misma gente, al parecer, hay alguien interesado en obras de arte y en joyas... No es habitual tener un arcón completamente vacío, y más si en tu única habitación no hay mucho lugar para guardar nada.

Beddoes sacó un trozo de papel del bolsillo y lo desdobló.

—Un día, después de que la señora M. le trajera unas compras, la señora K. le dio un broche, con una excusa por lo que parece pobre y superflua. La señora M. pensó que era demasiado chillón, así que jamás se lo ponía, excepto cuando le subía las compras, para que la señora K. no pensara que despreciaba el regalo.

Dejó caer el objeto que había desenvuelto en la mano tendida de Nightingale. Era una amatista muy oscura, cuadrada, de casi unos tres centímetros, con un tallado muy elaborado, bordeada por unos pequeños diamantes; todo ello montado en oro.

—No está nada mal la piedrecita, ¿verdad? —dijo Beddoes.

—Debes de estar en racha para que te lo haya dado.

—¡Pero si no sabe lo valioso que es! Cuando ha comentado que era chillón, lo ha dicho como si fuera de Woolworths.

—¿Y tampoco se ha dado cuenta de que el marco del icono es de oro? —preguntó Nightingale con escepticismo.

—Bueno, ya sabes. Esta gente se pasa años ante altares de pan de oro. Se acostumbran. Lo saben y, a la vez, lo ignoran.

Nightingale levantó los ojos del broche y los posó en la silueta que había en la cama cochambrosa.

—Ligeramente desequilibrada —dijo Beddoes, siguiéndole la mirada—. No pisaba la calle por miedo a que los bolcheviques la capturaran.

—¿Y de ahí que la señora Minelli le hiciera las compras? Lo primero que he pensado es que estaba postrada en cama o, como mínimo, demasiado débil para salir. ¿Su miedo al Kremlin es reciente o la señora Minelli tuvo una predecesora?

Beddoes hizo una pausa.

—Ivan. Su nieto. El que duerme tras ese biombo y ha calzado la puerta del armario con el almanaque de las carreras de galgos.

—¡Beddoes! ¿Y me lo dices ahora, así, sin más, después de pasarte todo este rato soltando estupideces? Bueno, no todas lo han sido. Vamos, sigue, no perdamos la oportunidad una vez que has conseguido sacarlo.

—Trabaja en la estación de St. Pancras —obedeció Beddoes, en tono dolido—. Desde hace veinticinco años.

—Entonces, ¿qué edad tiene?

—Rondará los cuarenta. Bueno, por lo que se ve, su abuela podría estar a punto de cumplir los noventa. En cualquier caso, no hay nada en su contra en el trabajo; fue lo primero que comprobó el comandante. Puede que al empezar a rascar, aparezca algo podrido, pero, por lo que parece, es corto de entendederas y algo estúpido, aunque honesto. Hoy hacía el turno de nueve a cinco y media, como siempre, y ha comido en la cantina con un compañero. Hemos preguntado por allí y nadie ha mencionado que hoy haya tenido un comportamiento fuera de lo corriente. No parece tener muchos amigos. Sin embargo, bebe. Esto nos lo ha dicho la señora M., no los de la estación. Pese a su modestia, he comprendido que los mantenía a menudo, cuando Ivan se bebía el sueldo en un par de días. Le tenía miedo a su abuela, igual que la señora M., por cierto, pero eso no le impedía discutir a grito pelado con ella. La señora M. los oía, aunque no entendía nada de lo que decían porque hablaban en ruso. Esa era otra de las razones por las que la señora M. no lucía el broche. Pensaba que tal vez a Ivan no le habría hecho mucha gracia que su abuela fuera regalando sus cosas mientras él se moría por una pinta de cerveza.

—¿Y qué ocurre con el icono? Llama muchísimo la atención...

—Ivan jamás puso un pie ahí dentro; es una estancia estrictamente privada. Y no se ve desde la puerta.

—Claro, claro. ¿No ha aparecido todavía el tal Ivan? ¿O puede que esté en el *pub*?

—Todavía no he terminado —dijo Beddoes, saboreando el momento—. La señora M. volvió del trabajo y de las compras sobre las seis y media. Unos diez minutos después, oyó que alguien entraba y subía las escaleras. Sabía que debía de ser Ivan porque nadie más tiene llave de la puerta principal, aparte de ella y la casera, una anciana de sesenta y ocho años que vive en Epping durante más de dos décadas, así que está descartada. En cualquier caso, la señora M. oyó más tarde que Ivan llamaba a la puerta, algo que suele hacer porque la abuela estaba tan asustada de los bolcheviques que se encerraba con llave en la habitación durante todo el día, excepto cuando iba a por agua al grifo compartido de la cocina o cuando salía al cobertizo que funciona como retrete compartido, y no abría la puerta a menos que llamaras y te anunciaras. La señora M. estaba encendiendo el fuego. Oyó los pasos de Ivan en el piso superior y pensó en subirles la compra. No se la había llevado nada más llegar por dos razones: la primera, no había luz en la ventana superior. Una cosa que no le había alarmado porque se trataba de algo habitual que solo indicaba que la abuela estaba dormida. La segunda, quería ver a Ivan para que le diera el dinero de las compras, o eso esperaba. Pero mientras pensaba en todo aquello, oyó que Ivan bajaba corriendo las escaleras y salía a la calle. Imaginó que se le había olvidado algo e iba a recogerlo. Pero, al cabo de cinco minutos, de camino a la cocina, ha visto que la puerta de los Karukhin estaba abierta y la luz, encendida. Aquello le ha parecido extraño, porque Ivan había salido y por la neurosis bolchevique de la abuela. La señora M. se ha encaminado escaleras arriba para ver si todo iba bien, y aquí estamos. Ha salido corriendo y ha marcado el teléfono de Emergencias. La llamada ha entrado a las seis y cincuenta y dos, la patrulla ha llegado a las seis y cincuenta y cinco, y el siguiente en hacerlo ha sido el comandante, a las siete. A nosotros nos han avisado a las siete y veinte. Al principio, la señora M. estaba muy afectada porque había solicitado que viniera la Policía. Ha dicho que en ningún momento se le había pasado por la cabeza que Ivan hubiera salido para hacer lo mismo o para buscar a un médico. Al ver que no regresaba, se fue alterando aún más; puede que se asustara ante las posibles implicaciones.

—¿Algo entre ella e Ivan?

—No has visto a la señora M. Ya sé que para gustos, los colores, pero...

—Los gustos no cuentan. En nuestro encantador oficio hay que olvidarse de estándares y frases hechas. No puede ser que Ivan haya tardado una hora en volver de St. Pancras, así que supongo que se habrá parado por el camino a tomar un trago rápido. Bien, entonces, ¿qué has hecho, aparte de charlar con la señora Minelli?

—Pues lo primero, he mandado a todas las comisarías una orden de busca y captura de Ivan: cuarenta años, poco más de metro y medio, delgado, rubio, ojos grises, rostro colorado y vestido con un traje a rayas azul, con tos y tendencia al asma, mala dentadura...

—¿Y qué esperas, que contradiga la versión de la señora Minelli? No importa... ¿La has mandado a todas las comisarías? Me parece algo drástico por el momento. O puede que no lo sea si se ha dado a la fuga... Aunque, al parecer, sí que lo cogió por sorpresa.

—Y entonces, ¿por qué no nos ha llamado? ¿O por qué no ha telefoneado a un médico?

—Cierto.

—Y no he pedido que lo detengan, sino que lo identifiquen por si...

—Bien, bien. ¿Algo más?

—Telfer ha examinado la cerradura de la puerta principal. Nada. Ni cera ni arañazos.

—Cualquiera podría tener una copia de la llave y habérsela pasado a alguien. Incluso la señora Minelli. ¿Qué más?

—He pensado que igual querías llevar eso a analizar.

Beddoes señaló una mesa de comedor pegada contra la pared. Sobre un viejo mantel verde había un trozo de pan envuelto; la parte superior de la corteza se veía pegajosa y era evidente que la habían cortado con el mismo cuchillo que habían metido en el frasco de almíbar y con el que habían arañado lo que quedaba de margarina del papel arrugado que había también sobre la mesa, junto a un platillo de terrones de azúcar y dos tazas manchadas de chocolate caliente.

—Supongo que para que busquen restos de somníferos —dijo Nightingale—, al menos en una de las tazas. ¿Qué comida es esta?

—Según la señora M., el desayuno de Ivan. La anciana no comía nada; solo se tomaba el chocolate.

—Venga, Beddoes, ¿cuál es la sorpresa? Suéltalo ya. Si no, vas a explotar.

—Es solo una cosa insignificante —anunció Beddoes con satisfacción—. No te hagas ilusiones. Mira. En la mesita junto a la cama hay un libro de plegarias. En la guarda..., aquí, ¿ves?, hay unas anotaciones a lápiz, supongo que algo escrito hace tiempo.

—¿En ruso?

—Sí. La parte de arriba, por lo que he podido entender, es un himno. Alguna clase de poema religioso. Hasta ahí, todo en orden. Pero el último verso... ¿Sabes lo que dice?

—No, Beddoes, no tengo ni idea, pero estaría encantado de que pusieras tu enorme talento a mi disposición...

—Dice: «A. K. Majendie, Fitch Street, 28. Londres».

Nightingale guardó silencio. Las palabras cayeron, se hundieron como si fueran grandes piedras en el tanque de su memoria y removieron sus recuerdos, que emergían a empellones y se sumergían de nuevo sin seguir ninguna cronología: una joven rubia peinada con una cola de caballo y con un abrigo amarillo, sentada al sol en un área bombardeada junto a una tienda durante la hora del almuerzo; una bandeja de terciopelo salpicado de purpurina en un escaparate y una mujer contemplándolo de espaldas a él, con el pelo moreno enroscado en un moño, Christina, su esposa, antes de serlo; la joven, con el pelo rubio trenzado alrededor del rostro, vista desde el otro lado de la calle, inclinándose en el interior de ese mismo escaparate para sacar un delicado objeto.

—Majendie... —dijo en voz alta—. Déjame ver esa frase. Gracias. ¿Por qué escribiría una dirección inglesa en cirílico?

—Tal vez por costumbre.

—O puede que deseara ocultarlo a alguien que no supiera leer en cirílico. A primera vista parece parte del himno, pero pediremos que verifiquen si todo se escribió en la misma época. Las frases del himno se garabatearon con tal presión que han quedado marcadas en el interior de la cubierta, mientras que la dirección, no. Aunque eso puede ser porque el papel fuera diferente en esa parte o por cualquier otra razón.

—Ivan sabía ruso.

—Sí, pero ¿la anciana le enseñó a leer en cirílico? Si vino a Inglaterra con ella, después de la Revolución, debía de llevar aquí desde que era un chiquillo, puede que hasta un bebé. Y ella era una ermitaña, no debió esforzarse demasiado en integrar al chaval en la colonia rusa. No veo ningún libro. ¿Dónde podría haber aprendido a leer en cirílico?

—Sí que vino con ella —confirmó Beddoes—. O eso afirma la señora Minelli. No es que los viera llegar, pero eso le dijo la anciana, y no hay razón para dudarlo. Por otro lado, la señora M. dice que esta fue su primera y única residencia. Y es cierto que Ivan dio esta dirección cuando empezó a trabajar en St. Pancras. No existe ningún otro pariente, al menos no que supiera la señora M, ni tampoco amistades.

—Ya veo —dijo Nightingale—. ¿Podrías ir y preguntarle a la señora Minelli si la señora Karukhina le pidió que enviara alguna carta en su nombre? —A Nightingale le costó pronunciar el nombre—. Y de ser así, a quién, si es que lo recuerda.

Beddoes se marchó en silencio. Nightingale depositó el libro sobre la mesa, se quitó los guantes y apoyó los brazos sobre la repisa de la chimenea, aunque los retiró enseguida al encontrarse con un manto de cerillas, cordones de zapatos, azucarillos, peniques y otros diminutos objetos llenos de polvo. Examinó la repisa a conciencia. Debajo de toda aquella suciedad distinguió innumerables círculos pegajosos y algunos más recientes y menos cubiertos de mugre. Junto a un despertador había una lata de leche condensada a medias y un paquete de cacao soluble, ingredientes de la bebida matutina que, evidentemente, se preparaba sobre la repisa para acceder con comodidad a la tetera que había sobre el hornillo de dos fogones a un lado del hogar. Supuso que aquello era la cocina de los Karukhin, a menos que prefirieran subir y bajar las escaleras con los platos desde la de la señora Minelli; y que aquel deteriorado aguamanil, con el esmalte descascarillado de la jarra y la palangana, era donde se aseaban. Sobre la losa de mármol había un trozo de jabón seco y con grietas, lo que sugería un uso poco frecuente. Al echar un vistazo por la habitación, sus sospechas sobre la comida se confirmaron cuando Cobb sacó de una alacena esquinera un surtido de reservas alimenticias, casi todas envueltas en bolsas de papel. Nightingale pensó que una de las ventajas de su actual puesto era que el registro de despensas llenas de migas y ratones no era una cuestión de obligación, sino de elección. Al aprovecharse egoístamente de aquella ventaja, se le negaba la satisfacción de descubrir alguna prueba. Él se limitaba a supervisar a las personas que podían encontrar el cabello, la horquilla o la huella que llevaba al éxito o al fracaso de la investigación. Aunque, al final, era exclusiva responsabilidad suya interpretar las pruebas reunidas. No llegaba a entender por qué siempre había querido responsabilizarse de sacar conclusiones que fácilmente podrían ser erróneas.

Beddoes regresó con aspecto bastante abatido.

—Por lo que sabe la señora M., la anciana nunca ha recibido ni ha enviado ninguna carta.

—No tiene importancia. Ahora mismo voy a llamar a Runciman. No lo conoces, ¿verdad?

Beddoes negó con la cabeza.

—Se marchó antes de que yo llegara. ¿Es bueno en historia de los países eslavos?

—Así es. Fuimos juntos al King's College. Quiero preguntarle si alguna vez se ha tropezado con el apellido Karukhin en sus estudios o en el trabajo.

—En este último caso no hará falta que le preguntes. He llamado a los de Antecedentes. Los chicos de la División están encima: si no se nacionalizaron, al menos deberían haber comparecido durante la guerra. Quizá ya no quede nadie que se acuerde de ellos o los haya conocido, y dar con los documentos tomará algún tiempo.

—¿Y por qué no preguntamos directamente al Ministerio de Interior si se nacionalizaron? Pueden buscar en ambos registros a la vez y quien encuentre la carpeta correcta, gana. Yo me ocupo. Por otra parte, si surge algún tipo de vida periodística, tendrás que informarles de la desafortunada muerte de la anciana. Dales a entender que se trata de una muerte repentina normal y corriente, y si quieren saber por qué, entonces metemos nuestras narices en el asunto, no digas nada del robo; deja que piensen que solo estamos investigando un fallecimiento. ¿Crees que la señora Minelli les ha contado algo a los vecinos sobre la vida de los Karukhin? ¿O sobre el icono o el broche?

—Se lo preguntaré.

—Hazlo. Y entérate también de si tiene algún pariente o amistad con el que pueda pasar una temporada. Si la respuesta es no, dile que no hable con nadie, excepto contigo o conmigo, y que guarde ese icono bajo llave. Utiliza tus encantos, Beddoes. Puede que incluso te permita custodiar el icono hasta que todo este asunto se olvide, lo que sería perfecto.

—Si son los mismos de Hampstead, estarán pendientes de cualquier detalle que aparezca en los periódicos. ¿Cuál será su reacción ante la muerte de la señora K.? Nunca han llegado tan lejos. ¿Crees que se pondrán tan nerviosos como para salir pitando?

—Probablemente ya lo sepan.

—Pero si ellos aparecieron a las diez treinta con la furgoneta del gas, y la anciana solo lleva muerta siete u ocho horas...

—Puede que estuviera muriéndose cuando llegaron y que Ivan saliera a decírselo. En cualquier caso, si los de la prensa lo descubren, no podremos hacer nada por evitar que lo publiquen, aunque no creo que la cosa cambie mucho para la gente de Hampstead. Me atrevería a decir que se les ha subido el éxito a la cabeza. Como dice el poema, «tanta paz hizo que Ben Adhem se tornara audaz». Tú sigue como hasta ahora. Puedes quedarte con el coche que me ha traído hasta aquí y enviar las pruebas al cuartel general: las tazas, el libro, lo que encuentres. Está aparcado en High Street. Pediré que te lo acerquen. Ah, y también vendrá la furgoneta de la morgue, claro. Una vez que hayas terminado con el dormitorio, precíntalo. Y después empieza con los vecinos. Lo que sepan de los Karukhin. Y como ya la has visto tú, no me corre prisa ver a la señora Minelli. Sería una mera formalidad.

—¡Gracias! —respondió con ironía Beddoes exagerando una reverencia.

—Yo llamaré a Runciman. Y después... —Nightingale dio una patada a una patata germinada que había caído al suelo a causa de las pesquisas de Cobb—, iré a ver a Majendie.

Salió a la calle lanzando una ojeada breve pero curiosa a la puerta de la señora Minelli. Regresaría más tarde para visitarla, básicamente para ver el icono, aquel cuadro enmarcado en oro y piedras preciosas que los ladrones no se habrían dejado allí de conocer su existencia. Porque estaba seguro de que habían sido ladrones; los mismos que en Hampstead o, al menos, bajo la misma dirección. Se enfrentaba a su tercer golpe. Eran nuevos, pero sabían planificarlos. Después del segundo asalto en Golders Green, del que había tenido conocimiento dos horas después de producirse, Nightingale había organizado batidas en los locales de todos los peristas a gran escala conocidos, con una velocidad y una energía que lo habían henchido de orgullo, hasta que resultaron en un vacío deprimente. Los objetos robados eran de tal envergadura que no podían tratarse con pequeños compradores, lo que hacía suponer que alguien nuevo había entrado en el juego; presumiblemente, todo un círculo de gente nueva. Lo más sorprendente era que ninguna de las otras bandas se había escindido. Sabía que ni el miedo ni la caballerosidad les habrían impedido rebanarle el cuello a un recién llegado, ya fuera directamente o dejando caer la información necesaria en el lugar adecuado, por lo que se veía obligado a concluir que se movían a ciegas, como él. Dio una patada furiosa a una colilla que había en el suelo y la coló en la alcantarilla. Parecía que informados e informantes habían sido presa de una maldición. Frunció el ceño. Una fuente muy fiable se encontraba en aquel momento bajo custodia en el hospital St. Thomas tras recibir una salvaje paliza que lo había dejado más muerto que vivo en un descampado cerca del Bricklayer's Arms; un detalle que, sin duda, tenía su importancia. Pero no confiaba en llegar a algo sin información. Enfiló High Street, envió el coche patrulla a Bright's Row y atravesó lo que quedaba de calle hasta Upper Street. Se sentía como si acabara de salir de un túnel. La ancha vía brillaba gracias al neón, la electricidad y el sodio, hirviendo de ruido y agitación procedente de las aceras y del tráfico que circulaba en ambas direcciones. El nuevo siglo ignoraba la vieja High Street, que se atrofiaba con melancolía; sin embargo, como un murmullo de fondo, corría por debajo de la prosperidad palpitante de su suplantadora cual si fuera un *memento mori*.

Se acercó hasta una cabina telefónica, que parecía que la habían puesto allí a propósito para él, y buscó el número de Runciman. Al marcar, se preguntó no sin cierto nerviosismo si la denuncia que había causado la jubilación prematura de Runciman no se lo habría llevado por delante. Había pasado casi un año desde su última conversación. Aliviado al oír su voz, pulsó la tecla para hablar.

—Hola —saludó—. Soy Nightingale. Sí, ya lo sé. Lo siento. He estado muy ocupado. ¿Qué tal estás? Bien. ¿Y tu esposa? Gracias, muy bien. Escucha, necesito tu inestimable ayuda. ¿Te suena el nombre de Karukhin? ¿Cómo? ¿Qué? ¿Y no puede ser que fuera otra familia? ¿Estás seguro? De acuerdo, lo siento. No tenía ni idea. No pensaba que este asunto fuera tan grande. Ahora no puedo, tengo que ir a ver a alguien. ¿Puedes llamar al despacho y explicárselo? Todo lo que sepas. Diles que esta vez quiero que lo anoten bien. ¡Ya lo entenderán! Muchas gracias. Siete, cuatro... Ah, te acuerdas. No te olvides de pasarles la factura. Te llamo más tarde. Gracias. Adiós.

Colgó el teléfono, lo levantó de nuevo y marcó el número de su propia casa.

—¿Sí? —Oyó que decía Christina.

Estaba a punto de reprocharle no haber respondido primero con el número, pero un ligero matiz en el tono de voz de su esposa lo hizo contenerse.

—Hola, Chris —saludó—. Me temo que estoy en un caso. Hasta ahora es todo a nivel local, pero a saber cuándo volveré a casa. Así que no me esperes despierta. Lo siento.

—Oh. —Se produjo una pausa—. De acuerdo.

—¿Va todo bien? —preguntó.

—Se... se me ha desengastado el camafeo —dijo con voz temblorosa.

—Vaya, cariño... —Brett se detuvo. No sabía qué decir. El broche no tenía ningún valor, pero era bonito, y ella le tenía cariño; había pertenecido a su madre y no recordaba un momento en que no lo llevara—. ¿Cómo ha sido? —preguntó con cierta incomodidad.

—Lo he dejado en el borde del piano. Me lo había quitado... No sé por qué... Y lo he puesto allí sin darme cuenta. Cuando he ido a cerrar el piano, no sé cómo, el soporte se me ha resbalado de las manos, la tapa ha caído de golpe y...

Aquella frase dejada a medias y el silencio sugerían lágrimas. Brett pensó que sería una crueldad mencionar que el lugar era poco adecuado para dejar el camafeo.

—Lo siento —dijo, sin saber qué más añadir.

Si hubiese estado junto a ella, la habría consolado sin decir nada o con palabras que, sencillamente, no se podían pronunciar a través de la fría línea telefónica. El silencio continuó.

—¿Chris?

—¿Sí?

—Ah... No sabía si seguías ahí. Tengo que irme. Lo siento —repitió, desesperado.

—Sí, de acuerdo. —Su voz era monótona—. Adiós.

—Adiós.

Brett colgó el auricular. En aquel momento le hubiese gustado ser uno de esos charlatanes superficiales capaces de recitar largas peroratas con hermosos consuelos para desastres femeninos. Por supuesto, las verdaderas intenciones de esa clase de personas, aparte de enorgullecerse de su condescendencia con el sexo débil, eran todo un misterio. Sin embargo, aunque algunas mujeres de pocas entendederas se sentían halagadas, aquellas atenciones no provocarían en Christina ni decepción ni alegría; al menos, eso era lo que esperaba.

Abandonó la cabina empañada y salió a la calle. El intenso frío no neutralizaba las emanaciones de *fish and chips* y vinagre procedentes de los locales que poblaban la calle, pero servía para realzar los contenidos de temporada de los escaparates: mandarinas, frutos secos, abetos, cajas de elaboradas galletitas, e hileras y más hileras de pavos bridados, iluminados por un cadavérico resplandor fluorescente. «La naturaleza, admirada, se había puesto para Él sus mejores galas», decía el poema. La naturaleza humana compensaba las deficiencias climáticas y se preparaba para conmemorar aquellas fechas con su acostumbrada complacencia. Brett miró hacia una serie de escaparates que relucían con tonos rojos y plateados, guata e hilos de lucecitas. Su mente regresó a las sombrías tonalidades marrones del cuarto de los Karukhin. ¿Qué había relucido, si es que alguna vez había habido algo, en el interior de aquel arcón? Imaginó un macetero de platino con un árbol de Navidad, con ramas de color esmeralda adornadas con diamantes e iconos dorados amontonados a sus pies como regalos. Regalos. Todavía no tenía nada para Christina. Solo quedaban dos días para hacer las compras y empezó a ponerse nervioso, sobre todo porque cada cosa que se le ocurría le parecía trivial, banal o enojosamente práctica. La visión de un autobús, estacionado en la parada, alejó aquel pensamiento de su mente. Se puso a correr y se unió a la cola.

—Sabes quién es, ¿no? —estaba diciendo un poco después al auricular del teléfono de su despacho—. ¿Seguro? Está en Haymarket. Debe tener una buena butaca y hay un buen espectáculo. Puede que llegues allí para el último acto, pero no te preocupes si no lo haces. Síguelo hasta su casa: tomará un taxi y, en cuanto entre, avísame. Pero ve con cuidado. Acabo de llegar de allí y creo que la vigilan..., o al menos me vigilan a mí. En cualquier caso, nada bueno. Y si no lo ves, dímelo también, tan pronto como estés seguro. Sí, espero noticias tuyas. Gracias.

Colgó. En conjunto, tenía la impresión de que había sido objeto de la curiosidad de alguien. Hasta que había llamado al timbre de Majendie, no se había dado cuenta de que lo seguían, pero después la sensación lo invadió con fuerza. Un vistazo a un extremo y al otro de la calle le había revelado a varias personas a ambos lados, todas caminando con intención y sin despertar sospechas. Aquella aparente inocencia no significaba nada para él. Su instinto le decía que uno o incluso más viandantes habían reparado en el visitante que esperaba a que le abrieran la puerta. Pero lo que le hizo concluir que su persona resultaba de mayor interés que la casa fue que, unos minutos más tarde, al marcharse, no quedaba nadie cerca. Puede que se hubieran escondido, pero lo dudaba. Se había dirigido a Marylebone Road, había tomado un taxi y, por precaución y para despistar, le había pedido que pasara primero por Baker Street y después regresara al primer emplazamiento, que ahora estaba notablemente desierto. Así que había vuelto a su despacho, en absoluto halagado por haber despertado tanto interés.

Majendie, según su casero, estaba en el teatro. Beddoes, según los chicos de la División, estaba siguiendo la ronda de Ivan por todos los *pubs* de Islington. Nightingale se sirvió una taza de té y se puso cómodo, agradecido por poder leer la transcripción de los apuntes de Runciman.

KARUKHIN: de origen incierto. A la familia le gustaba decir que en Kiev ya había Karukhin, pero el nombre aparece por primera vez en la Vladímir medieval. Sobrevivieron a los ataques tártaros convirtiéndose en siervos de los conquistadores, y a la dominación moscovita gracias a su astucia y artimañas. Grandes audacias y rapacidad durante el período de caos que precedió la ascensión al trono de Miguel Romanov. De Pedro a Catalina practicaron una política de congraciamiento con los autócratas, lo que resultó en una influencia política inmensa. Durante y después de las guerras napoleónicas, su interés se trasladó de forma sutil y específica a la adquisición de dinero, en lugar de a la acumulación de poder primero y de dinero como consecuencia. A finales del siglo XIX, gracias a una estratégica campaña matrimonial, los Karukhin eran dueños de fincas en Ucrania, Crimea y Viatka, lo que les reportaba inmensas cantidades de grano, frutas y madera, respectivamente. También tenían otras más pequeñas en la frontera de Riazán y Yaroslavl. (1861. La emancipación de los siervos afectó en menor medida a los Karukhin porque sus fincas más extensas y productivas estaban en el sur, donde los siervos recibieron menos tierras y a quienes los propietarios sobornaron por menos dinero). También poseían minas de esmeraldas en los Urales. Residencias, aparte de las que había en sus propiedades: villas en el Cáucaso, Crimea y Montecarlo; un piso en París; una casa en Moscú; un palacio en Petersburgo.

1893. El príncipe Sevastyan Karukhin contrajo matrimonio con la condesa Viestnitskaya. El príncipe S.: guapo, estúpido y libertino. Su interés por la política desapareció poco después de apoyar el extremismo reaccionario. Gobernado por dos pasiones: la primera, el juego, razón por la cual pasaba mucho tiempo en los casinos europeos, prefiriendo claramente el de Montecarlo. De no haber sido por su segunda pasión, los gitanos, habría podido vivir de forma indefinida en el extranjero. Sin embargo, ningún zíngaro lo complacía tanto como los de su tierra nativa, por lo que frecuentaba con asiduidad los restaurantes de esta comunidad, sobre todo Villa Rodé y Yar, en Moscú.

La princesa Olga, sin embargo, se ocupaba del palacio y de su contenido, incluido el príncipe cuando estaba en casa. De voluntad indomable. Ninguna orden o discusiones indecorosas, sino más bien la ineludible presión de aquella mirada entornada de ojos negros. Modelo de la más estricta fidelidad a su marido. Demasiado orgullosa para los íntimos, pero profusamente hospitalaria para muchos. El servicio recibía buenos sueldos y atención, y nunca alzaba la voz. Pese a ello, todo el mundo temía a Olga Vassilievna.

El hijo y único heredero, Ilarion, dominado desde la infancia por su madre, se transformó en un adulto soso e inquieto. La vena degenerada de los Karukhin borró cualquier rastro de la parte materna Vyestnitsky, excepto la obstinación llorona, vestigio de la voluntad de la princesa Olga. Esta ignoraba las muestras de dicha obstinación, incluso cuando se dirigían contra ella, puesto que solo las producían cuestiones triviales. También hacía la vista gorda ante los devaneos sexuales de su hijo —precocidad heredada de su padre, al igual que la cabeza de chorlito y su cara bonita—. Excepto por estos ejemplos de libertad calculada, la madre lo dominaba por completo.

1913. El príncipe Sevastyan murió de un infarto (causado, según dicen algunos, por el rumor de que el zar se había comprometido a aceptar una Constitución liberal) y el príncipe Ilarion se convirtió nominalmente en el cabeza de familia. En realidad, como todo el mundo sabía, era la princesa Olga la que estaba al mando.

1914. El príncipe Ilarion cumplió veinte años. La guerra no afectó en absoluto su vida. Al ser de noble cuna, no se vio obligado a unirse a filas ni a alterar sus costumbres de indolencia extravagante. La vida social en la capital continuó, apenas alterada por la ausencia de aquellos que se sintieron moralmente forzados a aliviar las desgracias de Rusia.

1916. Otoño. El príncipe Ilarion contrajo matrimonio con una muchacha elegida por su madre, Irina Shcherbinina, la benjamina de un general, delicada, dócil y rubia.

1917. El estallido de la Revolución de febrero y la abdicación del zar fueron acontecimientos que ni siquiera los Karukhin pudieron ignorar. El príncipe Ilarion quedó sorprendido y horrorizado, pero en ningún momento pensó en dejar Petersburgo, donde mantenía una relación con una bailarina del Ballet Imperial. Decía que la «revuelta» pronto sería aplastada y que se restauraría la autocracia. Afirmaba que, dado que no había participado en lo más mínimo en la guerra, el gobierno provisional no tendría nada contra él (al parecer jamás pensó que, visto el empeño de los sublevados en ganar la contienda, debería haber hecho algo). La princesa Olga era menos entusiasta pero más indómita, así que los Karukhin se mantuvieron en la cuerda floja mientras la situación empeoraba, hasta el mes de noviembre, cuando los bolcheviques se hicieron con el poder.

La princesa Olga previó el irrevocable fin del zarismo y la catástrofe inminente que aquello suponía para ellos y sus pares. El príncipe Ilarion, por su parte, se negó a aceptarlo y, además, estaba demasiado encaprichado con su bailarina como para plantearse abandonar el país. Él y su madre entraron en un gran conflicto por primera y última vez. Hizo caso omiso de las funestas advertencias de su madre. Furioso ante aquella ciega terquedad, la princesa abandonó a su hijo e ideó su propia fuga cruzando la frontera finlandesa en un viaje por carretera, en unas condiciones meteorológicas que habrían amilanado a una mente menos decidida. Se llevó a su nuera con ella, pero la princesa Irina no poseía ni la voluntad ni la constitución de su suegra y, además, estaba embarazada de siete meses. Al cabo de una semana de llegar a Finlandia, falleció al dar a luz de forma prematura a un hijo, que sobrevivió y fue bautizado con el nombre de Ivan.

La princesa Olga llegó con el niño a Suecia desde Finlandia en el verano de 1918. Durante los siguientes dos años vivió allí en completa reclusión, al parecer sin tratar de ponerse en contacto con su hijo ni con ningún conocido suyo en Rusia. En esa época se publicó la noticia del fusilamiento de la familia imperial en Ekaterimburgo; y, como si fuera un mero incidente en el curso salvaje de la guerra civil, en represalia por alguna atrocidad de los «blancos», también la de la ejecución en Petersburgo de trescientos enemigos de clase, entre los que se encontraba el príncipe Ilarion Karukhin.

Nightingale apartó los folios y dio un sorbo a su té, ya casi frío. La única persona en aquella historia cuya situación lo llegaba a emocionar era la princesa Irina, la delicada y dócil rubia. Sonrió al recordar ese detalle y también ante el breve mensaje con que Runciman había acompañado sus notas: «Conocía la parte más general —leyó—, pero los detalles son de mi padre. Lo he incluido todo por si era útil. Puedes fiarte de su precisión. El viejo tiene ochenta años, pero su memoria sigue siendo tan clara como el agua. Su fuente para el episodio sueco es un amigo que estaba en Estocolmo en esos momentos. La princesa había empezado a frecuentar los círculos británicos y, por lo visto, la relación se enfrió poco después. Hazme saber qué ocurrió con los miembros restantes de los Karukhin si lo averiguas... y si no hay problema en divulgarlo a nivel privado. ¡Seguro que al viejo le interesa!».

Nightingale asintió. Varios años antes de que estallara la Revolución, el padre de Runciman había ocupado algún tipo de posición en la embajada de Petersburgo. Su madre era griega, así que no era de sorprender que Runciman se hubiese decantado por el estudio de la Europa del Este. Nightingale había olvidado que era su especialidad. Pero recordaba las chanzas y bromas de las que fue objeto durante más de un año cuando un comisario le pidió ayuda para un crucigrama que estaba haciendo y Runciman había sido incapaz de fechar la batalla de Agincourt con la excusa de que no entraba en el período que había estudiado. Nightingale tomó nota mental de hacerle saber a dicho comisario la utilidad de los estudios de los que tan ampliamente se habían mofado; el único problema es que aquel hombre había ascendido mucho desde su época de comisario, por lo que debía hacerlo por medios más ladinos.

Llamó al despacho de la División.

—Sobre los Karukhin... —empezó a decir—. Al parecer llevan viviendo en Bright's Row desde principios de la década de los veinte. Ivan solo debía de tener tres o cuatro años cuando llegó, así que puede que haya acudido a una escuela local. Que averigüen cuál era y si queda alguien lo suficientemente viejo como para acordarse de él, por favor. Sí, lo sé, las escuelas están cerradas por vacaciones, pero seguro que tu gente conoce a algún conserje y pueden conseguir las señas de los directores. Como último recurso, siempre nos queda el Departamento de Educación. En cualquier caso, haz lo que puedas. Por otra parte, ha llegado a mis oídos que bebe. ¿Sabes si va siempre al mismo *pub*? ¿Qué me dices del que hay detrás del teatro de Sadler's Wells, La Emperatriz de Rusia? Aunque no creo... Sería como cometer un delito de lesa majestad. Bueno, habla con el dueño si lo encuentras. Supongo que no es una de sus paradas habituales o ya habrías pasado por este lugar. Y me gustaría sacar algo más de St. Pancras, algo más que una coartada y un retrato negativo de su carácter. Lo que sea. De acuerdo. En cuanto puedas.

El teléfono empezó a sonar nada más hubo colgado. «Majendie», pensó, levantando el auricular. Era Majendie; o, mejor dicho, Majendie era el asunto de la llamada. Acababa de volver del teatro. Nightingale miró la hora. Era tarde, pero no demasiado. Iría a verlo.

Se produjo una pausa en la discusión que los tres hombres mantenían en el bar, seguida de un repentino, aunque también inconexo, silencio en la conversación general. La impávida camarera, de mentón prominente, empujó el tirador y sirvió una pinta de tostada. Una risotada sonó en la distancia a través de una radio que nadie estaba escuchando.

Beddoes miró con fingida indolencia a Ivan Karukhin y, al ver que sacaba el dinero para otro trago, regresó a su aparente lucha con el crucigrama del periódico vespertino, un rompecabezas de enorme puerilidad que ni siquiera merecía ser calificado como tal. Mordisqueó el extremo superior del lápiz, un ejercicio que fomentaba la ilusión de trabajo mental y disipaba el sabor a cerveza, bebida que no lograba apreciar, pese a que, por razones de anonimato y gasto, se había visto obligado a pedir y beber media pinta de una *ale* clara.

Paseó la mirada por las paredes del bar como si buscara inspiración. Sus muros estaban recubiertos de madera rojiza hasta media altura. La parte superior estaba adornada en un lado con baldosas esmaltadas que formaban imágenes de mujeres medio desnudas de estilo pseudoclásico, mientras que en los otros dos, incluyendo el de la barra, había láminas de vidrio con un grabado en el marco. En el lado que daba a la calle se situaban las ventanas cubiertas de escarcha. El techo estaba prácticamente cubierto por una red de guirnaldas de papel y campanas, que colgaban sobre una cortina de humo inamovible pese a la corriente de aire que le cortaba los tobillos a Beddoes.

Pensó que Nightingale probablemente estaría dando sorbos a un jerez en horas de servicio ante un fuego crepitante en la plutocrática casa del joyero. Calculó que dentro de trece años sería tan viejo como él ahora y alcanzaría su mismo nivel; pero, por el momento, únicamente era un sargento estúpido que solo podía culparse a sí mismo de las incomodidades que le había tocado sufrir aquella noche. Había salido disparado hacia el Derby Arms en cuanto había llegado el aviso de que Ivan estaba allí, algo que no habría supuesto problema alguno si su cometido solo hubiese consistido en echarle una ojeada al sospechoso. Pero el agente que había localizado a Ivan y que lo había vigilado hasta la llegada de Beddoes interpretó su mirada de reconocimiento como el permiso para retirarse. Por supuesto, tenía otras cosas de las que ocuparse y, de hecho, había pasado por el Derby por un asunto muy diferente. Que hubiera reconocido a Ivan había sido fruto de la casualidad, un golpe de suerte. Lo más probable es que, al salir de comisaría para empezar su turno, hubiese oído el mensaje de pasada. Aunque, para él, la descripción había resultado innecesaria; como otros agentes de la zona, ya conocía al ruso de sus rondas por aquellos locales, obligatorias en su caso, voluntarias para Ivan. Y tampoco se podía esperar que la División, sumida como estaba al igual que el resto del mundo en el frenesí navideño, enviara a alguien al Derby únicamente para que el sargento Beddoes se librara de una caminata bajo el frío. Así que Beddoes trataba de hacerse a la idea.

Posó los ojos sobre Ivan, que estaba sentado de espaldas a las láminas de vidrio, un poco al margen de los grupos de bebedores locuaces. Era evidente que estaba muy borracho. Beddoes dedujo que debía de llevar bebiendo sin parar al menos desde que había salido pitando de la casa. Le sorprendía que hubiese encontrado la energía para alejarse tanto de Bright's Row, que quedaba a unos diez minutos a pie, porque, incluso considerándolo como un producto de aquel ambiente, Ivan era un pobre espécimen. Por muy conseguido que estuviera el corte del traje barato que llevaba, le quedaba holgado y caía con torpeza sobre su constitución enclenque. La piel del rostro le relucía, estirada sobre aquella carne inflamada, casi hasta ulcerosa. Sus cabellos color paja parecían mojados, pero cuando se levantaba para ir hasta la barra, una mancha grasienta quedaba marcada en el vidrio donde había tenido apoyada la cabeza. Debajo de un bigote desaliñado, la comisura de los labios caía permanentemente hacia abajo, lo que aumentaba la flojedad de su mentón. Al toser, escupía de un modo desagradable, algo que no parecía molestarle en absoluto. Aunque nada parecía molestarle. Tenía la mirada perdida, clavada en el suelo, y levantaba el vaso para beberse la cerveza que contenía con aburrida regularidad.

Aquella imagen le recordó a Beddoes su bebida. Para su sorpresa, comprobó que se la había acabado poco a poco y, para su desconsuelo, vio que eran las diez menos diez. La decencia le impedía quedarse allí sentado durante los próximos cuarenta minutos o más sin pedir otro trago. Se levantó. En aquella ocasión, la cerveza quedaba descartada. No pensaba seguir martirizándose. Se dirigió a la barra y pidió un ron. De la incansable radio salían las melodías agudas de un concierto de villancicos. Los también incansables parroquianos habían cambiado la política por cuestiones más generales. Uno de aquellos tres, un hombre bajito cuyo rostro parecía una nuez machacada en la que unos ojos azules lanzaban destellos como si fueran esquirlas de cristal, se levantó y fue a pedir una ronda.

—Tres más, por favor, Daff —pidió con brusquedad, haciendo el gesto de levantarse el gorro sin alzarlo realmente—. No, Jim, no lo sabe, no se da cuenta —dijo hacia sus amigos, casi sin interrupción—. Pero ¿qué es más fácil, que Bill termine dos botes de pintura, lo cual ha pasado, lo admito; Jim, no tienes por qué ponerte así, o que el viejo se largue al estadio de Twickenham antes de que acabe el día? O... —soltó esto último con gran vehemencia, subiendo de tono—, que el viejo coja a un par de hombres para que le arreglen el coche en horas de trabajo, ¿eh, Jim?

Jim, al cual, por lo visto, habían metido en vereda en disputas recientes, se limitó a adoptar un aire abatido y levantó el vaso hacia su amigo para bajarlo de nuevo en picado.

—¡No, Jim! —El tercer hombre era mayor que los otros. Tenía la cara roja, un enorme bigote à la Stalin y unas pobladas cejas grises debajo de las cuales centelleaban unos ojos oscuros como si esperaran sin tregua la conclusión de un chiste—. Siempre es lo mismo. Siempre se repite la misma historia y siempre se repetirá. Unas reglas para ellos y otras para nosotros. Y en todas partes es igual. No se puede cambiar y no vale la pena intentarlo. Una vez que lo aceptas, muchacho, la vida se vuelve más sencilla.

Tras haber pronunciado aquellas máximas en tono lento y persuasivo, con pausas calculadas para que causara el efecto pretendido, el tercer hombre alzó el vaso y se bebió casi todo su contenido de un trago.

—Además... —añadió el hombre con cara de nuez—. ¿Qué pensaban que iba a pasar con su pintura si la dejan por ahí? Es como poner un caramelo en la puerta de un colegio. Igual que Daff —añadió de repente, sonriendo hacia la camarera—. ¿A que sí, Daff?

En el rostro de la mujer no se reveló ni un atisbo de emoción; tal vez no había oído el comentario. El mentón puntiagudo, los ojos inescrutables y el maquillaje de un color bronce oscuro le recordaron a Beddoes a una india.

—Escucha, Joe... —intervino Cara de Nuez de nuevo.

Beddoes no oyó el resto. Tratando de esconder la risa por el apodo que se le acababa de ocurrir, les dio la espalda. Fue justo en ese momento cuando vio que Ivan se levantaba de la silla y se dirigía bamboleándose hacia la barra. Tomó posiciones entre Beddoes y el trío de parroquianos. Sin mediar palabra, empujó el vaso vacío hacia la camarera y se hurgó el bolsillo, agarrándose todo el tiempo a la barra con la mano izquierda. La camarera le echó una mirada glacial y no movió un dedo.

—Creo que ya ha tomado bastantes, señor —dijo con tono inexpresivo, haciendo que sonara más a afirmación que a recomendación.

Ivan se limitó a esperar, como si no lo hubiera escuchado, mirando boquiabierto el vaso. Como parecía que no iba a causar problemas, al menos de momento, la camarera siguió con lo que estaba haciendo. Pero Beddoes comprendió que sus movimientos iban dirigidos a establecer relaciones con potenciales ayudantes. Alcanzó algo que tenía guardado debajo de la barra justo al lado del trío de hombres, se inclinó y rozó el brazo de Joe.

—¿No quiere usted un boleto para la rifa, señor Pearce? —dijo exageradamente.

—¿Una rifa, cielo? —Joe se volvió casi con una reverencia elegante—. ¿Y para qué?

—Pues el primer premio es una cesta y cinco libras; el segundo, un pavo y una botella de *whisky*; el tercero...

—No, Daphne, no. Me refiero a para qué van destinados los fondos.

—Para el hospital del doctor Barnardo, como siempre.

—Ah, de acuerdo. Pues dame dos, Daphne.

La camarera sacó lo que guardaba debajo del mostrador:

un talón de boletos y un gran huevo de cartón de color azul y plata.

Cara de Nuez soltó una carcajada.

—Un poco pronto, ¿no, Daff? ¿Vas a rifar también el huevo?

La camarera todavía estaba pensando una respuesta cuando Ivan se acercó bamboleándose y la miró.

—No lo tengo —anunció con voz chillona.

Beddoes quedó impresionado al oír aquel prosaico gimoteo de los labios de Ivan; se esperaba, sin saber por qué, un inglés roto y elegante o un ruso fluido.

Se produjo una pausa. La autoridad pareció recaer de forma natural en Joe.

—¿Qué es lo que no tienes, amigo? —replicó con firmeza y seguridad, en un tono mucho más varonil.

Ivan guardó silencio. Sus ojos brumosos se pasearon de un rostro al otro. Beddoes lo miró con indiferencia. Ivan negó con la cabeza y volvió a prestar atención a la barra. Extendió una mano temblorosa para reclamar la bebida solicitada; el dinero para pagarla seguía en el mismo lugar en que lo había dejado.

—Venga, Daff —instó Cara de Nuez a la camarera indecisa—, no va a ir a peor con una más.

Puso una mueca y, a espaldas de Ivan, guiñó el ojo para indicar que él personalmente se ocuparía de que así fuera.

—Oye, amigo —dijo Joe con solemnidad, haciendo un gesto hacia Daphne en una señal de apoyo—, tómate una con nosotros. Invito yo, ¿eh, chicos? Y con esta ya serán demasiadas. Lo mismo, por favor, Daphne. Y para ti, amigo, ¿qué va a ser? ¿Algo que te haga cantar?

Pese a su estado de confusión, Ivan se dio cuenta enseguida de que lo estaban invitando a un trago. Se las arregló para recuperar su dinero y guardárselo de nuevo en el bolsillo sin que se le cayera y, a continuación, sin soltar la barra, se unió al grupo. Beddoes dudaba de que fuera a obedecer la sutil y astuta advertencia de que aquella era su última ronda; tal vez ni siquiera la había captado. Pero la jugada, por el momento, había funcionado, atrayendo a Ivan a una posición desde la que los tres guardianes de la paz del *pub* podían, al menos, obligarlo a abandonar el local por las buenas, como camaradas, con una salida amistosa. E Ivan parecía de repente muy interesado en hacer amigos, bien porque invitarlo a una copa suponía trabar amistad con él o, por lo que le pareció a Beddoes, porque veía algo en aquellos tres hombres que lo tranquilizaba. Agarró su cerveza y dio un trago, como si fuera consciente de que si el nivel del líquido no disminuía enseguida, el temblor de sus manos podría causar estragos. Su rostro se animó, aunque seguía sin tener la mirada definida. Incluso trató de esbozar una débil sonrisa. Abrió la boca.

—Lo vi —dijo.

Beddoes miró a su alrededor con cautela. El resto de personas en el local charlaba en pareja o en grupos. Él e Ivan, por razones tal vez de lo más desafortunadas, eran los únicos que no tenían compañía. Nadie parecía haberse percatado de lo que acababa de pasar en la barra. De hecho, Ivan había pronunciado aquellas palabras con una voz tan débil y fatigosa que Beddoes se figuró que nadie lo había oído más allá de su círculo más cercano.

—Lo vi —repitió, sin aliento—. Le he dicho cómo era. ¿Cómo iba a decírselo sin haberlo visto?

—Tienes razón, amigo —coincidió Cara de Nuez, lanzando una mirada pesimista hacia sus colegas.

—Se lo he dicho —continuó Ivan, ignorando la necesidad de aclararse la voz—. Se lo he dicho todo. —Adoptó una expresión soñadora y añadió, suspirando—: Oh, era precioso.

—¿El qué, amigo? —preguntó pacientemente Cara de Nuez.

—El huevo.

Cara de Nuez miró a los otros y, con el dedo índice, se dio unos golpecitos en la sien.

—¿Qué huevo?

—El huevo de Pascua. Se lo he dicho. Todo blanco y brillante, precioso, como si fuera hielo, escarcha y estrellas.

—¡Caramba, pero si está hecho todo un poeta! —exclamó Cara de Nuez, alzando las cejas.

—Pues a mí me suena más a un condenado adorno de Navidad en forma de huevo —intervino de repente el taciturno Jim—. Sí, me parece que es eso... un condenado adorno navideño en forma de huevo, ¿eh, Joe? Un adorno navideño en forma de huevo.

Satisfecho ante lo que creía que era una ingeniosa repetición, Jim no abandonó su expresión lúgubre, más tétrica que nunca.

Cara de Nuez soltó una carcajada.

—¿Has oído eso, Daff?

Se inclinó sobre la barra y repitió las palabras que el ruso seguía balbuceando.

—Precioso —decía Ivan. Alzó la mirada y Beddoes reparó

en que sus ojos eran un mar de lágrimas—. Y lo he perdido, lo he perdido. Lo he perdido todo.

Las lágrimas rodaron por sus mejillas.

—¡Oh, por el amor de Dios! —murmuró Cara de Nuez con evidente disgusto—. ¿Qué hacemos, Joe?

—Anímate, colega —dijo Joe, posando una mano paternal sobre el hombro de Ivan—. ¿Por qué no te vas a casa? Ivan se convulsionó de tal manera que Joe, convencido de que iba a vomitar, se apartó a toda prisa. Ivan no vomitó, pero regresó enseguida a su anterior estado de ausencia. Le dio la espalda al hombre que lo había invitado a la cerveza, todavía por terminar.

Beddoes se alejó sutilmente. Regresó al lugar donde había estado sentado, recogió el periódico y el lápiz, y abandonó el local. Intuía que, en cualquier momento, Ivan también lo haría, ya fuera por voluntad propia o en brazos de Joe y compañía. Ya en la calle principal, recorrió unos cuantos metros, se detuvo y, con gran tranquilidad, sacó un cigarrillo y se lo llevó a los labios. Disimulando, apagó tres cerillas para prolongar la empresa de encenderlo y utilizó la cuarta. A continuación dejó caer el periódico, agarrando el extremo de la página central de tal manera que las páginas quedaron dispersas por el suelo en dirección al *pub*, con lo que se vio obligado a volverse. Recogió el periódico con parsimonia, enrollándolo y apretándolo y, al terminar, llegó la recompensa: las puertas del local se abrieron e Ivan salió bamboleándose en solitario.

En lugar de encaminarse hacia la calle principal, donde estaba Beddoes, dobló la esquina de Tamplin Walk, una estrecha callejuela junto al Derby Arms. Siguiéndolo a paso tranquilo,

Beddoes dedujo que la callejuela conducía a Goswell Road. Probablemente fuera el camino más rápido hasta Bright's Row. Pero ¿tenía intención Ivan de regresar al mismo lugar del que había escapado, a aquella miserable habitación y a la anciana muerta? Puede que no lo recordara. Quizá sus pies, por mera necesidad, ya no obedecían las órdenes de su cerebro y lo guiaban distraídos hasta el siguiente *pub*. Los de la Divi montaban guardia delante de su casa, así que Beddoes pensó que sería una suerte que regresara, vista la desfavorable perspectiva de rondar por Islington hasta altas horas de la madrugada. Ni se le pasaba por la cabeza llamar a alguien para que lo sustituyera y perderlo de vista y, como no se había topado con ningún agente, excepto con el hombre al que había relevado en el Derby, no confiaba en encontrar ayuda por el camino.

—Vamos, Vanya, date prisa —murmuró entre dientes mientras observaba los andares inestables de Ivan por la calle mal iluminada.

A diferencia del suyo, el pellejo de Vanya, aderezado con alcohol, parecía insensible al frío. Aunque ese ron no había sido mala idea. Dos hubiesen sido incluso mejor. Seguro que Nightingale aún estaba brindando calentito en el sillón del joyero. Beddoes se detuvo un instante; a continuación, con apariencia tranquila, dejó atrás contoneándose los postes de hierro que señalaban el final de Tamplin Walk y que Ivan había sorteado con cierta dificultad.

Acababan de salir a la luminosa Goswell Road, cerca de la gran intersección con City Road. Ivan, con la imprudencia de los borrachos, se bajó de la acera y trazó una larga diagonal a través de los dos carriles del tráfico. Beddoes puso los ojos en blanco, reprimió la esperanza de que un gran camión le quitara a Ivan de encima y lo siguió; solo que él se atuvo disciplinadamente al paso de peatones, que atravesaba cual cinta métrica la anchura doble de las dos calzadas principales convergentes, solo divididas por la isla con los baños públicos y las enormes señales amarillas de tráfico: Oxford, Gales S., Slough, Dirección oeste, prometían. Al alcanzar la segunda mitad de las rayas blancas y negras, Beddoes miró hacia su derecha, pero no para comprobar si se acercaba algún vehículo. «*Up and down the City Road, in and out the Eagle*», decía la canción infantil. Pero ¿dónde estaba el águila?[1] Unos pocos pasos más abajo se veían las aguas grises del Basin, la cuenca sedimentaria, flanqueada por poleas, fábricas y vertederos. A tiro de piedra, una barrera flotante atravesaba la superficie del agua y, en medio, en un trozo solitario de vegetación compuesto por una mata de juncos, habían anidado dos cisnes. Por lo que sabía, aquello era lo más cercano a un águila que había visto. Pero no iba a quedarse allí observándolos. Esa noche, no. Ivan seguía adelante. Parecía que había decidido regresar a casa y —por fin— caminaba a paso ligero. Casi no se veía a nadie por allí. Aunque la calle estaba tranquila, las ventanas iluminadas, que se elevaban en vertical desde la acera como si fueran una madriguera, indicaban cierta vida. Beddoes distinguió los acogedores sótanos enmoquetados y las brasas de carbón en las chimeneas. Sabía que el carbón de los vendedores ambulantes no producía aquella brillantez inmóvil, pero los

---

1. Se trata de una conocida canción popular en la que se hace referencia a un *pub* llamado The Eagle («águila», en inglés). De ahí la pregunta de Beddoes. (*N. de la T.*)

enormes almacenes ferroviarios de Somerstown no quedaban lejos de allí. Desvió la mirada ante la atormentadora perspectiva de tanta comodidad inalcanzable y centró su atención en el errático rumbo de Ivan. Cuanto más rápido trataba de ir, más vaivenes daba. Una de las casas, golpeada por una bomba en el pasado, estaba apuntalada con dos vigas enormes incrustadas en la acera. Ivan esquivó la primera, viró bruscamente y pasó bajo la segunda como si estuviera ejecutando una figura de baile. Trató de correr. Dejó atrás —o, mejor dicho, por poco no esquivó— a una joven pareja que venía en sentido opuesto. Sin prestarle mucha atención, la pareja continuó a lo suyo. Beddoes los vio acercarse. Iban abrazados y la chica apoyaba la cabeza en el hombro del chico; aun así, su paso era rápido y hablaban con aire enérgico, empresarial. Cuando las palabras borbotearon incomprensibles en los oídos de Beddoes, advirtió que eran forasteros. Puede que esa fuera la razón del comportamiento desinhibido del que hacían gala, ya estuvieran contentos o tristes. En aquella parte de Londres vivían muchos extranjeros. Beddoes pensó que podría haberles ido peor: Islington no estaba nada mal y gozaba de cierta independencia. No le importaría vivir allí. ¿Tal vez en Bright's Row? Sonrió. Había puntos mucho más oscuros que Bright's Row en algunos suburbios perdidos de nombre sofisticado. ¿Y qué había de malo en aquellas calles, donde las casas estaban bien mantenidas, con cortinas y buenos fuegos, y que demostraban cierto decoro sin resultar insípidas?

«Y ahora, ¿adónde va?», se preguntó de repente. Ivan había tomado una calle lateral que lo alejaba de Bright's; cuando Beddoes dobló la esquina, le dio un vuelco el corazón. La calle se bifurcaba y justo en el cruce había un pequeño *pub*. Beddoes decidió que si el mujik terminaba sus vagabundeos allí, le pediría al propietario que le dejara utilizar el teléfono y llamaría a los de la Divi. Podrían —o más bien debían— enviar a alguien mientras Ivan se dedicaba a beber. Con paso cansado siguió al ruso. Un gato blanco y atigrado atravesó la calle y desapareció en la oscuridad de un terreno bombardeado. En la valla había colgado el letrero de un constructor. Muy pronto, un aparatoso bloque de pisos serviría de abrupto decorado de fondo de las viejas casas, las cuales, en aquella parte de la calle, eran más pequeñas y también más lúgubres. No había nadie más, excepto Ivan y él; e Ivan se encaminaba hacia la puerta del *pub*.

Beddoes soltó una maldición larga y profusa y, a continuación, observó. El vacilante Vanya se lo había pensado mejor. Tambaleándose, tomó la calle a la izquierda del *pub*, que llevaba de nuevo a Bright's. Con resignación, Beddoes se pegó a él. Se suponía que debía agradecer que Ivan fuera tan borracho como para no darse cuenta de que lo seguían, por lo que no se había dado la vuelta ni una sola vez. Incomprensiblemente, Beddoes sintió el deseo de mirar a sus espaldas. Y, con cuidado, así lo hizo. Dos hombres se dirigían arrastrando los pies hacia el *pub*. Otro gato, agazapado, cruzó la calle a toda velocidad. Nada. Delante de él, Vanya dio un significativo cambio de marcha. Ya casi había alcanzado el final de la calle, cuando Beddoes distinguió al fondo unas barandillas y una arboleda. ¿Qué era eso? ¿Un parque? ¿Unos jardines?

Ivan dobló a la izquierda y por la derecha, de repente, apareció un vehículo destartalado con dos faros de bicicleta en la parte delantera, cuyas ruedas sin neumático repiqueteaban sobre las grietas de la calzada. Funcionaba gracias a las enérgicas piernas de un muchacho situado en la parte posterior, mientras que su acompañante, el conductor, se encargaba del volante y de simular el ruido de un motor de pistones a toda máquina. Soltando una especie de maullido contrariado de gato callejero, movió la mano arriba y abajo para indicar que debían detenerse. El armatoste se paró a unos centímetros de los pies de Beddoes.

—Disculpe, señor, ¿qué hora es? —preguntó el conductor, mirándolo desde su asiento elevado.

—Las diez y veinte, hora de ir a la cama —respondió Beddoes con cortesía, mirando su reloj.

Ante la información, el muchacho ahogó un grito.

—Muchas gracias, señor. Venga, Tim —dijo el conductor, todo de un tirón.

Beddoes los observó alejarse a toda prisa.

—Deberíais llevar unas luces rojas en la parte trasera. ¡Estáis infringiendo la ley! —les gritó.

Tim dejó de pedalear, se dio la vuelta, lo apuntó como si su índice fuera el cañón de una pistola y emitió dos sonidos parecidos a una máquina de vapor. Sonriendo, Beddoes simuló caer al suelo, agarrándose el estómago y poniendo una mueca de dolor.

A continuación se puso en marcha y empezó a correr hacia la esquina. Ivan había desaparecido. No había ni rastro de él, ni en una dirección ni en la otra. Sin vacilar, Beddoes cruzó la calle y llegó hasta la acera contraria, flanqueada por las barandillas y árboles que había visto desde la lejanía. Pese a que su corazón latía desbocado, no iba a permitir que lo invadiera el pánico; de momento, solo era un estúpido despiste. Ivan no había podido ir muy lejos en aquellos pocos segundos. Puede que hubiese ido a visitar a un amigo y se hubiese metido en alguna de las casas. Pero no se veía luz en ninguna de las ventanas. La calle parecía desierta. Beddoes echó un vistazo a través de las barandillas, hacia la arboleda que se extendía a la derecha. Saltó. Por un segundo le pareció que se encontraba en la cima de una empinada colina, en cuya falda invisible emergían edificios de muchos pisos, con capas y capas de ventanas iluminadas. Entonces lo entendió. La cima de la colina era el punto más alto de un terraplén; aquello que había tomado por un vacío oscuro era una franja de agua inmóvil, y los edificios que emergían de las profundidades eran el reflejo de las fachadas posteriores de las altas casas que se alzaban en la orilla contraria, desprovista de árboles. Al observar con atención vio las cortinas y lámparas de los edificios, reflejándose cabeza abajo en aquel espejo negro y quieto. Debía de ser un tramo del canal. Pero ¿cuál? ¿El Regent? ¿El Grand Junction? Nightingale vivía cerca de un canal. Nightingale... ¿Qué iba a contarle, que se había parado a hablar con unos chavales que conducían un carromato? Siguió adelante. La pendiente era tan pronunciada que, a medida que avanzaba, veía por el rabillo del ojo cómo los árboles, unos sauces con unas enormes ramas extendidas, se retorcían. Un gato, el tercero, negro esta vez, salió de repente por un hueco de la barandilla oxidada. Beddoes se detuvo. No había sido lo único que se había movido. ¿Qué sucedía en el reflejo de los pisos inferiores? La luz de las ventanas ondeaba, se estiraba y se contraía de nuevo. No había viento. Algo había caído al agua.

—¡Ivan! —gritó.

Rusos, canales, suicidio. Gritó de nuevo hacia la calle desierta, tratando de pasar por el hueco de la barandilla, deslizándose y serpenteando, agarrándose a las ramas y los arbustos, buscando el silbato que llevaba en el bolsillo, en su tambaleante camino a la orilla. «Allí, no; olvidado, con demérito —pensó—. Ivan, Vanya, maldito seas, que esto no es el río Fontanka». Se quitó el impermeable y lo lanzó tras él, se sacó los zapatos, encendió la linterna —la cual, por una vez, no había olvidado— y pasó el haz de luz por la superficie del agua. Vio el centro de las olas cerca de la orilla, extendiéndose. Beddoes lanzó un aullido desesperado de socorro hacia las fachadas posteriores de los altos edificios, soltó la linterna y se zambulló. Gritó de agonía. Sintió como si lo apuñalaran, como si lo acribillaran, como si lo estuvieran cortando en pedazos. Era imposible: el agua estaba congelada. No podía soportarlo, tenía que salir. Se sumergió, sin ver nada y a tientas, y solo encontró un remolino de oscuridad, aunque pudo apreciar que no era muy profundo, tal vez un par de metros. Siguió tanteando. Sentía que su corazón estaba a punto de explotar. Necesitaba respirar. Emergió a la superficie, jadeando y escupiendo. ¿Por qué no había acudido nadie? Necesitaba la luz. Gritó, casi sin aliento, y se sumergió de nuevo. Nadó y tanteó, una y otra vez, hasta que las luces empezaron a tintinear por encima de su cabeza. De pronto, dio con algo suave, reculó, tragó agua y tocó algo con los dedos. Había movimiento, algo que le resbalaba de las manos. No había conseguido agarrarlo bien; no había tenido tiempo y apenas había practicado aquel tipo de rescate. Se estaban hundiendo. Jadeó, pataleó, dio zarpazos... La barbilla, el hombro, y lo agarró. «Ahora, hacia arriba». Tenía que salir, escaparse de aquellas campanas y fuegos artificiales, emerger de nuevo a la superficie. Pero la ropa le pesaba; no era lo mismo que nadar en la piscina pública de Streatham. Unos centímetros, solo unos centímetros más..., pero no podía, no con Ivan a cuestas. «Suéltalo», pensó. No. Lo conseguiría. Lograría alcanzar la superficie. Ahogó un grito y tragó cuchillos. Se dobló de dolor. Sentía las piernas extrañamente débiles. «El terraplén —pensó—, tengo que llegar al seco y rasposo terraplén, con Ivan vivo o muerto, y calado hasta los huesos, pero fuera del canal. ¿Es el Regent o el Grand Union? ¿El río Moika, el Fontanka o el Ekaterinski?». Tocó algo con el hombro. ¡La orilla! Arrastrándose, salió del agua, remolcó a Ivan y se derrumbó sobre él, temblando, jadeando y resoplando. ¿Por qué no había venido nadie? Trató de gritar, pero lo único que consiguió fue un graznido exhausto. No podía permitir que Ivan muriera, no después de todo aquel esfuerzo. Se incorporó con dificultad y, con unas manos que parecían de gelatina, trató de presionar la espalda del ruso. Era evidente que nadar no era su fuerte, y menos en aquella agua casi congelada. «Uno, dos, pausa —pensó—. Vamos, Vanya. Uno, dos...».

Sintió que se le agrietaba el cerebro, como si acabara de recibir el impacto de un meteorito y una estrella de magnesio cortara la oscuridad. «Un misil nuclear», pensó, mientras empezaba a sentir náuseas. Y después, todo se volvió negro.

A Nightingale, el señor Majendie le hacía pensar en un pequeño hámster gordo y de pelaje plateado; o puede que una tetera redonda y plateada que emanaba vapor por el pitorro fuera una imagen más adecuada, porque incluía su locuacidad, tan amable, recargada y casi anticuada. El inspector se sentía más que escéptico. Era incapaz de creer que se podía alcanzar o conservar una posición importante dentro del negocio de las joyas, los objetos de arte y las antigüedades solo con amabilidad y encanto. Majendie, aquella mascota regordeta cuyos ojos brillaban por encima de las gafas sin marco, con su balbuceo grotesco y sus inclinaciones corteses de cabeza, estaba todo el tiempo buscando el fallo, la grieta, el defecto; o disimulando su entusiasmo ante un tesoro inesperado. Desde detrás de aquellas gafas inocentes lanzaba miradas de extrema astucia, como la que había cazado Nightingale en medio de su perorata de sorpresas y disculpas. Sus palabras le parecieron genuinas, dentro de las limitaciones de su discurso. «Vaya, qué inquietante...»: esa había sido su reacción a la noticia de la muerte de la princesa Karukhina, pero la había acompañado con una chispa de alivio, casi de satisfacción, como si Majendie dijera para sus adentros: «Vaya, qué suerte».

—Me complacería saber cómo nuestras inestimables fuerzas policiales han descubierto que la princesa Karukhina figuraba entre nuestros clientes —decía en aquel momento el señor Majendie, estirando sus cortas piernas hacia el fuego.

Hizo una pausa y dirigió una mirada sugerente hacia Nightingale, quien le devolvió una sonrisa cortés.

—Oh, me temo que no estoy en posición de revelarlo. Una pena.

Majendie adquirió una expresión seria.

—Pero la princesa... —murmuró—. ¡Cielos, qué triste! ¡Uno

siente como si fuera el fin de una época! ¡Y qué época! Jamás volveremos a ver algo igual, mi querido inspector. Jamás.

—No —convino Nightingale en tono neutral. Las épocas debían llegar a su fin bastante a menudo para Majendie—. Cuando dice que la princesa estaba entre sus clientes, ¿se refiere a que lo fue en el pasado?

El señor Majendie parpadeó con amabilidad.

—Todavía nos honraba con su apoyo. Justo la semana pasada fuimos a verla, ¿sabe?

—¿A Bright's Row?

—¿Dónde sino?

—Me sorprende que sepa de su existencia —dijo Nightingale.

El señor Majendie le sonrió furtivamente.

—He de confesar que ignoraba dónde vivía hasta que la princesa me escribió.

—¿Como que le escribió? ¿Se refiere a una carta?

—La oficina postal tuvo la amabilidad, por así decirlo, de hacerme llegar la carta. A portes debidos. La princesa omitió la formalidad del sello.

—Entiendo. ¿Y cuándo sucedió eso?

—Hace unos diez días... Debo de tenerla en mi despacho, en el archivo. —El señor Majendie hizo una pausa—. Como imaginará, nos escribió para proponernos la venta de algunas piezas de joyería y varios objetos de valor.

—¿Habían tenido trato con ella en el pasado?

—Se «deshizo» de varias piezas a principios de los años veinte, recién llegada a Inglaterra; que yo recuerde, un elegante broche de diamantes y rubíes y un reloj esmaltado, que, según se me dijo, había pertenecido a la princesa Irina. Esa fue la única ocasión, aparte de esta última, en la que recurrió a nuestros servicios profesionales. Pero, evidentemente, la recordaba de Petersburgo.

—Ah, ¿sí? ¿De manera que estuvo allí? ¿Cuándo?

—En mil novecientos... Déjeme pensar... Estuve en Petersburgo entre 1911 y 1912. Mi padre era un hombre muy sabio, y también muy visionario. Ya sabrá que era un reputado experto en porcelana, pero mi gran pasión son las joyas; siempre lo han sido. Él lo advirtió cuando yo no era más que un chiquillo y jamás me desalentó. Un hombre maravilloso. Liberal. En absoluto uno de esos entendidos de miras estrechas. Me mandó al extranjero para que estudiara y adquiriera experiencia. Francia, Alemania, Rusia... Inolvidable.

—Y en Petersburgo conoció a...

—Fabergé. Un gran maestro y una persona encantadora y muy amable. Por supuesto, hubo otros: Britzin, Khlebnikov, Tillander... Llevaba cartas de presentación para todos. Pero Fabergé, querido inspector, era excepcional. Estudié principalmente con Wigstrom, Henrik Wigstrom, uno de los maestros orfebres de Fabergé, quien personalmente considero que fue el mejor de ellos.

—¿Y la princesa? —Nightingale trató de conducir la conversación hacia su objetivo.

—¡Pues claro! Fue así como me presentaron a la familia Karukhin. Recuerdo que fui al palacio con el alemán Michael Kulp, ya sabe, uno de los asistentes de Wigstrom. Qué privilegio poder acompañarlo. Mi querido inspector, ¡si hubiese visto el palacio de los Karukhin! A los jóvenes de hoy en día les resulta complicado imaginarse la absoluta fastuosidad de esa época ya desaparecida.

—Entonces fue al palacio y...

—Así fue, sí. El príncipe Semeon Karukhin lo construyó en los días de Catalina la Grande, pero cada generación añadió algo: el teatro privado, por ejemplo; los baños romanos, el invernáculo... ¡Era un edificio enorme! Dos salas de baile, dos comedores de gala, una serie de salones sin fin, uno para recibir únicamente a los grandes duques, otro para las princesas, un tercero para los nobles de menor categoría..., salas de música, de ajedrez, para tomar el té, para comer fruta o beber limonada...

—¿Y la princesa? —repitió Nightingale con amabilidad, reprimiendo el grosero deseo de preguntar en cuál de aquellos salones recibían los Karukhin a los comerciantes.

—Había encargado media docena de mangos para parasoles. Le llevábamos los diseños con el fin de que diera su aprobación. Lo recuerdo muy bien. Al principio resultó difícil no sentirse intimidado. La princesa era una persona formidable. Sin embargo, me trató con una clara condescendencia y se dirigió a mí en francés, tanto en aquel encuentro como en los posteriores. Jamás lo olvidaré.

—¿La vio de nuevo?

—Varias veces... A ella y a su marido, el príncipe Sevastyan, quien solía acudir con cierta regularidad a Fabergé a comprarle regalos. Era una costumbre muy extendida. Su hijo, el príncipe Ilarion, también. Recuerdo que estuvo un par de horas decidiéndose entre dos polveras esmaltadas para la onomástica de su madre. Él prefería bagatelas..., supongo que es cosa de jóvenes. Su padre, por el contrario, siempre le ofrecía joyas... Recuerdo que para su aniversario de boda le regaló una magnífica *parure* de esmeraldas y diamantes. La entregamos la tarde anterior. Iban a celebrar un baile, de hecho, rara era la noche en que no hubiera algún tipo de reunión en el palacio. Era magnífico: rosas y candelabros por doquier... ¡y qué candelabros más hermosos!

El señor Majendie, que se había estirado en la silla hasta adoptar una posición casi horizontal, suspiró con nostalgia.

—Así que el simple hecho de ver el nombre Karukhin en una carta haría que la considerara con seriedad —sugirió Nightingale—, incluso si no hubiera tratado con ella en los años veinte por ese broche de diamantes y rubíes o si la dirección de la que provenía era, en cierto modo, sorprendente.

El señor Majendie inclinó la cabeza.

—Era imposible ignorarla. Conociendo Bright's Row como debe conocerlo, mi querido inspector, se figurará el dolor que sentí ante el contraste entre...

—¿Fue usted mismo? ¿En persona?

—La princesa Karukhina así lo dispuso —dijo el señor Majendie, mirando por encima de las gafas—. Por supuesto, tuve la precaución de asegurarme de que aquella era de verdad su residencia, aunque, naturalmente, había omitido el título.

—¿Fue solo?

—Sí, tal como había requerido. En cualquier caso, juzgué conveniente que mi visita fuera lo más discreta posible. Tomé un taxi hasta Upper Street y recorrí el tramo restante a pie.

—¿Fue ella misma quien le abrió la puerta?

—Así es. No debe imaginarse a una mujer débil o postrada

en cama. Me pareció que gozaba de excelente salud y que no le faltaba la energía, considerando su avanzada edad.

—Pero tenía entendido que no dejaba entrar a nadie, a menos que llamaran de un modo especial y dijeran su nombre y qué los traía allí.

—Es posible. Yo no recibí tales instrucciones. Sin embargo, debía llegar exactamente a las tres en punto o no acudir en absoluto. En su carta decía que no me recibiría en otro momento.

—Así que lo estaba esperando. Un método tan seguro como cualquier código con golpes de nudillos. Puede que lo viera llegar por la ventana. Al parecer sufría un temor mórbido a que la descubrieran y la persiguieran. Supongo que si guardaba las joyas familiares en casa...

—Mi querido inspector, en casa guardaba un tesoro —dijo el señor Majendie con solemnidad—. Aunque me atrevería a decir que no se sentía perseguida por la posibilidad de perderlo, sino por el temor a ser deportada a Rusia. Como ya debe saber, fusilaron a su hijo. Sin embargo, en mi opinión, no le tenía miedo a la muerte. Sentía tal inquina hacia el nuevo régimen que, sencillamente, no estaba dispuesta a darles la satisfacción de que la apresaran.

—Me parece que el régimen ya tenía suficiente trabajo como para preocuparse por pescar a los que habían conseguido escapar —observó Nightingale—. Sin embargo, acostumbrada a que la consideraran como una persona de gran importancia, puede que no se le ocurriera pensar que en poco tiempo su paradero, su propia existencia, sería indiferente tanto para rojos como para blancos. Claro que, por seguridad, tuvo que esconderse justo después de la Revolución y, para cuando llegó a

Inglaterra, la costumbre del secretismo ya se había convertido en obsesión. Creo que fue directamente a Bright's Row, algo que, sin duda, no coincidía con su trayectoria. Con la venta de algunas piezas más habría podido vivir con un moderado confort. Habría podido cambiarse el nombre para más seguridad. El señor Majendie suspiró.

—Sí, lo descubrí entonces... No dónde vivía, sino que la catástrofe le había perturbado la mente. Nos impuso, o más bien me impuso, un secretismo muy severo para la venta del broche. Me temo que nuestras protestas sobre nuestra integridad profesional y confidencialidad no fueron suficientes para tranquilizarla. Y en lo que respecta al cambio de nombre, creo que el orgullo se lo impedía.

—En cualquier caso, una vez que se acepta el hecho de estar ante una mente enferma, la lógica desaparece. Acudió a usted, por decirlo lisa y llanamente, en ambas ocasiones, porque su estancia en Petersburgo lo convertía en alguien de fiar. ¿Consiguió...? —Nightingale reformuló la pregunta—. ¿Fue capaz, en aquella ocasión, de ayudarla a deshacerse de sus joyas?

El señor Majendie le lanzó una mirada tan rápida como la de un hámster.

—No, inspector. Es decir, el asunto quedó en el aire. Verá, la princesa pidió que se le pagara en efectivo, lo que, como es natural, no podía hacerse al momento. Además, antes de exponer a la compañía a una operación de tal envergadura, debía consultar a mis socios y uno de ellos se encontraba en Nueva York por aquellas fechas. Le dejé claro que estábamos muy interesados y le prometí que en pocos días tendría la aceptación definitiva y, al menos, una parte de lo convenido. Aquello la complació. Conocía nuestra firma y, como bien ha dicho usted, eso era un punto importante a nuestro favor. Me ofrecí a trasladar el arcón, en el que, créalo o no, querido inspector, guardaba los objetos, a una caja de seguridad o a un banco mientras cerrábamos el trato, pero ella sostuvo, y debo admitir que con mucha convicción, que lo había mantenido a buen recaudo durante cuarenta años y que era capaz de salvaguardarlo un poco más. No pude hacer nada más que marcharme. Por supuesto, me prohibió comunicarme con ella en modo alguno a menos que se pusiera en contacto conmigo de nuevo.

—¿Y lo hizo?

—¡Oh, sí! A la mañana siguiente llegó una carta.

—¿Con matasellos?

—No —dijo el señor Majendie con un aire de aquiescente menosprecio—. Con ella, la princesa no pretendía concertar una nueva cita, sino que había cambiado de parecer sobre el modo de pago. En lugar del efectivo, si decidíamos disponer de parte o de la totalidad de lo que nos había ofrecido, debíamos extender un cheque a cualquier escuela para las hijas de la nobleza, sin más.

—¡¿Cómo?!

—Mi querido inspector, era una costumbre habitual, una causa apoyada por muchas damas rusas de familia noble y adinerada —aclaró sorprendido el señor Majendie—. La emperatriz María Fiódorovna...

—Sí, sí... —lo cortó Nightingale, recomponiéndose—. Eso demuestra que vivía en el pasado, en el pasado imperial ruso. En la Inglaterra de hoy en día no resultaría fácil encontrar una escuela que respondiera a esos patrones tan exclusivos. ¿Sabía usted que su nieto, Ivan Karukhin, vivía con ella?

El señor Majendie puso una mueca desagradable, se mordió los labios y ladeó la cabeza.

—Un joven al que la vida no ha tratado muy bien, por lo que parece —comentó—. La princesa se mantuvo, en esencia, formidable.

—¿Y sabe si se nacionalizó?

—Lo lamento, pero no tengo ni idea. Me pregunto si...

—Un destello de avaricia brilló en sus ojos—. Sin duda, Ivan Karukhin, al que no he tenido el placer de conocer, está en este preciso momento demasiado afectado como para comprender su nueva situación. Pero me pregunto si...

—¿Si vendería?

Nightingale hizo una pausa.

Basando su opinión en el comportamiento de Majendie y en su posición social y comercial, había decidido que o bien el joyero estaba detrás de la banda de Hampstead, o bien era completamente inocente; no había término medio. Si estaba involucrado, informarle del robo solo serviría para que se riera en sus adentros de la Policía; tampoco sería una revelación indiscreta. Si, por el contrario —lo que, según pensaba, era lo más plausible—, Majendie era inocente, eso lo convertía en un colaborador fiable. Ni siquiera deberían apelar a su discreción, que de por sí ya era habitual en él.

—Me temo que los tesoros de la princesa ya no están en Bright's Row —anunció Nightingale.

De inmediato, los ojos de Majendie se abrieron de par en par. Parecía sorprendido de verdad; sin embargo, Nightingale habría jurado que su primera reacción había sido, de nuevo e inexplicablemente, una de alivio.

—¿A qué se refiere a que ya no están? —dijo, desconcertado—. ¡Pero si él no ha tenido tiempo de venderlos! Pese a su lamentable situación, la princesa no tenía ni la más remota intención de dejarle poner las manos encima de ellos. A menos... —Esbozó una sonrisa irónica—. A menos, por supuesto, ¡que ambos hayamos sobrestimado la influencia de Petersburgo!

—¿Cree que recurrió a otras firmas, aparte de la suya, y que había aceptado sin decir nada una oferta mejor? Lamento informarle de que tenemos razones para pensar que fue víctima de un robo.

A estas palabras siguió un silencio demasiado largo, algo poco frecuente en el joyero.

—Impactante, profundamente impactante —dijo al cabo del rato—. Pero, dígame, ¿falleció por... muerte natural?

—Lo ignoramos —respondió Nightingale, y tras una pausa, añadió—: ¿Le importaría detallarme las posesiones de la princesa? Nos ayudaría mucho para saber qué se ha sustraído, y en caso de recuperarlo...

—Por supuesto, por supuesto. Durante mi visita a Bright's Row tomé un par de anotaciones, aunque recuerdo las piezas más excepcionales. Elaboré una lista completa para mis socios, pero desafortunadamente no la tengo aquí conmigo. Está en el despacho. ¿Desea verla esta misma noche?

Nightingale vaciló. Era un riesgo que debía correr. Pero decidió asumirlo.

—No, gracias. Mañana por la mañana estará bien. ¿Cuándo puedo pasar?

—Cuando guste, mi querido inspector.

—Muchas gracias. ¿Podría también darme una tasación aproximada?

El señor Majendie le lanzó una de sus miradas penetrantes.

—¿Por qué lo pregunta?

—Porque puede que alguien proporcione información si se ofrece recompensa —respondió Nightingale, receloso de que Majendie no hubiese llegado a esa conclusión por sí solo—. Nosotros no podemos ofrecerla, claro está, pero estaríamos encantados de cooperar con una firma de...

—Por supuesto, por supuesto. Aunque lo más seguro es que Ivan Karukhin no tenga problema en indemnizar... —El señor Majendie se detuvo, mirando con interés a Nightingale, quien no dijo nada. El joyero adoptó una expresión pensativa—. Bueno, no pasa nada —concluyó—. Tendrá su tasación.

—Una cantidad aproximada, de memoria, bastará. —Nightingale hizo una pausa—. Ha mencionado un tesoro —le recordó con calma a Majendie— y una operación considerable.

El señor Majendie frunció el ceño y juntó las yemas de los dedos.

—Sí, pero es muy difícil de calcular... Un tesoro, así es, y en especial para un amante de la orfebrería. Aunque, como imaginará, la mayor parte de las piezas no habrían encontrado un comprador enseguida... Pertenecían a un período complicado, que todavía no ha sido ensalzado por el gusto y la moda. La mayoría se habrían desmontado para vender las gemas, e incluso así, una gran cantidad de estas eran diamantes tallados en rosa, para los que apenas hay demanda en la joyería moderna. Muchas de las piezas también estaban engarzadas en plata, y esta, como ya debe saber, ha cedido terreno al platino y al paladio. Así que cuando le he comentado que se trataba de una operación considerable y que necesitaba consultarlo con mis socios, debe entender que hablaba desde un sentido de la responsabilidad.

El señor Majendie se inclinó hacia delante para atizar el fuego.

—Vaya... ¿Y nunca receló de la capacidad de la princesa para mantener sus propiedades a buen recaudo? Puede que se le ocurriera contratar a un guarda jurado para que vigilara...

—Pero, querido inspector —objetó el señor Majendie con gran sorpresa—, el baúl y su contenido aún no habían pasado a ser de nuestra propiedad. La firma, y me alegra decirlo, no dependía en lo más mínimo de dicha venta. ¿Por qué molestarnos?

—Entiendo. —Nightingale se incorporó—. Muchas gracias por su ayuda. Y siento mucho haberlo visitado a estas horas de la noche.

—No hay de qué, no hay de qué. Qué placentero sería si el deber fuera siempre tan agradable. En el caso de que mañana algún cliente requiera mis servicios, la verdad es que no lo creo, pero en Navidad es mejor estar preparado para cualquier eventualidad, le dejaré la lista a mi secretaria y le diré que se la entregue personalmente.

—Su secretaria... ¿no será por casualidad la muchacha que se sienta en la zona bombardeada cuando hace buen tiempo?

—Oh, no, cielos, ¡ni hablar! Esa es la señorita Cole, la más joven de la plantilla. Llegó hace un año, directa de la escuela. Una chiquilla encantadora, encantadora de verdad. Tan ágil..., ya me comprende, *hockey, lacrosse*... Justo el otro día a alguien se le cayó un Chaffers de uno de los estantes y debajo había unas piezas de mayólica que acababan de traer de Sotheby's: un par de soperas de Estrasburgo con forma de paloma. ¡Si hubiera visto el desplazamiento de la señorita Cole! ¡Un relámpago, inspector, un auténtico relámpago! Fue un rescate maravilloso. ¿Frecuenta usted Fitch Street?

Nightingale, que estaba preguntándose qué debía de ser un Chaffers, volvió en sí.

—He comprado algunos discos en la tienda contigua a la suya.

Como si Nightingale acabara de soltar una obscenidad, el rostro de Majendie se alteró en extremo. El inspector jefe decidió profundizar un poco en el tema.

—He pasado con el coche por Fitch Street esta tarde y he visto un cartel que decía que van a ampliar el local. —Se le ocurrió que la aparente antipatía del joyero hacia la tienda de gramófonos podía estar provocada por el resentimiento ante la adquisición de un codiciado espacio colindante—. ¿Qué había allí en el pasado?

—¿No recuerda a Elliman, el florista? Pobre hombre. Nunca se recuperó del golpe... De la bomba, ya me comprende. Perdió todo su entusiasmo. No quiso reconstruir, ni siquiera reclamó una indemnización por daños de guerra..., pero no quería desprenderse del terreno. Una terquedad asombrosa. Murió hace un par de años y los ejecutores del testamento, naturalmente, lo vendieron. Resultaba poco rentable para una sola tienda. Pequeño, sin salida en la parte trasera. Está encajado entre nosotros y la tienda de discos. Qué anomalías más extrañas en el aspecto constructivo y de planificación se dan en las grandes ciudades, ¿verdad? Resulta fascinante. ¿No cree que si todo fuera regular y simétrico, sería mucho más aburrido? Puede que Londres sea un embrollo, pero tiene su corazón, uno que palpita lleno de vida.

—Así es —dijo Nightingale, pensando en las turbulentas divisiones centrales del área metropolitana.

—Sepa que si el arcón de la princesa hubiese acabado en mis manos —añadió el señor Majendie—, habría podido ofrecer algo de considerable interés a nuestros vecinos fonográficos. La princesa tenía dos viejos discos, muy muy viejos. Los trajo con ella al venir aquí. Me los enseñó, afirmando que eran sus favoritos, pero que como no tenía intención de volverlos a escuchar, podía llevármelos con el resto de las cosas. Me pareció maravilloso y en cierto modo conmovedor que los hubiese conservado tanto tiempo.

—¿Le interesaba la música?

—Le apasionaba, querido inspector, le apasionaba. Era una Viestnitskaya y toda la familia sentía devoción por la música. Su hermano, el conde Sergei... ¡Qué hombre más elegante, por cierto! Por muchos años que viva, jamás olvidaré sus bastones. ¿Qué estaba diciendo? Ah, el conde poseía una colección de discos bastante famosa por aquel entonces, época que correspondería, por así decirlo, a la infancia de la industria discográfica. Era un entusiasta. Al igual que el príncipe Sevastyan Karukhin. Aunque él no era un puro entusiasta.

—El señor Majendie alzó la mirada hacia Nightingale, tratando de sopesar el efecto de aquella revelación tan ignominiosa—. Verá, tenía que superar a su cuñado. Y ese era el motivo de su colección. Construyó incluso un estudio con todo lo necesario para guardar y escuchar los discos. Reformó el invernáculo.

—¿Y cómo se las arregló sin el invernáculo?

—Pues gracias al tren, al desarrollo de la vía ferroviaria —explicó el señor Majendie, ignorando el sarcasmo del inspector—. Se enviaban frutas y flores con convoyes especiales desde las fincas del sur... Lo hacían a menudo, especialmente cuando celebraban bailes y banquetes. Utilizaban bloques de hielo para mantenerlo todo fresco, ¿sabe?

—¿Recuerda cuáles eran los discos de la princesa?

—No soy un experto en la materia, pero déjeme recordar... Olimpia Boronat... ¿le dice eso algo? ¿O quizá me he confundido con...?

—Parece posible. Era una soprano rusa. ¿Qué cantaba? *¿Die Letzte Rose?*

—Eso sí que no lo recuerdo. ¿Y cuál era el otro? Era una discográfica con el nombre manuscrito y se trataba de un hombre, creo que francés. Recuerdo que me hizo pensar en una marca de tabaco...

—¿No sería... De Reszke?

—¡Vaya, espléndido, señor Nightingale! Bravo. Eso es: Jean de Reszke.

—¡Jean! —exclamó Nightingale, subiendo varias octavas el tono.

—¿Es famoso? He de confesar que nunca he oído hablar de él.

Nightingale se quedó mirando a Majendie con incredulidad. Podía entender que una persona joven, a menos que tuviera ciertos intereses, no conociera a Jean de Reszke; pero antes de 1914, período en el que habían discurrido los años de juventud, por lo visto bastante receptivos de Majendie, los nombres de Tamagno, Maurel y De Reszke eran igual de populares en los círculos sociales que los de W. G. Grace y el káiser Guillermo. Esa era la impresión que les gustaba dar a algunas personas.

—Si se ofreciera a la persona correcta, un disco de Jean de Reszke probablemente tendría el mismo valor que una de las joyas de la princesa —anunció el inspector.

—¡Asombroso! ¿Tan maravilloso era?

—Lo ignoro —admitió Nightingale, resignado—. Murió cuando yo tenía unos siete años. Su reputación era excepcional. Sin embargo, el valor del disco reside en su rareza. No sabía que hubiese hecho ninguno. Puede que fuera una grabación privada. Por cierto, no era francés, sino polaco.

—Ah, le interesa la música... Yo carezco de oído. Pero, dígame: ¿tienen los ladrones más criterio o más intuición que yo? ¿Han cogido esos discos?

—Si seguían en la estancia cuando llegaron, sí. No los hemos encontrado. Aunque eso no significa que conozcan su valor. De hacerlo, se sorprenderían.

—Señor Nightingale, ojalá no se lo hubiera dicho. Puedo apreciar su decepción por haber estado tan cerca de escuchar dicha rareza y no haber podido hacerlo.

Nightingale sonrió. Negarse no servía de nada. Acompañado de una gran profusión de cortesías, abandonó la residencia del joyero.

Después del crepitante fuego y las mullidas alfombras de la

casa de Majendie, la calle se le antojó más fría. Nightingale se estremeció. Majendie, además de un hámster, era un viejo zorro. Toda aquella bonhomía titilante, aquella forma de hablar, exageradamente fragmentada, anticuada y afectada; todo ello era una coraza para contener al observador casual y que este no advirtiera su dedicación maliciosa, incluso despiadada, a los negocios. Era como una prótesis, que se convierte en parte de uno mismo con el uso prolongado, como una reacción instintiva.

Nightingale pensó que no le importaba lo más mínimo, siempre y cuando Majendie no utilizara aquella coraza para esconder otra cosa que su rapacidad; algo sobre lo que todavía albergaba dudas. De haber estado involucrado en el robo, ¿habría contado tanto? Posiblemente. Al darse cuenta de que la Policía había encontrado un vínculo entre él y Bright's Row, puede que decidiera ir sobre seguro: admitir su visita a la casa y confiar en que la pista misteriosa que lo involucraba no comprometiera su relato. ¿Alguien podía corroborar dicho relato? No, excepto los socios de Majendie, los cuales, en el mejor de los casos, habrían sido testigos de la escena. Si sus socios eran inocentes, ¿había alguna razón para suponer que existía una lista de las pertenencias de la princesa? ¿Estaría Majendie confeccionando una en aquel preciso momento? Y también tendría que sacarse de la manga dos cartas de la princesa Olga por la mañana. Ese asunto de los sellos, o su ausencia, sugería cierto amañamiento; era una de esas pinceladas que alguien con prisa utilizaba para mejorar una ficción, pero que acababa yendo más allá. Si había pretendido resolver el asunto del timbrado, olvidaba que la ausencia de sello no

implicaba que no hubiese matasellos, sino que en realidad la
oficina de correos habría indicado el cargo al receptor con un
par de cuños. En cualquier caso, ¿cuántas oficinas archivaban
las cartas?

Sin embargo, y pese a todo aquello, Nightingale decidió
absolverlo de momento. Iría con cautela con Majendie, eso es
todo. Si las cartas que le proporcionaba eran falsas, lo descubriría; y resultaba poco probable que, mientras tanto, Majendie, amparado por su lucrativo negocio, intentara huir del país.
Se preguntó qué debía de estar haciendo Beddoes con Ivan
Karukhin. Se encaminó hacia una cabina telefónica, agrade-
ciendo la perspectiva de cobijarse en su interior. Pensó que, si
este asunto prolongaba las guardias a cielo abierto, era mejor
que quien recibiera el encargo fuera vestido de vigilante nocturno y equipado con brasero y choza; de otro modo, ya podían esperar dimisiones.

Mientras marcaba, vio su rostro reflejado en el espejo. ¿Por
qué todos los espejos de las cabinas telefónicas devolvían
aquella mirada tan fantasmal? En ellos, todas las naturalezas
resultaban lívidas, todos los defectos se magnificaban. Oyó la
respuesta del despacho, presionó la tecla y dio su nombre. Antes de que pudiera añadir algo más, un aluvión de palabras le
invadió los oídos: Beddoes, el canal, borracho, el hospital de
St. Thomas. Sin esperar a oír nada más, soltó el auricular y
tomó un par de respiraciones profundas. Abrió la rígida puerta y, a continuación, vaciló. No había caído en preguntar si el
sargento estaba herido de gravedad. Aunque eso tampoco suponía diferencia alguna. Lo principal era llegar al St. Thomas,
y cuanto antes mejor. Salió disparado de la cabina y empezó

a correr calle arriba. «¡Tonto, imbécil, idiota!», apostrofó a Beddoes para sus adentros. Con gesto urgente levantó la mano para parar un taxi.

Aunque el golpe había sido feo, Beddoes no había sufrido daños serios. Presentaba un aspecto muy pálido y estaba bastante irreconocible en aquel pijama almidonado y blanco del hospital. Pese a ello, nada impidió que relatara su aventura con voz compungida. Nightingale ya ni siquiera trataba de consolar su disgusto y decepción. Beddoes, de hecho, parecía más mortificado que físicamente incómodo.

—Y para colmo —murmuraba en aquel momento—, cuando he abierto los ojos, me he encontrado con un enorme y maldito perro husmeándome y aullando, como si fuera una perdiz gorda... ¿Los *retrievers* cazan perdices?

—Pues a mí me parece un perro muy inteligente —apuntó Nightingale.

—Sí. —Beddoes cerró los ojos—. Solo falta que lo expliquen en las escuelas: «Un perro salva a un poli de una pulmonía». Una pena que no haya salido a pasear un poco antes, así habría podido ver lo que hicieron con Ivan el Terrible. O una pena que no sea un sabueso; habría olfateado la orilla y habría seguido el rastro. ¿Qué vamos a hacer... con Ivan?

—No te preocupes —dijo Nightingale.

Beddoes abrió los ojos.

—No me preocupo.

—Nadie lo diría —lo provocó Nightingale, bajándole un poco los humos al sargento.

—Lo que pasa es que nunca me has visto sin corbata, tan joven y vulnerable —bromeó Beddoes.

—Está bien, de acuerdo. Además de mantener los ojos bien abiertos, dragaremos el canal por si lo han empujado.

—En ese caso me pondré como una fiera. Todo mi trabajo y empeño...

—No creo que se hayan arriesgado a utilizar la misma técnica, y menos después de toparse contigo. Han debido de pensar que recuperarías el sentido y que ya te pondrías en pie tú solo. Seguro que no deseaban quitarte de en medio. E incluso si era eso lo que pretendían, tu cadáver en la orilla habría atraído una atención, en absoluto deseada, hacia el canal.

—Lo que realmente me sorprende es que no nos hayan empujado a los dos. Era la solución más simple.

—No sin contrapeso para evitar que salierais a flote —dijo Nightingale, con más calma de la que realmente sentía—. Eso es lo desconcertante en el caso de Ivan. Lo han tirado al agua, probablemente golpeándolo antes, despreocupándose por completo de si el cuerpo, a la larga, saldría a la superficie. Puede que hayan actuado por impulso y seguro que lo han hecho con rapidez. Sin embargo, lo que no me cuadra es que se hayan topado con él por casualidad y que hayan aprovechado para arreglar viejas cuentas. Y en el caso de que fueran tras él, ¿cómo sabían qué camino iba a tomar? De haberlo seguido, habrían reparado en tu presencia y no se hubiesen arriesgado. Si finalmente no aparece en el canal, tendremos que asumir que se lo han llevado en coche. No habrían llegado muy lejos con un cuerpo inerte y mojado. Así que ¿por qué no cargarlo en un vehículo? Mucho más fácil y seguro para pescarlo.

—Al principio he pensado que se trataba de un suicidio —dijo Beddoes, con voz cansada—. Pero supongo que, a la luz de los hechos, no ha sido así. Te diré cómo averiguar si está allí: lleva a analizar una taza de agua del canal. Si supera el cinco por ciento de alcohol, ¡premio!, está ahí abajo.

Nightingale se puso en pie.

—Me marcho. ¿Y tu familia?

—Ya los han avisado... Todo en orden. Son lo suficientemente listos como para no montar un escándalo por tan poca cosa. Pero espera un momento. Tengo que contarte... Cuando me han golpeado, se me ha pasado por la cabeza una idea de lo más estúpida. —Beddoes hizo una pausa y dirigió la mirada hacia el pie de la cama—. He pensado que estábamos de nuevo en guerra y que alguien había lanzado un misil.

Nightingale lo observó en silencio durante un par de segundos.

—¿En serio? —murmuró al cabo del rato—. ¡Pobre Bed!

Recuperó los guantes de donde los había dejado en la taquilla y levantó una hoja de papel que había debajo de ellos. Debía de ser el expediente del hospital.

—¡Por el amor de Dios! —exclamó, leyendo lo único que había anotado en él—. ¿De verdad te llamas Jonathan?

—No lo elegí yo.

—¿Sabes cuál es mi nombre de pila?

—Brett —dijo Beddoes con amargura, casi a punto de pedirle explicaciones de por qué pensaba que era mejor que el suyo.

—En realidad, ese es el segundo.

—Ah, es verdad, ya me acuerdo: D. B. A. N. He visto esas

iniciales unas cuantas veces. ¿Qué significa la D? ¡No! ¡Que me aspen! ¡No puede ser! —exclamó el sargento—. No me hagas reír, que no puedo... Si lo hago, noto como si la cabeza fuera a estallarme en...

Tras la sorpresa, Beddoes se llevó las manos a la cabeza y empezó a proferir una especie de quejidos angustiados.

—Adiós —dijo Nightingale compungido—. Lamento no ser una influencia perturbadora. Aunque estoy de acuerdo contigo: David y Jonathan no suena mucho mejor que Night y Bed.[2]

Al salir de la habitación, vio que las manecillas del reloj de pared anunciaban que faltaban cinco minutos para la medianoche.

---

2. En el primer caso, se refiere a dos personajes bíblicos de gran importancia. En el segundo, se traduciría por «Noche y cama». (*N. de la T.*)

SEGUNDA PARTE

23 de diciembre

El despacho del joyero, al que acudió Nightingale a la mañana siguiente, era una estancia pequeña y no muy ordenada, al final de un pasillo en la trastienda. Nightingale supuso que Majendie había ocupado aquel rincón más bien apretado cuando era un socio júnior y que lo había conservado por costumbre o afecto. Sin duda, su tamaño diminuto y el mobiliario pasado de moda estaban destinados a mitigar la posible admiración o prudencia que causaba la imponente tienda en el visitante. Esa estancia parecía proclamar que la firma, pese a comerciar con ostentosos y exóticos artículos, era, en esencia, una pequeña empresa familiar en la que primaban los más altos estándares de integridad, cortesía y atención al cliente; que allí, las cuestiones se conducían con el espíritu de épocas más generosas, incluso quizá con cierto desorden doméstico. Y mientras se acomodaba en aquella pequeña guarida, el inspector añadió otra pincelada al retrato oficial de Majendie que estaba elaborando: un hámster que hurgaba en un nido de papeles. Nightingale pensó que sería divertido traer a uno de aquellos animalillos a ese despacho para que hiciera pedacitos la correspondencia de Majendie y se atiborrara con ella.

—Ah, inspector Nightingale —saludó el joyero, sonriendo como un querubín—. Buenos días... ¿Sabe? Creo que, al abreviar de este modo nuestro saludo matinal, hemos avanzado mucho. En una jornada como la de hoy, por ejemplo, saludar diciendo «que tenga muy buenos días» resultaría una pretensión superflua y sin sentido, teniendo en cuenta el «fantástico» tiempo de hoy. Mientras que un «buenos días» a secas es una afirmación entusiasta de los hechos. Supongo que, con el mal tiempo que hace hoy, un «que tenga muy buenos días» expresaría cierta esperanza caritativa..., aunque resultaría más práctico sustituir el «tenga» por «tengamos», introduciendo así en la petición un matiz de conmiseración compartida...

—En este país es mejor dejar a un lado las condiciones meteorológicas y que el saludo refleje el deseo de una mañana productiva —respondió Nightingale, haciendo gala de toda su paciencia.

—Muy razonable, querido inspector. ¿Pasamos a la cuestión que nos ocupa?

El joyero levantó la estatuilla de un babuino esculpida en una piedra semiopaca ennegrecida y sacó una hoja de papel. La mirada de Nightingale pasó de aquel objeto fascinante a un libro que había junto a él: *Derecho anglosajón para el hombre anglosajón*. No le pareció un título muy acorde con Majendie.

—Respecto a esa lista que deseaba examinar —dijo el señor Majendie—, la señorita Millett, mi secretaria, ha mecanografiado una nueva. La mía estaba llena de detalles técnicos que, a fin de reconocer las piezas, juzgué menos útiles que una descripción más general. He omitido los quilates, las marcas, el peso y ese tipo de datos, y comprobará que, en el caso de ciertas piedras o minerales cuyos nombres pueden resultar poco familiares para un profano en la materia, he añadido el color. La rodonita, por ejemplo...

—¿Rosa o roja? —aventuró Nightingale.

—Ah, inspector Nightingale..., permítame dudar que todos los agentes de la Policía Metropolitana tengan conocimientos básicos de griego. ¿Y qué me dice de la obsidiana y la bavenita, por no mencionar las mutaciones que produce la capacidad de coloración de la calcedonia?

Nightingale pensó que aquello le estaba bien empleado por fanfarronear. «Agente». «Conocimientos básicos de griego». Debería haber recordado que Majendie llevaba afilando su lengua durante, como mínimo, un cuarto de siglo más que él.

—Y aquí tiene la lista original, por si desea compararlas —concluyó Majendie con un inequívoco brillo en los ojos.

Nightingale no pudo evitar sonreír. Examinó las listas. Estaban perfectamente ordenadas, casi contradiciendo la ligera confusión del lugar del que provenían, y presentaban secciones por categorías. «*Parure* de collar, pendientes y pulsera, con diamantes talla cuadrada (de Brasil) y esmeraldas talla cuadrada (de Siberia), montura en oro —"¿Cuál había sido el regalo de aniversario de boda del príncipe Sevastyan?"—. *Rivière* —"¿Qué debía de ser eso?"— de grandes brillantes, con pendientes a juego, plata. Tiara de diamantes talla rosa. Broche de rubí, madreperla y esmeralda». Amatista, topacio, turquesa, zafiro, turmalina, ópalo, diamante y, de nuevo, diamante; pendientes, horquillas, anillos, *aigrettes*, tiaras... A medida que leía, su mente iba imaginando todas aquellas piedras preciosas y adornos. «Pitillera en oro, con resorte en zafiro talla cabujón y detalles de rayos, de 9 cm, con las iniciales h. w.; caja en oro, con guilloché, esmaltada en blanco y azul marino, con celosía de diamante talla rosa, montada en oro de color, 15 cm, con las iniciales m. p.; pitillera de jade de Siberia, montura en oro amarillo, con resorte en rubíes talla cabujón y diamantes talla rosa, 7 cm, con las iniciales h. w.».

—¿A qué corresponden estas iniciales? —preguntó con cierto tono sumiso.

—¿Se refiere a H. W. y M. P.? Son las iniciales de los artesanos: Henrik Wigstrom y Michael Perchin, respectivamente. Hay más.

—Ah, Wigstrom…, uno de sus maestros.

El señor Majendie no pronunció palabra, pero parecía tan complacido que Nightingale se conmovió. Puede que no estuviera acostumbrado a que recordaran el más mínimo detalle de sus barboteos. Nightingale regresó a aquellas fascinantes anotaciones. Solo contando cajas y pitilleras, la princesa podría haber abastecido una pequeña tienda con lo que guardaba en aquella descuidada habitación; eso, sin tener en cuenta los sellos de lacre, los portalacres, los frascos de perfume, los abanicos, los marcos en miniatura y otros objetos que registró en un todo confuso con la mirada.

—¿Por qué trajo estos objetos tan pequeños? —preguntó—. ¿Por apego sentimental?

—Nada más lejos de la realidad, querido inspector. Aparte de las piezas de joyería, todo lo que aparece en esta lista está hecho de oro o cuenta con algún elemento de dicho material. Y eso es precisamente lo que tenía en mente la princesa: rescatar lo más valioso. De haber podido prever la cotización actual, o más bien debería decir «la moda», quizá hubiese traído piezas de Fabergé, pródigas en el palacio Karukhin, confeccionadas con materiales semipreciosos... o, por ejemplo, alguno de esos mangos de parasoles que le mencioné la noche anterior.

—No todo son piezas de Fabergé, ¿verdad? —preguntó Nightingale—. Por ejemplo, ¿qué es esta «caja de oro ovalada Luis XV, engastada de gemas, esmaltada...»?

—Ah, sí... Poseía algunas antigüedades de lo más interesantes, también entre la joyería, aunque en menor medida, puesto que los dictados de la moda obligaban a modernizar las piezas más antiguas de vez en cuando. Sin embargo, alguna herencia familiar sobrevivió. Permítame que le muestre... Sí, aquí está. «Adorno floral de finales del siglo XVIII, en plata y engaste tipo pavé con diamantes talla rosa». Y estos de aquí..., estos pendientes. Y también está el reloj esmaltado, una pieza muy refinada.

Nightingale asintió.

—¡Y un disco de Jean de Reszke! ¿Podría ver las cartas que le envió la princesa, por favor?

—Por supuesto... Las he preparado, por si se me olvidaban... Por favor, consérvelas si cree que pueden resultarle útiles.

—Gracias —respondió Nightingale, mirando con resignación como Majendie dejaba las huellas de sus dedos regordetes en varias zonas de las cartas. Se preguntó si el joyero había advertido que su huésped no se había quitado los guantes. Echó un rápido vistazo a las cartas, que eran poco más que notas y exclamó—: ¡En francés!

—La princesa siempre me habló en ese idioma, ignoro si con el fin de no dañar su oído o mi lengua.

—Sí, ya lo mencionó. Pero, con su situación, nadie se lo habría tenido en cuenta de haberlo olvidado.

—Muy cierto, pero no lo olvidó. Asombroso, ¿verdad? Y su dominio del francés, como leerá, apenas se vio afectado pese a años en desuso. Una mente excepcional.

—Así es.

Nightingale se dispuso a guardar todos los documentos en su cartera. Al doblar la lista de objetos, miró de nuevo la tasación de Majendie. Le parecía un poco moderada para una colección como aquella; pero recordó el comentario de la rodonita y prefirió guardar silencio.

¿Qué estaría dispuesto a pagar un admirador de Fabergé por una muestra de su arte? No lograba imaginar a la banda de Hampstead forjando aquellos planes tan elaborados solo para raspar un poco de oro del esmalte. Debían de haber encontrado un mercado de piezas artísticas y la prueba era aquella vajilla de porcelana que tanto despreciaba Beddoes. Aquello significaba que no debía desesperar: la atenta vigilancia que había puesto en marcha la noche anterior todavía podía ofrecer resultados. Las piezas dirigidas a un mercado en concreto aún podían estar cerca, almacenadas en algún lugar, incluso en el propio Londres. Lo que no confiaba en recuperar eran las piezas de orfebrería; seguro que ya las habían desengastado y sacado del país.

«Desengastado...». Como si se tratara de la armonía de una nota, aquella palabra hizo aparecer en su mente la imagen simultánea del camafeo de Christina y el regalo de Navidad de esta. De inmediato, la yuxtaposición le pareció tan evidente que no entendía cómo no se le había ocurrido antes.

—¿Tiene usted camafeos en venta? —le preguntó a Majendie, casi sin ser consciente de lo que se disponía a hacer.

—¿En concha?

—¿Cómo?

—¿Se refiere a camafeos en concha?

—Me temo que lo ignoro —se excusó humildemente Nightingale. Majendie ladeó la cabeza con incredulidad y el inspector, con poca convicción, añadió—: Uno corriente.

—Ah, sí, entonces, sin duda, de concha —afirmó el joyero. Abrió un cajón del escritorio y sacó una caja—. Bien, aquí tenemos... —dijo, levantando la tapa y sacando un gran anillo— un ejemplo de un camafeo en ágata. «Camafeo» es el término que se utiliza para cualquier relieve obtenido en una gema o piedra. Aquí, como puede ver, las capas de color apoyan el relieve —concluyó, tendiendo el objeto hacia Nightingale.

«Qué hermoso», pensó el inspector. De un oro pesado y rojizo, con la figura de una cabeza de lo que parecía un hombre romano, delicada en extremo y con unos acabados precisos.

—La piedra no es realmente romana, ¿verdad? —preguntó.

—No... Es una imitación renacentista de un modelo antiguo y la montura es de principios del siglo XIX. Pero ¿por qué no se lo prueba, señor Nightingale?

—Por el amor de Dios —interrumpió Nightingale con rapidez—. No trataba de... Es decir, espero que no piense que estoy admirándolo con desapego.

—¡Mi querido inspector, por supuesto que no! —protestó el señor Majendie con aire ofendido—. Pero pruébeselo... Al fin y al cabo, ¿por qué no aprovecha ahora que tiene la oportunidad?

Nightingale obedeció. Le iba bien y le gustaba.

—Muy elegante, inspector, muy elegante —exclamó el señor Majendie, como si estuviera a punto de aplaudir—. Tiene usted una mano perfecta para llevar anillos. Vamos, vamos, no se lo quite. En mi opinión, un anillo en una mano como la suya, grande y de formas proporcionadas, especialmente con dedos largos que compensan su anchura, un anillo adecuado, como decía, es un adorno fundamental que resalta la fuerza de la mano.

Nightingale pensó que todo aquello resultaba muy halagador. Se sonrojó al imaginar la mirada de Beddoes si llegaba con aquel pomposo anillo. ¿Cuál era aquella otra piedra de color que aparecía en la lista de Majendie? Purpurina. Consideró que era precisamente el material que mejor se adecuaba al color actual de su rostro. Le devolvió el anillo.

—Pero, según ha dicho, lo que le interesa son los camafeos en concha —apuntó Majendie.

Nightingale guardó silencio. No había mencionado nada de eso; pero, irreflexivamente, lo había dado a entender, poniéndose en una situación delicada. Si Majendie estaba implicado en la investigación que tenía entre manos, debía evitar relacionarse con él de forma no oficial, y mucho menos en algo que involucrara una transacción económica. De hecho, Majendie ya estaba implicado, aunque de forma inocente. Sin embargo, quedaban menos de dos días para comprar el regalo de Christina y había decidido que sería un broche con un camafeo. No sabía cuándo tendría tiempo de comprarlo, o si acaso lo tendría. Retrasar el regalo supondría decepcionarla. Nadie allí, a excepción de Majendie, conocía su identidad o el motivo de su visita, y el joyero tampoco parecía muy inclinado a proclamarlo a los cuatro vientos.

—Sí, estoy interesado —admitió—. Me gustaría comprar un broche con un camafeo.

—Creo que tenemos alguno. Todos de segunda mano. No le importa, ¿verdad? Bien, si es tan amable de seguirme hasta la tienda... Me temo que yo tengo que salir un momento, pero el señor Emmanuel lo atenderá. Lo dejo en buenas manos.

Con una indolencia que a Nightingale le pareció ciertamente temeraria, el señor Majendie depositó el anillo sobre el escritorio. A continuación se dirigió hacia la puerta y recorrió el pasillo flanqueado por despachos cada vez más imponentes hasta la hermosa tienda, que se asemejaba a una iglesia. A paso ligero se acercó a un hombre de piel oscura y aspecto cuidado.

—Ah, señor Emmanuel —murmuró—, le presento al señor Nightingale. Desea ver broches con camafeo en concha. —Se volvió hacia el inspector y añadió—: Ruego me disculpe. Quedo a su disposición para cualquier otro asunto que pueda presentarse.

Con una sonrisa radiante y estudiada, el señor Majendie se marchó como si fuera un viejo tren de vapor y dejó a Nightingale en manos del señor Emmanuel.

Y eran unas manos muy capaces. En cuestión de segundos habían depositado sobre el cristal de la vitrina una bandeja de broches con camafeo. Tras un primer examen, descartó todos los de montura elaborada, puesto que Christina admiraba el de su madre por la sencilla banda de oro que lo rodeaba. Sin embargo, los que cumplían con esta condición no eran los más bonitos. Alzó la mirada, dispuesto a preguntarle al dependien-

te si podía mostrarle alguno más, y reparó en que una muchacha se había situado junto al señor Emmanuel sin hacer ruido. Nightingale la reconoció enseguida; era la chica rubia que
se sentaba al sol en la zona bombardeada, la más joven de la
plantilla, la chica para todo: la señorita Cole.

Le susurró algo al señor Emmanuel. Nightingale solo pudo
cazar al vuelo las palabras «teléfono», «columnas de lapislázu-
li» y «Louis». El señor Emmanuel pareció inquietarse. Con
deferencia solicitó ausentarse durante unos pocos minutos.

Brett no estaba en absoluto descontento de que lo dejaran
con la señorita Cole. Cuando la veía de lejos, a menudo pensaba que una inspección de cerca le recompensaría, aunque
no estaba tan interesado como para desviarse de su camino
y llevarla a cabo. Ante aquella oportunidad, comprobó complacido que no solo no se equivocaba, sino que la muchacha
excedía las expectativas. No se podía decir que fuera bonita.
Tenía unos pómulos anchos y altos que parecían empujar sus
ojos verdes hacia arriba en la parte exterior. Las cejas, oscuras,
contrastaban con su cabello rubio y seguían la misma línea
pronunciada y oblicua. Su nariz era chata y de puente ancho,
y tenía los labios carnosos, con el superior más fino que el
inferior. Si su expresión hubiera sido sosa o apática, habría
resultado del montón; pero su rostro era la pura imagen de
la vitalidad y aquellos rasgos de algún modo tan irregulares
se combinaban en un todo sorprendente. Todo en ella gritaba juventud y salud: su tez aterciopelada, la rectitud de su
espalda, la viveza de sus movimientos. Brett no le puso más
de diecisiete años.

Sin embargo, no pudo evitar fijarse en que, en aquel momento, tenía una expresión resentida y desconfiada. Permanecía allí en pie, inmóvil, con las manos apoyadas en el borde de la vitrina. No cruzó la mirada con él ni siquiera se atrevió a alzar los ojos en su dirección. Parecía, de hecho, como si le fastidiara atenderlo.

—Busco uno de más o menos esta medida —informó Brett—, pero con un borde sencillo y cuyo grabado no sea solo una cabeza. Es para reemplazar uno de dos mujeres bailando. ¿Me puede enseñar algo parecido?

Su rostro pareció oscurecerse todavía más y durante un par de segundos permaneció inmóvil. Justo cuando Brett estaba a punto de hablarle con aspereza, se volvió con una rapidez que contradecía su expresión mohína hacia un elegante armario, abrió la puerta y sacó una pequeña bandeja de la que tomó un broche. Se lo mostró a Brett sin pronunciar palabra.

Brett iba a mofarse de la reducida selección disponible, pero se contuvo. La mano de la joven temblaba. Tomó el broche sin prisa, observándola. De vez en cuando fruncía los labios con fuerza, provocando un ligero movimiento en sus mejillas. Brett pensó que aquel color sonrosado quizá no se debía a la felicidad y la juventud. Mientras examinaba el camafeo, había aprovechado para observarla sin reservas y parecía turbada. De repente vio toda su apariencia y conducta con otros ojos. Su aparente ceño fruncido era simplemente producto de la línea de las cejas. Era joven, la más joven de todos; y estaba muy nerviosa.

—Gracias —dijo Nightingale, y bajó la mirada hacia el broche.

El diseño se arremolinaba alrededor del óvalo. Diana, con

arco y carcaj de flechas, conducía su cuadriga a través del vasto cielo. Las patas de los equinos se curvaban en el galope, sus cuellos estaban arqueados y sus crines volaban al viento. La diosa se inclinaba hacia atrás, con una diadema en los rizos y unas telas semitransparentes ondeando tras ella. Más abajo, en el fondo, brillaba una estrella solitaria. Al principio, la composición global captó toda su atención, pero los detalles del diseño también eran muy bonitos. Los rasgos de la diosa estaban bastante definidos y, sin duda, eran castos y hermosos.

—¿Le gusta? —Oyó que decía la voz del señor Emmanuel a su espalda.

—Sí —admitió Brett, sorprendido, alzando la mirada.

Devolvió el broche a la bandeja.

—Es una pieza con un relieve magnífico —declaró el señor Emmanuel, cogiéndolo—. Y la concha es también de buena calidad. Muy adecuada para el tema. Ese color gris oscuro es perfecto para el cielo nocturno. La gran mayoría de ellas hubiesen resultado demasiado marrones.

Lo acercó a la luz para demostrar lo fino que era y el grabado se distinguió como si fuera una filigrana negra. Brett se estremeció. No podía permitir que Christina volviera a olvidarlo sobre el piano.

—Por supuesto, no hay montura —continuó el señor Emmanuel.

—Y entonces, ¿qué es eso?

—Bueno, en realidad, solo sirve para sostener la pieza y para el prendedor. Compárelo con este.

El señor Emmanuel le señaló un monstruoso círculo con cadenas de oro amarillo que parecía aplastar el camafeo central.

—Eso es precisamente lo que no estoy buscando —dijo Brett. Sonrió hacia la señorita Cole para demostrar a ambos a quién se debía el mérito de haber satisfecho sus deseos, pero ella no lo estaba mirando—. ¿Cuánto cuesta? —preguntó, tras sacar la chequera y empezar a escribir la fecha.

—Quince libras —anunció el señor Emmanuel, después de una pausa casi imperceptible—. Su montura contiene menos oro que otras más elaboradas, así que es más económico. ¿Desea que se lo envolvamos? —concluyó, con cierta aspereza.

—Sí —dijo Brett, ahogando un «por supuesto» demasiado enfático.

El ojo experto del señor Emmanuel se percató de que la pluma del inspector vaciló un instante antes de posarse de nuevo en el cheque. Brett se apresuró a escribir el nombre de Majendie, el precio, lo firmó y anotó su dirección en la parte trasera. El cheque pasó a las discretas manos del señor Emmanuel. A cambio, recibió un paquete muy ligero, envuelto con elegancia por la señorita Cole. La transacción estaba hecha.

Obligándose a sacudirse de encima cierta sensación de incomodidad, Brett le dio las gracias a la muchacha. Esta, por primera vez, lo miró a los ojos. Y por lo que interpretó, con curiosidad. El inspector le sonrió con determinación, para ver si conseguía que dejara a un lado su seriedad, pero en aquel momento, el señor Emmanuel la despachó con un gesto.

—Un día muy agradable —observó el hombre. Le tendió el cheque a un asistente, acompañándolo de una mirada que lo instaba a desaparecer—. Aunque no creo que dure mucho. Cuando el cielo se cubra, habrá que esperar nieve. Si tenemos suerte, serán unas Navidades blancas.

—Sí —respondió Brett sin mucho entusiasmo.

No estaba de humor para una charla posventa. La señorita Cole había desaparecido. Había hecho algo de lo que ya se estaba medio arrepintiendo y estaba bastante molesto consigo mismo.

Cariacontecido, echó un vistazo a la tienda. Tras un arco se veía otra estancia; en ella, tres hombres discutían sobre unos tazones de porcelana que tenían delante, levantándolos y golpeándolos con los nudillos a intervalos frecuentes. Los tazones respondían con unas notas puras, como de campana. A veces, golpeaban dos de ellos en una sucesión rápida, y las estancias reverberaban con unos apacibles tonos o semitonos. «Resonad, oh, esferas cristalinas, deleitad por una vez nuestros oídos terrenales», pensó Brett, recordando el himno. Al fin y al cabo era diciembre y la feliz mañana estaba cerca. Le vino a la mente otra cosa que podría deleitar sus oídos. Pero en lo que llevaba de día no había tenido noticia alguna: nada de informes alentadores sobre una actividad inusual de los bajos fondos; nada de que hubieran sacado a Ivan del canal, frío como un pez. Todavía no había hablado con la División; puede que hubiesen averiguado algo de lo que les había pedido, aunque no habían tenido mucho tiempo para indagar.

Con cierto alivio tomó el recibo, consiguió despedirse civilizadamente del señor Emmanuel y se encaminó hacia un área de actuación mucho menos lujosa.

Nightingale se topó con Beddoes en el exterior de la comisaría.

—He salido pronto —se apresuró a decir el sargento ante

la mirada silenciosa del inspector—. Estoy bien. Ya te lo dije anoche. Y no es que hayan tratado de retenerme...

—No, supongo que no —dijo Nightingale, examinándolo de arriba abajo—. ¿Cómo va la cabeza?

—Creo que funciona dentro de la normalidad, gracias. ¿Ibas a entrar para ver qué tenemos para ti?

—Sí. Pero como tú ya has pasado antes que yo, supongo que me ahorraré la molestia, ¿verdad?

Beddoes negó con la cabeza y, a continuación, puso una mueca.

—Ahora te lo cuento. ¿Adónde vamos?

—Conduciré hasta el aparcamiento y podemos quedarnos en el coche. Llevo un termo con café... Si te apetece, puedes tomarte uno, pero es negro y con azúcar, y tendrás que compartir conmigo la taza.

Beddoes soltó un gemido y puso la misma cara que a menudo ponen los niños ante un plato de espinacas.

—Bien, entonces, me lo beberé yo solo. Tampoco creo que alcanzara para los dos. De todos modos, supongo que no te hubiese sentado bien.

Mientras conducía, le resumió al sargento sus pesquisas sobre Majendie. Beddoes acogió con su habitual despreocupación la descripción de algunos de los tesoros de la princesa Olga; y la tasación de Majendie, con un gesto escéptico.

—Yo también lo he pensado —confesó Nightingale—. Puede que no albergara otras intenciones, pero estaba dispuesto a sacar tajada de la princesa. Y puede que, al ser una ermitaña medio demente, a ella le dijera una cifra aún más baja que la que nos ha dado a nosotros. Pero no sé... No estaba tan trastornada. En cualquier caso, él y sus socios deben de frotarse las manos solo con pensar en los beneficios.

—Pues claro —dijo Beddoes—. Majendie sabe que Ivan Karukhin es el legítimo heredero y que no va a vacilar ni un instante en vender las joyas si las recuperamos. Así que ahora no quiere arriesgarse a admitir su valor real.

—Sí, procurará hacer negocio y cerrar el acuerdo. Hizo todo lo posible para que no esperara un precio muy alto..., después de enterarse de qué lado soplaba el viento. Lo que al principio describió como una venta considerable acabó por metamorfosearse en un riesgo considerable.

Nightingale dio marcha atrás con el coche y lo aparcó en un hueco entre otros dos vehículos. Sacó el termo del bolsillo y desenroscó la tapa.

—Cuéntame... —empezó a decir, inclinándose hacia el otro lado para servir el líquido sin que se derramara—. Un momento, ¿tienes frío? Con este día no he subido el capó. Si quieres, hay una manta en el maletero.

—No, gracias —respondió Beddoes pacientemente—. Ha sido un contratiempo menor que no ha hecho mella en mi salud. En fin, han ido a St. Pancreas, pero no han sacado mucho más sobre Ivan de allí...

—Un día se te escapará mientras estés testificando —le advirtió Nightingale.

—Al parecer se trata de un tipo aburrido, pero inofensivo. Se incorporó de inmediato tras salir de la escuela a los catorce años, recomendado por el antiguo director. Soy incapaz de imaginarme a alguien recomendándolo... Sin embargo, lo emplearon como recadero. Tuvo mucha suerte, por la época que corría y en vista de sus cualificaciones o, más bien, su falta de ellas. No era lo bastante fuerte como para trabajar de maletero. Se ve que siempre estaba de baja. A veces lo mandaban a casa cuando se ponía mal por el asma. En el trabajo jamás mostró síntomas de embriaguez, por lo que deduzco que si, como pude comprobar anoche, se bebía hasta el agua de las macetas, debía de bastarle una noche de sueño para recuperarse. La gente de la estación apenas encontró nada que contarme. Suenan bastante comprensivos, aunque creo que ya casi se han olvidado de él. Desempeñaba trabajos de oficina menores, sin horario, aquí y allá, cuando se lo necesitaba. Tampoco hubo quejas de cómo lo hacía. No creo que vayan a echarlo de menos. Sin embargo, lo extraño es que el 22 lo vieron por todos lados y con bastantes ganas de hablar.

—No es en absoluto extraño. Estaba sobreactuando, eso es todo. ¿Han averiguado a qué escuela fue?

—Sí, a la que queda más cerca de Bright's Row. Es al primer lugar que han ido, pero esta mañana. Y, mejor todavía, conocían al director y preguntaron por él. Sin embargo, este no recordaba a Ivan y tuvo que buscar en los expedientes antiguos. No olvides que Ivan tiene cuarenta años. El director que lo había recomendado se jubiló hace unos años. Pero aún está vivo y tienen su dirección. En Esher. Ya han mandado a alguien.

—Bien. ¿Qué me dices de los *pubs*?

—Jugosos —dijo Beddoes—, bien jugosos. Los de comisaría sabían cuál era su favorito. No donde me lo encontré, sino otro, el Oak Tree. El propietario es legal y me dio mucha información. Al parecer, se lo conoce como El Príncipe. A veces, cuando ya llevaba una copa de más, solía reivindicar su nobleza de cuna y los parroquianos se dedicaban a animarlo sin mala intención, solo para divertirse. También le gustaba alardear de lo que haría cuando recibiera su herencia o, en otras ocasiones, alegaba que lo habían privado de ella maliciosamente. Según el propietario, nadie lo tomaba demasiado en serio. Los de la Divi le han preguntado si venían tipos sospechosos por el local, a lo que les ha contestado que a él todos le parecían «tipos sospechosos» y que algunos incluso lo eran. Puso como ejemplo a Sowman y a Pomphilion, y se ha enojado al ver que los chicos de la Divi no se mostraban impresionados. Pero entonces ha mencionado que le había servido un par de copas a Stan Wacey.

Nightingale alzó las cejas.

—Alguien lo vio el otro día por Vanbrugh Street. ¿Qué está haciendo aquí?

—Vive por la zona, ¿no te acuerdas? —aclaró el sargento.

—¡Por el amor de Dios, qué desconfiado soy! Soy incapaz de imaginarme que alguien como Wacey va al *pub* del barrio solo para tomarse una copa sin tramar algo. Pero se porta bien, ¿verdad? Ha salido hace poco. ¿Sabes cuándo fue por primera vez al Oak Tree?

—Hace un par de meses. Y no ha vuelto desde entonces.

—Puede que no signifique nada. En cualquier caso, Wacey no tiene nada que ver con los de Hampstead por la mera razón de que estaba en la cárcel por aquel entonces. Y con Ivan no creo que haya hecho más que intercambiar miradas, aunque habría podido estar presente en una de sus por lo que parece habituales arengas sobre...

Nightingale se interrumpió. Su herencia. Su Fabergé. De

repente, una parte del informe de Beddoes sobre lo que había ocurrido la pasada noche adquirió sentido.

—¿Qué crees que quiso decir Ivan cuando mencionó el huevo? —le preguntó.

—El tipo ese estaba chiflado —dijo Beddoes con aire sombrío.

—No creo. Es decir, no en ese sentido. Ya te he dicho lo que incluye la lista de Majendie. Fabergé. Fabergé y huevos. Beddoes...

—¡Un momento! He oído hablar de esos huevos. Hechos de oro y de diamantes y de yo qué sé, con pequeñas sorpresas en su interior del mismo estilo. Pero ¿no los hicieron para que el zar se los diera a la zarina o a su madre?

—Supongo que todo el que se lo podía permitir tenía uno. Y ya sabemos que los Karukhin podían. ¿Te imaginas que tuvieran un huevo, todo blanco y brillante, precioso, como hielo, escarcha y estrellas?

—No estaba en la lista de Majendie, ¿verdad?

—No. Pero seguro que es una pieza demasiado excepcional como para pasarla por alto u olvidarla.

—Quizá la abuelita se deshiciera de él o no lo enseñara porque no quería separarse de él. Quizá solo existía en la mente trastornada de Ivan.

—Puede. Tengo que hablar con uno o con todos los socios de Majendie y ver si les informó de un inminente trato con la princesa. Esta mañana no me he atrevido a pedirle que los convocara y nos dejara solos; bueno, no sin dejar claro que sospecho de él. Y también hay que pensar en Wacey, quien con toda seguridad es una pista falsa involuntaria, pero a quien seguiremos de todas formas. Piénsalo un momento: el propietario del Oak Tree dijo que nadie se tomaba en serio a Ivan. ¿Por qué iba a hacerlo Wacey?

—Por el principio de no escatimar esfuerzos si hay algo sabroso en juego.

—Puede ser. Pero ¿no te parece curioso que apareciera en ese *pub* en concreto? Ya sé que has mencionado que vive por allí, pero...

—¿Crees que estaba allí con intenciones ocultas?

—Puede que alguien oyera una de las arengas de Ivan, alguien con el suficiente interés como para aguzar el oído en el caso de que se aludiera a una herencia, incluso en boca de un borracho. Alguien con la suficiente cultura general como para darse cuenta de que el apellido Karukhin, ¡oh, también podrían habérselo preguntado, Beddoes!, prometía, porque era ruso y porque algunos rusos poseían objetos de mucho valor, dignos de cualquier ladrón. No necesitaban saber con exactitud quiénes eran en concreto los Karukhin.

—Y ese alguien ¿crees que está con la banda de Hampstead?, ¿que quizá sea uno de ellos?

—¿Por qué no? Y cuando Wacey salió y volvió a codearse con ellos, al ser del barrio, lo eligieron como medio, como pieza del engranaje.

Beddoes se quedó pensativo.

—Bueno, yo tengo claro quién aguzaría el oído ante ese apellido: alguien especialmente interesado en los años veinte y capaz de imaginar que, de las posesiones familiares que vio en Petersburgo, llegaron muchas más aquí que un simple broche de diamantes y rubíes.

—¡Oh, por el amor de Dios! Claro.

—¿Cómo que «¡Oh, por el amor de Dios!»?

—Déjalo estar. En cualquier caso está Ivan. Seguro que él sí está involucrado.

—Si sabía que la abuela tenía el caramelo y que no pensaba soltarlo, supongo que eso explica la discusión en ruso que oyó la señora Minelli.

—Por cierto, eso me recuerda que tengo que hablar con ella esta misma tarde. Y se me ha olvidado mencionar que la princesa deseaba que los beneficios de la transacción se destinaran directamente a una escuela para las hijas de la nobleza.

—¡Que me aspen! —dijo Beddoes con poca energía.

Nightingale encendió el motor del vehículo. Con su reacción ante aquel último detalle, Beddoes había demostrado su casi completa falta de efervescencia.

—¿Adónde vamos? —preguntó.

—Hay algo que quiero que hagas —respondió Nightingale. Con el rabillo del ojo vio que Beddoes se enderezaba en su asiento y adoptaba un aire diligente—. Me temo que tendrás que hacerlo a mi manera. Sin desvíos, sin ninguna idea de las tuyas y con un estricto cumplimiento de las órdenes. —El reproche y la incredulidad se plasmaron en la mirada del sargento—. Vas a irte a casa, a dormir, y no quiero verte hasta mañana por la mañana —decretó Nightingale con calma.

—De acuerdo —accedió Beddoes.

—Y recuerda, nada de evadirse —advirtió Nightingale, sospechando de aquella sumisión tan temprana y sin reservas—. No sirve de nada que te sacrifiques y te hagas el mártir. Recuerda lo que dijiste cuando el comisario venía cada día pese a estar muy resfriado. Ah, pensabas que no te había oído, ¿verdad? Me lo reservaba para una ocasión como esta. Dijiste...

—¡Pero si no dejaba de esparcir microbios!

—Dijiste que cuando uno está tan grogui que parece una mosca medio moribunda, lo mejor es guardar cama. Tú todavía no estás tan mal, pero lo estarás si no haces lo que te digo. Te llevaré hasta Charing Cross... Ahí es donde tomas el tren, ¿no? Bien. Y de camino, te daré una lección de historia, la de una noble familia. La averigüé anoche, mientras tú estabas chapoteando en el canal.

Tras haber dejado a Beddoes en la estación, aparcó el coche en la entrada y caminó hasta la biblioteca de St. Martin Street, en la que pronto se vio absorto en un hermoso libro que describía e ilustraba espléndidamente el arte de Carl Fabergé.

Fue justo al abandonar la biblioteca, al cabo de más o menos una hora, cuando se percató de que había perdido un guante.

Brett leyó de nuevo la nota en la nevera. Por muy breve e informal que fuera el mensaje que se transmitía, Christina nunca garabateaba sin más y nunca olvidaba empezar con un «Querido Brett».

Querido Brett:
    Aquí tienes la entrada, por si te apetece venir. Siento no haberte esperado, pero quiero cruzarme con T. en el intermedio para que me prometa que después me presentará a

S. Tu ropa ha llegado. Por favor, pruébatela esta noche para que puedan arreglarla a tiempo si es necesario. Está encima de la cama. Y ha llegado esto de parte de Henry con el correo de la tarde.

Christina

Contempló los tres besos con los que había adornado la nota; debía de sentirse bastante efusiva, o muy graciosa, o ambas cosas, para incluirlos. Desvió la atención hacia el matasellos (sin duda, rural) del sobre, que contenía un vale para un disco de parte de su hermano; y de allí, a las franjas verdes de la entrada. Ninguno de los dos habría movido un dedo para ir al concierto de no ser porque Christina deseaba conocer al director. Todavía tenía tiempo... pero ¿para qué, para sentarse y escuchar una mediocre segunda parte, y después regresar a casa sin ella o seguirla y estorbar? Dejó la entrada donde estaba. Echó un vistazo hacia los platos que había apilado en el escurridor y los dejó también donde estaban.

Puso a calentar un poco de café y subió por la pequeña escalera de espiral hasta el dormitorio, donde encendió la luz y el fuego. La ropa, dispuesta sobre la cama con cuidado, le complació bastante. Empezó a desvestirse mientras reflexionaba sobre la obstinada estupidez (al menos, en su opinión) del comité del Grupo de Ópera del Noroeste de Londres, que había decretado que aquel año el espectáculo anual debía celebrarse unos pocos días después de Navidad. Recomendaban reservar la entrada, aunque él sospechaba que, llegado el momento, más de la mitad de los que la habían comprado no conseguirían abandonar el letargo del sillón de su casa. Sin embargo, no había estado nunca tan contento con la elección de la ópera y con el papel que le habían asignado.

Pensó que, en aquel momento, su vida incluía una fuerte dosis de elementos rusos; aunque, los Karukhin, técnicamente, ya no lo eran. Se lo habían confirmado los del Ministerio del Interior. Olga Karukhina había solicitado la nacionalidad británica el mes de septiembre de 1926 y había recibido el correspondiente certificado, que incluía el nombre de su nieto, menor de edad; y también había hecho el juramento de lealtad. Ivan, al alcanzar la mayoría de edad, no había rechazado la ciudadanía. Era británico, tenía todos los derechos de los británicos, y las leyes y el sistema judicial británico lo protegían; aunque también estaba sujeto a ellos.

Al oírlo, sus esperanzas habían aumentado. Al menos cuatro ciudadanos británicos debían conocer a la princesa lo suficiente como para responder por ella. Así que pidió sus nombres y direcciones. En 1926, todos ellos residían en Estocolmo: tres de ellos eran miembros del servicio diplomático y el cuarto, un médico. Si por aquel entonces ya eran ancianos, ahora debían de estar muertos. Pero la princesa, al llegar aquí, tenía la obligación de anunciar su intención de adoptar la nacionalidad británica. Seguro que algunos de sus compatriotas, inmigrantes o emigrantes según ellos mismos se considerasen, tendrían que haber visto el anuncio o alguien se lo habría enseñado. ¿Por qué no trataron de encontrarla? Recordó que la princesa no era muy apreciada.

Brett suspiró. El caso había alcanzado aquel punto en que lo único que podía hacerse era esperar, confiando en que los anzuelos dispuestos pescaran algo. Agradecía aquel momento de calma que le había permitido acercarse a casa. Sin embargo, después de las frustraciones de la tarde, el efecto resultaba deprimente. Uno de los socios de Majendie estaba en cama, resfriado; otro, de viaje en Nueva York, y el tercero, disfrutando de sus vacaciones de Navidad. La señora Minelli era tal como había dicho Beddoes y nada más. El único dato de interés que le había ofrecido era que la costumbre de la señora Karukhina de cerrar la puerta había ido aumentando gradualmente desde hacía poco, aunque no podía fijar con exactitud cuándo había empezado. Aparte de esto, no había habido más noticias, y nada de Ivan. Pero habían acabado de dragar. Ivan no estaba allí, al menos no en ese sector del canal.

Ivan Ilarionovich Karukhin. El antiguo director de la escuela en Esher lo recordaba como un niño enfermizo que faltaba a menudo a clase; con un carácter igual de débil que su físico, pero en ningún modo malicioso; su calibre mental, bajo. A los catorce sabía escribir pero no deletrear, y era capaz de leer frases sencillas y realizar las operaciones básicas. El director le había echado una mano y se había esforzado en conseguirle trabajo, aunque fuera en un puesto inferior, porque no podía evitar compadecerse de ese muchacho timorato, solitario y desatendido, siempre vestido con la ropa que otros desechaban y cuyo único pariente era su anciana abuela, que jamás había puesto un pie fuera de su habitación desde que Ivan había empezado la escuela y que le había impuesto desde los seis años la tarea de encargarse de las compras.

Con todo, a Brett no le sorprendía que los resultados iniciales del examen de los patólogos, que había recibido justo antes de salir del despacho, concluyeran con cierta cautela que todo apuntaba a un envenenamiento con barbitúricos. El chocolate de las tazas todavía estaba en el laboratorio, aunque Brett no veía la necesidad de esperar los análisis. Uno de sus anzuelos había sido lanzado para averiguar cuándo, dónde, cómo o si Ivan había comprado pastillas para dormir. Esto tomaría algún tiempo, a menos que su estupidez facilitara las cosas. Pero no le importaba cuánto tardasen en descubrirlo. Por lo que a él respectaba, la muerte de Olga Vassilievna era un incidente en un caso ya abierto; y, por lo que intuía, tampoco era el tipo de incidente que, de investigar hasta el último detalle, lo ayudaría a ajustar más rápidamente las cuentas con la banda de Hampstead. Olga Vassilievna, la princesa Karukhina... Veía cierto parecido con *La dama de picas*. Una anciana aristócrata rusa, muerta en su dormitorio por un provechoso secreto.

Se miró en el espejo. El traje no estaba nada mal. Se puso el sombrero y cuando se preparaba para hacer una pirueta acorde con el papel, llamaron a la puerta.

Brett vaciló durante un par de segundos, consciente de su apariencia en cierto modo ridícula, y, a continuación, bajó las escaleras. Si el visitante era un amigo, sus pintas no tenían importancia alguna y, si era un extraño, aún le daba más igual. Había sonado el timbre de la puerta de abajo, la cual, según recordó, estaba abierta, y la luz estaba encendida en las escaleras, así que el visitante no podía ser un conocido de la familia. Atravesó el recibidor, abrió la puerta y miró hacia abajo.

Lo que vio lo cogió tan desprevenido que por un momento, pese a reconocer a la muchacha, no recordó su nombre. La había visto recientemente, pero no conseguía ubicarla.

—Buenas tardes —saludó Brett—. ¿Quiere pasar?

La joven lanzó una mirada rápida al interior de la vivienda, hacia las escaleras.

—¡Pues claro! —murmuró Brett. Era la señorita Cole, la empleada de Majendie—. Buenas tardes —repitió, tratando de que no se notara el desconcierto que sentía cuando esta llegó al rellano superior de la escalera.

—Buenas tardes.

La joven murmuró aquellas palabras con tal rapidez que casi resultaron inaudibles. Con gran reticencia, o al menos así lo parecía, alzó los ojos, y en ellos se reflejó el asombro.

—Disculpe por recibirla de este modo —dijo Brett, señalando hacia el traje al advertir que la señorita Cole lo estaba viendo en todo su esplendor—. Me lo estaba probando. Pase, por favor.

Cerró la puerta tras ella y se volvió.

—He venido porque... —soltó la muchacha de repente, antes incluso de que él adoptara un aire inquisitivo—. Esta mañana se le olvidó un guante en la tienda. He venido a devolvérselo.

Aquella explicación, que lo aclaraba todo, lo dejó todavía más perplejo.

—Sí —continuó la joven, con la misma rapidez—. Lo encontré en el suelo, junto a la caja. Seguramente estaba sobre la vitrina y lo empujó con la bandeja mientras examinaba los camafeos. O se le cayó sin darse cuenta al endosar el cheque. En cualquier caso... —Abrió su bolso, rebuscó durante unos instantes y extrajo el guante, el cual, pese a estar viejo y gastado, había envuelto en papel de seda.

—Muchas gracias —dijo Brett, cogiéndolo y reprimiendo

una carcajada. Majendie exageraba con la atención al cliente—. ¿Ha...?

Dejó la frase sin terminar. Acababa de percibir un intenso aroma de café.

—¡Dios mío! ¡Se me había olvidado! —exclamó—. Discúlpeme...

Salió corriendo hacia la cocina. El café no corría peligro; solo burbujeaba. Bajó el fuego y regresó al vestíbulo.

La joven seguía en el mismo lugar en que la había dejado. Sus ojos, que al parecer lanzaban de forma habitual miradas nerviosas bajo un ceño fruncido, brillaban incluso más de lo que le había parecido en la tienda, y sus mejillas estaban más sonrosadas; Brett pensó que, con toda probabilidad, era debido al frío.

—Estaba preparando café. ¿Quiere quedarse y tomar uno? —sugirió.

—Por favor, no se moleste...

—No es molestia. De hecho, ni siquiera he tenido que hacerlo. Mi esposa me lo dejó preparado. Por favor, quédese si tiene tiempo.

—De acuerdo, sí, tengo tiempo —accedió con incomodidad—. Muchas gracias.

—Muy bien. —Brett abrió la puerta de la sala de estar y encendió la luz—. El fuego está encendido... Debería prender si lo atizo un poco.

Tras haber quitado el parachispas y haber manipulado el regulador de tiro, acercó un sillón, le tomó el abrigo y la invitó a acomodarse; a continuación, salió de la estancia y se permitió esbozar una sonrisa de satisfacción. La tarde había tomado un rumbo agradable gracias a su inspirado impulso de preparar café.

Colgó el abrigo de la joven, que era suave, cálido y de un rosa pálido. Pensó que un abrigo de aquella calidad debía de haberle costado al menos el salario de un mes. Examinó la etiqueta y asintió. La empleada más joven de Majendie no debía de haberse independizado del todo de sus indulgentes padres. Un nombre le llamó la atención, un nombre bordado con profesionalidad en el forro de seda: Stephanie Cole. Stephanie.

Todavía sonriendo, Brett se dirigió a la cocina y empezó a disponer una bandeja a toda prisa. Calentó un poco de leche, por si no le gustaba la nata; y habiendo advertido cierta elegante redondez en sus formas, las cuales se mantenían, según sospechaba, más bien gracias al ejercicio que a una dieta equilibrada, sacó un plato con galletas. Con el rabillo del ojo vio la entrada para el concierto en la nevera y su sonrisa se tornó un poco desdeñosa.

Cuando, unos pocos minutos más tarde, cruzó el umbral de la sala de estar con la bandeja, la joven se apresuró a ponerse en pie.

—¿Puedo ayudarlo en algo? —preguntó.

—Sí, por favor —contestó Brett—. Haga sitio en la mesita y empújela hasta su sillón.

Se quedó en pie, observándola. Iba ataviada como si acudiera a una fiesta, con una falda de seda negra y una blusa de cuello redondo de lana negra y brillante. De su cuello pendía una cadenita con un guardapelo de oro. De haber ido peinada con una trenza, como en Majendie, el conjunto habría resultado demasiado severo; pero llevaba el pelo hacia atrás, prendido con un pasador, y le colgaba en una cola lisa casi hasta la cintura.

La joven alzó la mirada.

—Creo que no la habría reconocido —se apresuró a decir Brett—. Después de las trenzas y del vestido gris de esta mañana...

—En el trabajo el pelo largo se despeina con facilidad. Y todo el mundo está obligado a vestir de gris, al menos las mujeres. Es como un uniforme.

—Pues parece el disfraz de una puritana —replicó, depositando la bandeja.

De repente, la joven esbozó por fin una sonrisa, una sonrisa de oreja a oreja y de completo descaro, que acompañó con una caída de ojos.

Medio pensativo, Brett señaló la jarrita de nata y ella asintió.

—Espero que no pasara mucho frío durante el camino. ¿Viene de muy lejos? —preguntó mientras le servía el café con cuidado.

—Desde Sanderstead.

—¿Cómo? —Brett casi sirvió el café fuera de la taza—. ¿Me está diciendo que no hay nadie en Majendie que viva en este lado de Londres y haya podido acercarse para devolverme un viejo guante extraviado?

La muchacha guardó silencio, sonrojándose ligeramente y recuperando un poco su mirada ceñuda. Brett pensó que Majendie debía de haber sacrificado para aquella pequeña formalidad a la persona que ocupaba el puesto menos propenso a protestar.

—Pero seguro que la han mandado directamente desde Fitch Street, ¿verdad? —siguió el inspector.

—No me ha enviado Majendie —anunció—. He venido por mi cuenta.

—Oh —exclamó Brett, tendiéndole la taza.

Tenía la mente llena de interrogantes, pero, por el momento, decidió no formularlos.

—¿Es usted actor? —preguntó la muchacha, vertiendo en la taza una cucharadita colmada de azúcar.

Brett vaciló. No deseaba explicar la razón de su extravagante atuendo. Pero no hacerlo sería ignorar una pregunta del todo natural.

—No. Soy miembro de un club operístico *amateur*.

No pareció que aquello la sorprendiera.

—¿Y qué opera está ensayando? ¿Qué papel interpreta? —preguntó.

—*El amor de las tres naranjas.* Soy Trufaldín. —Hizo una pausa, sin saber si sería necesario o aceptable proporcionar más información.

—*El amor de las tres naranjas* —repitió la joven—. Es rusa, ¿verdad? ¿De Prokófiev? Oh, lo sé por Geoffrey; le oí hablar de ella. Trabaja en Kellett —aclaró—. Ya sabe, la tienda de gramófonos. A menudo almorzamos juntos.

—¿Trabaja de dependiente?

—Sí.

—¿Veinteañero, con un ojo castaño y el otro azul?

—¿Cómo lo ha sabido? —preguntó Stephanie, mirándolo fijamente.

—Tiene cara de llamarse Geoffrey.

Brett detestaba en particular ese nombre. Recordaba al joven como un tipo delgado, altanero y con voz estrangulada.

—Oh —dijo Stephanie, con poca convicción—. Es evidente que sabe todo lo necesario sobre música. Aunque, en realidad, es un muermo. No por sus temas de conversación —añadió con rapidez—, sino por cómo dice las cosas. Siempre parece como si sermoneara... Bueno, no, no exactamente. Como si estuviera pensando en lo buena persona que es por enseñarme esas cosas.

—Paternalista —sugirió Brett, recordando con cierta culpa su actitud al pensar en el probable desconocimiento de la muchacha de *El amor de las tres naranjas*—. Condescendiente.

—Sí —dijo—. Nunca consigo encontrar la palabra correcta. Por supuesto, no es tan malo. En cualquier caso resulta difícil no hablar con alguien que se sienta a tu lado y te saluda.

—¡Pruebe a almorzar en otro sitio! —sugirió Brett.

—¿Y desperdiciar mis vales de comida? No me quedaría mucho después de pagar los gastos.

Brett asintió. Cierto tono de vivacidad en su voz le recordaba a Beddoes y su acento se parecía; sin duda era una coincidencia, aunque Beddoes no vivía muy lejos de Sanderstead.

—¿Le gusta trabajar en Majendie? —preguntó.

—Oh, no está mal. Es algo aburrido, al menos para mí. Limpio los estantes, mecanografío las etiquetas con las indicaciones, con dos dedos, no sé escribir bien a máquina..., en definitiva, hago las cosas de las que nadie más va a ocuparse. No me importaría que me dieran más mano con los artículos de la tienda. Algunos son preciosos. Pero solo puedo echarles una ojeada cuando ayudo a envolver o cuando limpio el polvo de las vitrinas. O si tengo que sacar algo del escaparate para el señor Lowrie, que está muy gordo.

—No veo qué más podría hacer usted, señorita Cole, aparte de vendérselos a la gente, con lo que no los vería durante mucho más —intervino Brett—. Al fin y al cabo dudo que el señor Majendie se siente a contemplar tranquilamente una pieza de porcelana.

—Pues, ¿sabe?, sí que lo hace —objetó Stephanie—. Lo he visto en su pequeño despacho cuando tiene la puerta abierta... Normalmente no es porcelana, sino piezas de joyería. Se lo ve cautivado. No comprendo cómo puede soportar separarse de... de todo eso.

—Puede que no lo haga —dijo Brett—. Supongo que no le sería muy difícil quedarse con algo que le gustara en particular.

Recordó que la casa de Majendie, aunque ricamente amueblada, no le había parecido que estuviera llena de piezas evidentes de coleccionista. Pero si, en sus propias palabras, y como Stephanie acababa de confirmar, la joyería era su gran pasión, puede que albergara una colosal colección que no mostraba.

—Tiene una colección en Kent —dijo Stephanie, sobresaltando a Brett ante el eco de su propio pensamiento—. Es muy curioso porque su casa no está lejos de la granja de mi tía. Lo descubrí cuando estaba ayudando a la señorita Millett, su secretaria, a limpiar uno de los estantes del despacho. Ella salió y él entró, y empezó a hablar conmigo sin parar. Es tremendamente amable, ¿sabe? Me preguntó qué iba a hacer en Navidad, esto sucedió hace tan solo unas mañanas, y yo le dije que siempre las pasábamos en esta granja de Pettinge. «¿Pettinge,

cerca de Folkestone?, pero si eso está solo a unos kilómetros
de mi casa. ¿Conoce Barton, señorita Cole?». Y siguió hablando. Me invitó a visitarlos durante las vacaciones y me dijo que
me enseñaría su colección, que sería interesante y útil para mí.
Aunque no creo que hablara en serio.

—Ah, ¿no? —se sorprendió Brett—. Yo sí lo creo. Me da
la impresión de que desea de verdad que usted aprenda. —
No dijo todo lo que pensaba: si Stephanie hubiese sido menos atractiva, jamás le habría hecho aquella oferta—. No pasa
inadvertida entre vitrinas y estantes, y no permanecerá allí
para siempre. Por cierto, ¿qué es un Chaffers?

—Un libro de referencia enorme sobre marcas de porcelana. ¿Por?

—Por nada. Al fin y al cabo tienen que supervisarla durante algún tiempo, para asegurarse de que no es completamente
obtusa o una manazas antes de que le permitan...

—¡Oh, no lo diga! ¡No lo diga! —interrumpió la joven con
impaciencia—. Ya he oído ese discurso en boca de mi padre.
El período de prueba, empezar desde cero, pillarle el truco,
que Roma no se construyó en un día, etcétera. Supongo que
cuando sea una vieja cuarentona me admitirán en el sanctasanctórum.

—¿Más café? —ofreció Brett.

—No, gracias. Aunque estaba muy bueno. —Depositó la
taza en la bandeja y sus ojos se posaron, no por primera vez,
en la fotografía de Christina, colocada con discreción en la librería—. ¿Es su esposa?

—Una fotografía suya, sí. —Fue la estúpida respuesta de
Brett.

Stephanie le lanzó una mirada bien merecida.

—¿Es inglesa?

—Sí.

La muchacha negó con la cabeza.

—¿Tan morena?

—Ahora no tiene ese aspecto exactamente —manifestó Brett—. Se cortó el pelo hace unas semanas.

—¡Qué lástima! El moño le quedaba bien.

—Siento que no haya podido conocerla —se disculpó Brett—. Ha ido a escuchar una nueva cantata. ¿Lo ha mencionado Geoffrey?

—Si lo ha hecho, no le estaba escuchando. ¿Y usted no quería ir?

—Iba a ir, pero llegué a casa demasiado tarde.

Lo observó con sincera curiosidad.

—¿De qué trabaja?

—¡Adivine!

—Ese es precisamente el problema —se quejó—. No puedo. ¿Su esposa trabaja también?

—Es cantante.

—¡Vaya! ¿Y qué canta?

—Principalmente ópera. Es *mezzosoprano*. Pregúntele a Geoffrey si ha oído hablar de Christina Gallen, aunque puede que no la conozca. Estuvo en Alemania hasta el verano pasado y no ha cantado aquí desde que regresó. Se ha tomado un tiempo de reposo para cuidarse. Pero creo que está cansándose de no hacer nada.

Deseó ardientemente que Christina estuviera en casa. Era experta en despachar con amabilidad a las visitas que se prolongaban más de lo debido. Por muy agradable que fuera escuchar y hablar con Stephanie, debía considerar el largo camino de vuelta a casa y el hecho de que ya era bastante tarde.

—¿Su tren sale de la estación Victoria? —preguntó sin más.

Ella comprobó su reloj.

—De hecho, he bajado en Charing Cross —dijo.

—La línea de Tattenham Corner, y un cambio. De acuerdo, traeré el coche.

—Oh, no, por favor, no se preocupe —dijo ella con incomodidad—. He venido en metro hasta Camden Town. No es un camino muy largo.

—Tampoco es tan corto. ¿Y por qué debería caminar?

—No es necesario —protestó, sin mucha convicción.

Él la ignoró y se dirigió hacia el vestíbulo. Mientras sacaba el abrigo de la percha, advirtió que su guante estaba sobre la mesa. Lo recogió, pensativo.

—¿Va a salir así?

Brett se volvió. Lo había seguido desde la sala de estar y en aquel momento lo miraba con incredulidad y deleite. Entonces recordó su llamativo atuendo de Trufaldín.

—Nadie me verá —dijo, sosteniéndole el abrigo no demasiado cerca pero, por otro lado, tampoco muy lejos.

—Pero ¿no tendrá frío?

Stephanie deslizó los brazos en las mangas y a continuación se sacó el pelo del cuello del abrigo con la mano; no lo consiguió del todo y unos pocos mechones se quedaron enganchados en el suave tejido como si fueran telarañas, extendiéndose en un círculo desordenado sobre su hombro. Brett logró reprimir la tentación de arreglarlo. Su cabello era muy bonito, uniformemente rubio, y brillaba de lo limpio que estaba. No era ondulado, como el de Christina cuando se lo soltaba. La cola colgaba recta y en ella se marcaban las diminutas huellas de la trenza diaria.

Con aire ausente, Brett tomó un cárdigan grueso y sin forma alguna, se lo puso y, acto seguido, se echó el abrigo encima.

—Al menos ahora tengo mi guante —dijo, sosteniéndolo en la palma de la mano—. ¿Cómo lo ha hecho?

—¿Cómo he hecho el qué? —replicó ella.

—Guardarlo, saber que era mío, conseguir la dirección, todo. Solo tengo curiosidad.

—Lo he encontrado esta mañana. Después de que usted se fuera, media hora más tarde aproximadamente, me he puesto a limpiar el polvo de la vitrina. ¿Se ha fijado en que había una zona llena de polvo? No, ya suponía que nadie se daría cuenta, excepto el señor Emmanuel. En cualquier caso, me he arrodillado para abrirla y he dejado el plumero en el suelo. Al recogerlo, he visto el borde del guante que sobresalía junto a la pata del mostrador. Debe de haberse caído y o bien yo o el señor Emmanuel le hemos dado un puntapié sin querer. Solo hay diez centímetros entre el mueble y la alfombra. Nadie habría reparado en él.

—¿Y cómo ha sabido que era mío?

—Oh, bueno, es evidente. Es decir, lo he reconocido. Cuando los ha dejado sobre el mostrador, me he fijado en sus guantes y recordaba qué aspecto tenían. En cualquier caso, sabía que era suyo y ya está.

—¿Y la dirección?

—La he visto cuando la escribía en la parte trasera del cheque.

Brett frunció el ceño.

—Al revés...

—La ha escrito en letras mayúsculas. Ha sido fácil.

—Fácil para alguien que se esfuerce en leerla. ¿Estaba usted esforzándose?

—Sí, un poco.

—¿Por qué?

—Sentía curiosidad.

—Pero ¿por qué tanta molestia? —insistió el inspector—. ¿Por qué no ha llevado este miserable guante a la persona que se encarga de los objetos perdidos o al señor Emmanuel? ¿No dispone Majendie de agentes de seguridad en las instalaciones? Sí, por supuesto que sí. Suponga que uno de ellos la ha visto recoger el objeto de un cliente. ¿Cómo lo ha hecho: lo ha escondido en el plumero y después lo ha guardado en el bolso? ¡Habrá resultado de lo más sospechoso! Imagine que regreso a la tienda, maldiciendo e insistiendo en que he extraviado el guante allí. ¿Cómo sabía que no repararía en que lo había perdido? Sí, ya sé que no suena muy verosímil, pero Majendie haría lo que fuera para calmar a un cliente dispuesto a armar un escándalo. Ese tipo de gente existe y yo podría haber sido uno de ellos. ¿No se da cuenta de lo mucho que se ha arriesgado? ¿Y para qué? —Hizo una pausa—. ¿Por qué lo ha hecho?

—No lo sé —vaciló la joven—. Bueno... De repente, ahí estaba, delante de mí, y al mismo tiempo que trataba de comprender qué era, he visto la oportunidad de hacer algo... bueno, algo diferente, algo excitante de verdad... No lo de esconder el guante y guardarlo en la taquilla; eso ha sido algo que tenía que hacerse. Más bien lo de venir aquí. Es un lugar nuevo, que nunca había pisado.

Brett guardó silencio. Entonces, ¿por qué se había esforzado tanto en leer la dirección cuando aún no había encontrado el guante?

—Suele ser tan aburrido... —añadió la muchacha.

—¿El qué?

Stephanie soltó un gran suspiro y se apoyó en la pared.

—Todo. Quiero... No sé.

Brett la miró, deteniéndose en particular en aquella curva larga y suave del cuello. Le trajo a la mente la blusa de lana que en aquel momento escondía el abrigo y, al conectar aquellas dos ideas, pensó en uno de los dichos de Beddoes: cada escote cuenta una historia. Pensaba que sabía lo que deseaba Stephanie. Por desgracia, ni siquiera ella, como acababa de admitir (y estaba bastante seguro de que decía la verdad), lo sabía. Con una sonrisa amarga pensó en el desastre que se habría producido si hubiera transgredido sus propias reglas de lo permisible y lícito, aunque solo hubiese llegado al punto de pronunciar una de sus muchas sugerencias.

—¡Bien, al tren! —dijo con aire inofensivo—. Supongo que mañana trabajará como siempre.

—Solo por la mañana —anunció la joven, siguiéndolo hasta la cocina sin rechistar—. Cerramos a las doce y media, para poder irnos de la ciudad.

Brett se detuvo.

—No he puesto el parachispas delante del fuego. Será mejor que lo haga. Espere un momento.

Se escabulló de nuevo hacia la sala de estar.

Mientras lo arreglaba, reparó en que todavía llevaba las pantuflas de Trufaldín. Pero no quería subir a buscar un par de zapatos.

Regresó a la cocina, abrió el armario de las escobas y sacó un par de polvorientas botas de agua.

—Afuera no está mojado —dijo Stephanie, mientras observaba sus esfuerzos al ponerse las botas, que estaban rígidas por la falta de uso—, pero supongo que son más calentitas. Son como las que lleva mi tío, el de la granja.

—¿Va a ir allí mañana? —preguntó.

—Justo después del trabajo.

—Entonces tendrá que hacer las maletas esta noche.

—Oh, no. Mis padres van antes con el coche. Mamá me lo preparará todo.

—El coche —dijo, recordando que se suponía que tenía que ir a buscar el suyo—. ¿Le importa si bajamos por la escalera de incendios y cruzamos el jardín? Está bastante oscuro, pero es más rápido, y como usted misma ha dicho, no está mojado...

—En absoluto —aseguró.

Tomó su linterna y la encendió. Salieron al exterior, bajaron las escaleras, cruzaron el césped, endurecido por el frío severo hasta el punto de que parecían pisar un camino de tierra. El viento les ensartaba los brazos a los costados.

—¿Va a ir en tren mañana? —preguntó Brett, abriendo la puerta trasera que daba al garaje.

—Sí. Con el Man of Kent. Y el señor Majendie, también.

—¿No conduce?

Brett le sostuvo la portezuela del vehículo para que entrara.

—No todo el trayecto. Tiene su coche en un garaje en Folkestone y solo lo utiliza para ir y volver a su casa. Me lo contó la otra mañana, ya sabe.

—¡Cuando la invitó a visitarlo y ver su colección! —gritó Brett desde la parte delantera del garaje.

—¿Lo encuentra gracioso? —preguntó con altanería una vez que Brett ocupó su asiento.

—No, en absoluto —mintió.

—Oh. Bien. Geoffrey tampoco. Papá estuvo horas riendo.

—¡Así que Geoffrey no es el único que habla durante el almuerzo!

La joven negó con la cabeza, lo que hizo que la cola de caballo se moviera de lado a lado. Brett hizo avanzar el vehículo.

—Jamás pensé que acabaría sentada en este coche —dijo.

—¿Se refiere a un coche como este?

—¡No! —gritó indignada—. En este coche precisamente.

—¿Cómo sabía que tenía un coche?

—Le he visto conducirlo. —Parecía sorprendida de que no hubiese entendido algo tan evidente—. La primera vez que me fijé en usted fue el pasado verano. Conducía por Fitch Street y entró en el estudio de grabación privado. Lo he visto a menudo desde entonces. A veces también va a Kellett. Es del mismo color y la misma marca que el anterior, pero es nuevo, ¿verdad? Me he fijado en que la matrícula es distinta.

—Ya veo.

—No —dijo con despreocupación—. Fui yo la que lo vi... desde mi pequeño jardín. Me refiero a la zona bombardeada, junto a la tienda. Es muy agradable, soleada, y con muchas flores de esas rosas... Bueno, en realidad es una mala hierba, pero es muy bonita.

—Es salicaria. ¿Sabe que allí había una floristería?

—Sí, Geoffrey me lo contó. El terreno no es gran cosa para un comercio, ¿verdad? No tiene salida trasera ni tampoco bodega o desván. El nuestro y el de Kellett creo que se encuentran a mitad de camino. Al menos, el nuestro continúa bajo tierra durante un buen trecho. Sí, creo que se deben encontrar, porque aún se ven los arreglos que hicieron cuando cayó la bomba, y eso que dicen que fue una pequeña, una bomba incendiaria.

—Y ahora Kellett es el dueño del lugar. ¿Para qué demonios lo querrá? Su tienda ya me parece lo bastante grande.

—Lo sé. De hecho... —titubeó, acariciándose el pelo—. Es una de las razones por las que creo que sería mejor cortar por lo sano con Geoffrey. Después de almorzar, si hacía bueno, solía sentarme en esa zona, ¿sabe? Era un sitio muy agradable y resguardado. Entonces, cuando Kellett lo compró, se quejó al señor Majendie diciendo que estaba allanando una propiedad privada.

—Qué mezquino. Ni siquiera han comenzado a construir. Y usted no hubiese sido ningún estorbo.

—La señorita Millett me contó que el señor Majendie se puso furioso, no conmigo, sino con Kellett, por haberle hecho llegar el mensaje de una forma tan poco cortés. En cualquier caso, ya no puedo sentarme allí. Y Geoffrey se unió a mí un par de veces, con lo que seguro que también tuvo problemas, aunque nunca me dijo nada. Y todo por mi culpa.

Al aproximarse a un semáforo en rojo, se detuvo y la miró.

Vio que miraba el reloj, echándose la manga hacia atrás con un dedo.

—¿Quiere tomar un tren en concreto?

—No importa.

Movió la mano con culpabilidad.

—¿Saben sus padres dónde está? —preguntó, mientras hacía avanzar el coche.

Stephanie negó con la cabeza con demasiado ímpetu.

—No tengo por qué contarles todo lo que hago. De hecho, han salido —admitió.

—Y espera llegar antes de que ellos regresen y así no tener que dar explicaciones de que ha cruzado Londres dos veces para devolverle un guante a un desconocido.

—Usted no es un desconocido —objetó malhumorada.

—Ah, ¿no? ¿Y cómo es eso? No soy un desconocido, pero la primera vez que me ha escuchado hablar ha sido esta mañana.

—Oh, se puede conocer a una persona por su aspecto.

—Error fatal. Va directa al desastre.

—Bueno, las voces...

—Peor todavía. ¿No conoce la letra de esa vieja canción?: «No confíes en él, amable doncella, aunque su voz sea...», bueno, lo que sea.

Stephanie soltó una carcajada.

—Qué extraño que diga eso. Su voz no es en absoluto como esperaba. Pensaba que sería incisiva y autoritaria...

—Autoritaria...

—Ya me entiende, imponente y todo eso. Y, en lugar de eso, es perezosa y arrastra las palabras. No será usted norteamericano, ¿verdad?

—No, pero mi madre sí lo era. Sureña.

—Ah, eso lo explica todo.

—No veo cómo. Por otra parte, mi padre era de Yorkshire.

—Oh. —Guardó silencio durante unos instantes—. ¿Tiene usted hijos?

—No.

—Oh. ¿Y hermanos o hermanas?

—Un hermano mayor. ¿Y usted?

—Una hermana mayor. Es a su casa adonde han ido esta noche. Solemos reunirnos todos en Pettinge, pero este año ella no irá porque el bebé es demasiado pequeño, así que les han llevado los regalos de Navidad.

—¿Es el primero? ¿Cuánto tiene?

—Dos meses.

El tono de su voz lo obligó a mirarla fijamente.

—¿No le gustan los niños? —preguntó.

—Están bien, pero con moderación. De hecho, es bastante bueno. Pero me cansa que la gente no deje de hablar de él.

—¿Quién hace eso? ¿Sus padres?

—Sí, y todo el mundo.

Ninguno de los dos pronunció palabra durante un rato.

—Me encanta este coche —dijo al fin Stephanie—. Tiene suerte.

—Creo que ha dicho que su padre tenía un coche.

—Yo no lo llamaría precisamente así. Es un sedán. ¡Oh, qué aburrimiento! ¡Un aburrimiento indescriptible!

«¡Qué manera de hablar! —murmuró Brett para sus adentros, girando hacia la entrada de Charing Cross—. Pobre padre. Por otra parte, le ha comprado un bonito abrigo».

Aproximó el vehículo a la acera.

—Bueno, siento que no haya podido conocer a mi esposa. Pero puede que sea mejor que no estuviera en casa. Imaginará por qué he comprado ese camafeo...

—Supongo que es un regalo para ella.

—Sí, un regalo de Navidad. Pero si la hubiese oído hablando de Majendie, de broches y de guantes extraviados, no habría sido una sorpresa.

—Oh, no había caído en la cuenta... —se disculpó Stephanie, con aire contrito—. Supongo que todo ha sido bastante inapropiado. Lo siento. —Hizo una pausa—. Aun así, ¿le importaría no comentarle nada al señor Emmanuel?

—¿Y por qué debería hacerlo? Dudo que vuelva a hablar con él.

—He pensado que tal vez eran amigos —dijo, sorprendida.

—¿Por qué?

—Porque le ha rebajado treinta y cinco libras por el camafeo.

Brett se sintió como un sonámbulo que se despertaba de golpe al pisar la acera.

—¿Cómo? —exclamó.

—Bueno, sé que a veces, con personas especiales, se alteran los precios, así que no me pareció raro. Solo sabía el precio real porque estaba limpiando el despacho cuando llegó la remesa. Así es como supe dónde encontrarlo. ¿Ocurre algo?

Brett negó con la cabeza.

—¿Se encuentra usted bien?

Su voz era más aguda y temblaba ligeramente.

Brett percibió la inconfundible señal de alarma y se recompuso. Su aspecto debía de reflejar lo mal que se sentía y siempre había desaprobado a aquellos que, en edad madura, ponían nerviosas a jovencitas impresionables con demostraciones descontroladas de angustia o de otro tipo de emociones.

—Sí, perfectamente, gracias —respondió—, solo un poco sorprendido. ¿Y su tren?

—Hay uno en cuatro minutos.

—Bien. Pues entonces vaya.

Con claras muestras de reticencia, Stephanie se apeó del vehículo, dio un portazo y se quedó en pie junto al coche. Resultaba evidente que deseaba alargar lo máximo posible su Gran Aventura. Brett comprendió que había acelerado el final con su repentina muestra de desinterés, que el súbito resurgimiento de sus vidas separadas para conducirla a ella a su casa le había hecho comprender la triste verdad: que su contacto era temporal y superficial. Sintió pena por ella.

—Adiós, Stephanie —se despidió—. Gracias por haberme traído el guante.

—¿Cómo sabe mi nombre? —preguntó.

—Lo he visto en su abrigo cuando lo colgué.

—Pues sí que se fija usted —dijo, y suspiró—. Primero en los ojos de Geoffrey y ahora en esto...

Durante un instante, Brett creyó que iba a preguntarle su nombre de pila, pero no lo hizo.

—Tengo que irme —anunció de repente—. Adiós.

Dándole la espalda, empezó a correr. Brett encendió el motor.

Condujo hasta casa bastante más rápido de lo que lo había hecho hasta la estación. Guardó el coche a una velocidad digna de un *rally*, atravesó a grandes zancadas el césped y subió la escalera de metal con andar pesado. En el apartamento aún reinaba la oscuridad; Christina no había regresado todavía. Entró en la cocina, caminó lentamente hacia la sala de estar y se desplomó en un sillón.

No podía ignorar por más tiempo la situación en la que se encontraba. Le habían rebajado deliberadamente el precio del camafeo que había comprado para Christina. En el mejor de los casos podía agradecerlo al deseo de Majendie de que se marchara de la tienda, que abandonara su bendito santuario. El viejo, mientras le daba la espalda, debía de haber lanzado una mirada de advertencia al señor Emmanuel que decía «Es un inspector de Policía» o, como mínimo, «Hay que hacerle la pelota, así que dale lo que quiera a un tercio de su precio y líbrate de esta sórdida criatura». Con amargura, pensó que Majendie no habría utilizado la expresión «hacer la pelota» ni siquiera en su mente. En la peor de las suposiciones, el camafeo de Diana era la primera de las zalamerías, el comienzo de un soborno, implícito y aún por confirmar; una manera de persuadirle para que no investigara aquello que podía ocultar el joyero, ya fuera su relación con el caso Karukhin o cualquier otra ilegalidad.

«Pero ¡treinta y cinco libras!», dijo para sus adentros. Poniéndolas en contexto, comparándolas con su salario, y con el lucrativo negocio de Majendie, le parecía una suma ridícula si pretendía utilizarse como prueba seria de una tentativa de soborno. Sin embargo, sabía que escándalos más desastrosos y extensos habían empezado por mucho menos. Pero no podía plantearse devolver el broche y decirles lo que sabía. Mejor que los de la joyería Majendie, o el propio Majendie, creyeran que estaba satisfecho y contento; al menos durante un tiempo. Además, no deseaba involucrar a Stephanie Cole. Se preguntó por qué se preocupaba por ella. ¡Stephanie Cole! No conseguía juzgarla con dureza. Pobre Stephanie, víctima de un encaprichamiento confuso y no del todo comprendido, de la impaciencia ante la seguridad sólida y asfixiante que la rodeaba; víctima, de forma necia pero inevitable, del resentimiento por haber perdido el trono de princesa de la casa... Le habría perdonado muchas cosas. Y sería demasiado hipócrita si no reconocía sentir cierta simpatía hacia los impulsos primarios, según le parecían, en el comportamiento de la joven con el guante: sexo, curiosidad y deseos de atención.

Sonó el teléfono. Lo cogió.

—Primrose... —empezó a decir.

Una voz pastosa lo interrumpió al instante:

—¿Eres tú, viejo ruiseñor? ¿Cómo estás? ¿Eh? ¿Eh? Te he preguntado que cómo estás, ruiseñor.

Durante un par de segundos, la cabeza le dio vueltas mientras trataba de reubicarse en su trabajo, en aquel momento relegado a otro plano. A continuación, el corazón le dio un vuelco.

—¡Pink...! Todo bien —dijo, cambiándose el auricular a la mano derecha y alcanzando con la izquierda un lápiz y un bloc de notas.

—Yo también estoy bien. He cambiado de trabajo. Un puesto que no está nada mal en Hampstead, ¿sabes? He dicho

«Hampstead». Bueno, no te he visto desde que te fuiste de vacaciones. ¿Qué tal Ramsgate? Me gusta que llueva en la bahía de Pegwell, ¿sabes? He dicho «la bahía de Pegwell». Muy bonita y tranquila. O al menos lo era. Ahora solo hay motores y aspas que sobrevuelan la zona, ¿sabes? «Sobrevolar», sí, eso es lo que he dicho. La otra semana, uno se precipitó y casi se estrella cerca del viejo fuerte, ¿sabes? He dicho «cerca del viejo fuerte», al lado de las ruinas romanas. Ya sabes. Ah, ¿y qué vas a hacer para Navidad? Estoy preparando algo para Nochebuena. ¿Eh? He dicho «para Nochebuena». No estarás pensando en pirarte a mediodía, ¿verdad, viejo? No van a soltarte hasta las seis y media en punto. He dicho «a las seis y media». Bueno, a ver si nos vemos, viejo ruiseñor. Pásate por el sitio de siempre algún día, ¿eh?

—Claro —respondió Brett—. ¿El mismo sitio?

—¡Sí, hombre, sí! Bueno, viejo ruiseñor, te dejo. ¡Feliz Navidad, jo, jo, jo!

Brett colgó el teléfono y examinó las líneas que había garabateado en el bloc: «Bahía de Pegwell, Hampstead, sobrevolando cerca del viejo fuerte en Nochebuena a las seis y media».

Pink. Estaba en forma. El bueno y útil —aunque no inestimable— de Pink. ¿Cómo había conseguido, de entre toda la gente, conectar con la banda de Hampstead? Aunque eso era lo de menos, siempre que la información se demostrara igual de sólida que en ocasiones precedentes. ¿Y por qué no debería serlo? El viejo fuerte, las viejas ruinas romanas. Seguramente se refería a Richborough, a Rutupiae, el depósito de las legiones. Pink se revelaba de forma inesperada como un erudito. Richborough, en Kent. Tendría que solicitar la cooperación de la Policía del Condado. Y lo de «aspas que sobrevuelan la zona...» sonaba a que se las verían con un helicóptero. No podía pensar en otra interpretación para la frase. La Fuerza Aérea estadounidense tenía una base cerca, en Manston, pero sin duda surgirían dificultades técnicas o legales si les pedían ayuda. Tendría que limitar el asunto a la Policía; y evidentemente, sería complicado. Se estremeció solo con imaginarlo: ¡permisos revocados para bastantes agentes, y en Nochebuena!

Levantó el auricular para pedir que un taxi pasara a recogerlo en cinco minutos. Y subió corriendo las escaleras, quitándose su sedoso y llamativo atuendo.

TERCERA PARTE

Nochebuena

—Dicen que nadie le ha visto el pelo a Wacey —anunció Beddoes—. ¿Es cierto?

Nightingale se acercó una silla y se sentó con aire cansado.

—Beddoes, menudo entusiasmo. Así es. He llamado nada más levantarme. Lo que no sé es cómo conseguí despertarme habiendo solo dormido tres horas.

A través de la ventana de su despacho contempló la amenazadora aurora de mediados de invierno. El cielo estaba teñido de un rubor subido de tono, como si fuera el rostro de un niño con sarampión.

—La verdad, no me sorprende —continuó Beddoes—. Me refiero a lo de Wacey —se apresuró a añadir—. Ayer, por cierto, después de que me dejaras en Charing Cross, se me ocurrió que, ya que estaba en Vanbrugh Street, podía llamar y averiguar en qué *pub* habían visto a Wacey y después pasarme por el local para echar un vistazo... Ya sé que dijiste que me fuera a casa. Pero era muy fácil. Ni siquiera podría considerarse trabajo. Así que me dejé caer por allí y, en el momento oportuno, empecé a charlar.

—¿Sobre Wacey?

—Habría sido fácil conseguir un chivato —dijo Beddoes

con sequedad—, pero todavía no me fío de los de allí. Solté una descripción de Ivan el Terrible y, por supuesto, lo conocían. No es uno de los parroquianos, pero se ha dejado ver por allí bastante a menudo durante el último par de meses. No ha dado problemas ni tampoco nunca ha gritado. Evidentemente, podría haber hablado con otros clientes...

—¿Y nada de arengas aireando penas?

—No. Y la última vez que estuvo allí fue el 22 a las seis de la tarde.

—¡Nuestra tarde! Puede que fuera al *pub* para recibir su parte. Supongo que jamás tuvieron intención de dársela. ¿Para qué malgastar dinero en alguien demasiado peligroso como para dejarlo suelto? Sabían por experiencia propia, y en su caso, ventajosa, lo charlatán que podía llegar a ser.

—Así que lo siguieron hasta que tuvieron la oportunidad de zambullirlo en el canal —dijo Beddoes con aire pensativo—. Pero ¿por qué dejarlo salir de Vanbrugh, a fin de cuentas? De hecho, se puede deducir que esa fue la razón del encuentro secreto: para echarle el guante. Quizá se asustara y saliera corriendo y gritando hacia el Strand antes de que lograran atraparlo. Seguro que lo siguieron hasta Bright's y, afortunadamente para él, no pudieron actuar a causa de los transeúntes. Pero, de nuevo, ¿por qué no pescarlo cuando salió corriendo de casa? Estoy convencido de que se acobardaron. Una salida así, como si fuera una bala de cañón humana, solo puede significar que algo no anda bien. Por tanto, más motivo para agarrarlo antes de que cantara. ¿Recuerdas que tú pensabas que había salido para informarles? Yo creo que iba a buscarnos. Ya sabes que a los rusos les encanta confesar.

—Y entonces, ¿por qué fue al Derby Arms? ¿Para emborracharse y reunir agallas para hacer frente a la situación?

—Quizá. —El sargento hizo una pausa—. Pobre espantapájaros.

Aquel calificativo en boca de Beddoes sorprendió a Nightingale, pero no hizo comentario alguno.

—¿Te has enterado de lo de Richborough? —preguntó Brett.

—Algo he oído. ¿Quién ha sido el pajarito?

—Pink. Eso me recuerda que debo asegurarme de que reciba su mísera compensación.

—¿Te dijo que era la banda de Hampstead?

—Bueno, recalcó el nombre «Hampstead» y siempre sabe en qué caso ando metido. Todo un detalle.

—Eres su favorito. ¿Cómo lo haces?

—Hace años hice la vista gorda con él en una redada. Yo era un principiante y estaba muy verde. El caso es que él no se dio cuenta de que había sido una negligencia.

—Y ha seguido agradeciéndotelo. ¿A qué hora empieza el espectáculo?

—A las seis y media. Los de Kent van a ocupar sus puestos tan pronto como oscurezca. Eso equivale a una larga espera, pero la operación no puede irse al garete por un detalle sin importancia. ¿Conoces Richborough? Yo he pasado por allí alguna vez. Está en las marismas de la desembocadura del Stour: laberintos y más laberintos de acequias, recodos, muelles abandonados, cabañas de la Primera Guerra Mundial y unas pocas fábricas. Creo que están intentando revitalizarlo como puerto. Hay una vía ferroviaria bastante digna, cables eléctricos y el castillo, que en su origen era un fuerte romano. Según Pink, allí es donde aterrizará el helicóptero... o, al menos, no muy lejos. Los de Kent se concentrarán en esa zona —concluyó, lanzando un suspiro.

—Venga, ánimo—dijo Beddoes—. Sus polis no son tan malos como su críquet. —Esbozó una sonrisa complacida, como si el puesto que ocupaba el equipo de Surrey en el campeonato fuera mérito suyo—. ¿Y ahora qué?

—Pink. No debo olvidarme de Pink. Esto ensucia de algún modo la pureza de su gratitud, ¿no crees? Un día te lo presentaré por teléfono, así lo podrás heredar cuando me vaya.

—¡Que me aspen! Para entonces, el viejo de Pink ya estará en el infierno.

—No es tan viejo. Además... —Nightingale hizo una pausa—. ¿Y si presentara mi dimisión?

La afirmación de Beddoes de que a los rusos les encantaba confesar tenía mucho sentido. Parecían librarse de las cargas de su conciencia con más facilidad y frecuencia que la mayoría de la gente, quizá porque las grandes extensiones de su tierra inculcaban en ellos cierta grandeza desinhibida. Las cartas de los funcionarios rusos dirigidas a *The Times* eran, por lo general, largas y dilatadas; «como si *The Times* fuera suyo», pensó Nightingale. Sin embargo, pese a que se podría probar que los rusos eran estadísticamente la nacionalidad más propensa a la confesión, el impulso no se limitaba solo a ellos. Era algo común. Y Nightingale, angustiado por el asunto del camafeo, el cual, con sus nuevas averiguaciones y sospechas, se había convertido en una enorme carga, era más que consciente de ello.

—Olvídalo —le dijo al boquiabierto Beddoes—. Ahora Majendie. Por casualidad, anoche me enteré de que vive en Kent y que es allí donde guarda su colección de joyas. Puede que sea una coincidencia y, en el mejor de los casos, es una conexión bastante poco convincente.

Beddoes lo miró con aire dubitativo.

—Ha admitido mucho para alguien que está metido en el ajo. Solo necesitaba mencionar ese asunto del broche de los años veinte, seguramente cierto, para justificar que su nombre aparezca en el libro de plegarias de Olga.

—¿No pensarás que le he dicho que hemos visto la dirección? Por lo que sabe podríamos haber encontrado unas cartas o los borradores de unas cartas que ella le escribió y quién sabe qué más. Tenía que justificar su visita. Oh, que la visitó, eso es casi una certeza. Sabía que guardaba las joyas en un arcón. Supongo que alguien que hubiese hablado con Ivan se lo podría haber dicho, pero no fui yo. En cualquier caso, se marcha hoy a Kent. Va a tomar el Man of Kent hasta Folkestone y después continuará en coche.

—Folkestone queda a un buen trecho del Stour.

—El Man of Kent llega a Folkestone a las tres menos cuarto. El helicóptero llega a Richborough a las seis y media. El tiempo suficiente para cualquier posibilidad.

—Como que Majendie saque un helicóptero del hangar que tiene en el jardín trasero y vuele hasta Richborough. Eso me gusta. ¿Han comprobado si consta algo en los registros a ese respecto?

—No tiene un helicóptero, eso está claro.

—Bueno, no entiendo nada de este melodrama de las marismas —se quejó Beddoes—. Lo de emplear un helicóptero lo veo una excentricidad. ¿Por qué no llevan el fardo a la base y lo cargan allí?

—¡El fardo! Porque la base, aunque no sea la casa de Majendie, seguro que pertenece a alguien y ese alguien podría rastrearse. No se puede amarrar un helicóptero en medio del campo como si fuera una cabra. Y ese propietario no va a querer que el fardo, como lo has llamado de forma tan elegante, se acerque a sus terrenos. Por lo tanto, se trata de encontrar un lugar lo bastante solitario, pero lo bastante cerca de la base, por si se produce alguna adversidad y necesitan anularlo en el último minuto, y lo bastante cerca de la costa, para abandonar suelo inglés en cuanto sea posible rumbo hacia el mercado potencial.

—Entonces, ¿crees que la casa de Majendie puede ser la base?

—No necesariamente. Kent ofrece muchos otros lugares.

—¿Y qué me dices del radar en Manston? Aunque tampoco es que cacen cualquier cosa que lo cruce. ¿Está Richborough en la costa?

Brett suspiró, abrumado por la misma carga que había sentido unos momentos antes, cuando Beddoes había insinuado erróneamente que desconfiaba de la eficiencia de la Policía de Kent.

—El problema es que el nombre de Richborough comprende una gran área, además del fuerte. Mira, saquemos el mapa. Está en el cajón... Bien. ¿Ves? El fuerte está en el terreno que queda en medio del curso fluvial; justo detrás de la vía ferroviaria, de hecho. Es fácilmente accesible por carretera. Sin embargo, contemplando la alternativa de los coches...

—¿Para llevar el fardo hasta el helicóptero? Bueno, ¿y cómo quieres que lo llame, «botín»?

—Richborough se extiende por toda la punta, o cabo, o como se llame, al otro lado del río y de la carretera. El terreno es un campo de golf, así que no les será fácil atravesarlo con un vehículo y de noche. El guardacostas está más cerca de lo que les gustaría y, probablemente, en las fábricas también haya guardias de seguridad o trabajadores del turno de noche...

—Villancicos en el *pub*...

—... Y menos señales que sirvan de guía en el aterrizaje.

—Los faros... —sugirió Beddoes—. Podrían utilizar los vehículos.

—No serviría de mucho. Sin embargo, si eligieran la opción del fuerte, podrían orientarse con las luces de Ramsgate, justo detrás, con la carretera, la vía ferroviaria... Ya sé que no hay luz, pero podrían sobrevolarla y seguirla... Y mira esas acequias. En cualquier caso, Pink mencionó en concreto esa zona. Y seguramente por la manera en que está escrito Richborough aquí, en el cabo, toda el área formaba parte del puerto romano en el pasado.

—¿Y quién ha dicho lo contrario? —dijo Beddoes con aire inocente.

Nightingale guardó silencio. Beddoes debía de haberse enterado de que había discutido el asunto con sus superiores. El jefe Wisdom se había decantado por la opción de un aterrizaje en el cabo, en una implícita desaprobación de la confianza mostrada hacia Pink, y había optado por dividir las fuerzas disponibles para vigilar ambas ubicaciones. Nightingale, haciendo frente a la contradicción y tragándose las réplicas, en la lúgubre pero finalmente exitosa batalla de salirse con la suya, había pasado una desagradable media hora. Había acabado con un nudo en el estómago y con la inexplicable sensación de que la presión atmosférica había aumentado de algún modo.

—¿Así que nosotros vigilamos el fuerte? —dijo Beddoes.

—Sí —respondió Nightingale, sonrojándose—. Puedes aparecer por allí a tiempo para la operación.

—¿A título de qué? —preguntó Beddoes.

Nightingale se vio obligado a hacer una nueva pausa. El jefe Wisdom estaba un poco resentido con Beddoes por algunas de sus mofas, que habían llegado a sus oídos, como habría dicho el mismo sargento. Cuando Nightingale había propuesto dar mayor protagonismo a Beddoes en la operación Richborough, el jefe Thumb lo había rechazado; y Nightingale, consciente de que la insistencia podría dilapidar su posición, ganada con tanto esfuerzo, había optado por sacrificar a Beddoes.

—Bueno, tú ve —dijo—. Preséntate ante el comisario... Ya sabe que vas a ir...

—Y cojo un asiento en primera fila —concluyó Beddoes—. Mientras tanto, tú...

—Yo seguiré a Majendie, confiando en llegar a Richborough a tiempo.

Beddoes frunció el ceño.

—¿Seguirle? ¿En tren y después en coche? Disculpa, pero ¿por qué no me envías a mí o a uno de los veteranos?

—Porque si Majendie no tiene la conciencia limpia, seguro que estará atento a si le siguen, y si mira hacia atrás y ve a un extraño, se amilanará. Como yo ya he pasado un tiempo con él y ya sabe de mi interés, puede que no me considere como un peligro y lo despiste. Además será mejor que esta tarde no me vean yendo hacia Richborough. No quiero que nadie se espante. Quiero que el helicóptero despegue, esté donde esté.

—Con suerte, la luz no será muy buena y nadie te reconocerá. ¿Por qué menospreciar tu poder de infundirle terror a Majendie?

Nightingale se encogió de hombros. No podía decirle «porque Majendie pensará que sus lisonjas preliminares me han suavizado y mi pretensión de seguirlo solo lo hará sonreír».

—Y ya que estamos, ¿cómo se proponen lidiar con el helicóptero? ¿Tomarán prestado uno de Manston y lo pondrán encima? —dijo Beddoes.

—No. Algo así sugirieron... No uno de Manston, sino otro helicóptero. Pero nos hubiésemos arriesgado a que se enredaran los aparatos, chocaran y se incendiaran..., todo sumamente peligroso e innecesario. Los de Kent han pensado en algo, aunque todavía no me han informado de los detalles. A ver si te enteras tú por mí... Tengo algunas cosas por cerrar antes de salir. Presta especial atención al coche que van a proporcionarme en Folkestone y diles que lo conduciré yo mismo. Tiene que ser un coche sencillo, no oficial; no hace falta que me asignen un vehículo caro. Pide a los de Manston que nos envíen un parte meteorológico fiable. Ah, y pregunta si la División tiene alguna novedad. Pero dales media hora antes de hacerlo. ¿De acuerdo?

—De acuerdo —respondió pacientemente Beddoes.

Brett condujo hasta Fitch Street. Tenía pensado pasar a ver a Majendie, pero al acercarse a la tienda y ver el letrero de Kellett, recordó que en el bolsillo todavía llevaba el vale para el disco que le había enviado su hermano. Si lo utilizaba, podría escucharlo el día de Navidad, eso en el supuesto bastante improbable de que estuviera libre. Disponía de tiempo. Le había dicho a Beddoes que tenía asuntos pendientes, pero se resumían a uno solo: el camafeo. Necesitaba un poco de tiempo libre para hallar la mejor solución. En cualquier caso, comprar el disco le ocuparía solo unos minutos. Ya sabía que la grabación y la interpretación eran excelentes, así que no tenía por qué oírlo; un rápido vistazo a la superficie bastaría. Aparcó el coche, pasó ante el establecimiento de Majendie y abrió la pesada puerta acristalada de Kellett.

Por las apariencias habría resultado difícil adivinar qué tipo de tienda era aquella, o, de hecho, simplemente que era una tienda. Parecía más bien el despacho de una agencia de viajes de primera categoría o la sala de exposiciones de una aerolínea. Una mullida moqueta cubría cada centímetro de suelo. Tras un mostrador con forma de medialuna, lleno de folletos y catálogos, había sentados a intervalos regulares media docena de ayudantes. A sus espaldas, una pared de un material fibroso y prensado se extendía casi hasta el techo y los laterales del local. Y justo detrás —Brett lo sabía por visitas anteriores—, había otra pared, formada por lo que parecían unas estanterías con ranuras en las que se guardaban los discos. A continuación se hallaban las escaleras que subían y bajaban hacia la exposición de equipos de sonido para los más detallistas. Y, por último, se encontraban las cabinas de escucha mejor insonorizadas de Londres, el único lugar de la capital en el que la *Inmolación de Brunilda* podía reducirse a un susurro solo con cerrar la puerta.

Brett examinó la medialuna en busca de la mirada borrosa de Geoffrey. Al no encontrarlo, se acercó a una muchacha morena bastante bonita y pidió su ciclo de canciones. La joven fue a buscarlo y desapareció tras la primera pared. Aquello irritaba a Brett, porque le hacía pensar en una tienda de zapatos, en la que las cajas están fuera de la vista y los dependientes vienen y van sin descanso, esforzándose por interpretar las confusas peticiones de sus clientes. Al menos en su caso, él sabía exactamente lo que quería.

La muchacha regresó con el disco y le preguntó si deseaba escucharlo.

—No, gracias —respondió Brett, sacándolo de la funda e inclinándolo hacia la luz en busca de imperfecciones en la superficie. No halló ninguna y se lo devolvió—. ¿No está Geoffrey? —preguntó.

—No —dijo ella, sorprendida. Su rostro adoptó una expresión ligeramente maligna—. Hoy no trabaja.

Por lo que comprendió, Geoffrey recibía un trato preferencial que hacía que tanto él como la persona que se lo otorgaba fueran poco populares. Brett pensó que probablemente merecía aquella antipatía. Por lo que había dicho Stephanie sobre sus charlas instructivas, parecía el jovencito repulsivo que le había suscitado su aspecto. Brett sospechaba que lo que pretendía con su evangelización musical era impresionar a Stephanie para, en el momento oportuno, aprovecharse del deseo de la joven y que pensara que no carecía de la sofisticación que, como era de imaginar, acompañaba a tanta inteligencia.

Brett se contuvo; lo estaba juzgando con demasiada dureza. Al menos, Geoffrey no había sonreído con suficiencia ante la invitación de Majendie para ver su colección, lo que constituía mucho más de lo que podía decir de sí mismo.

La joven le tendió el paquete con el disco y, al hacerlo, un susurro entusiasta, rápido y sofocado, recorrió el semicírculo. Sabiendo que él no era la causa, se volvió para mirar hacia la calle a través del escaparate.

En la acera justo delante de Kellett acababa de detenerse un magnífico automóvil. Un chófer se apeó para abrir la puerta y, a continuación, salió un hombre alto y obeso. Llevaba una indumentaria sedosa de color beis, un gran sombrero que recordaba a los típicos mexicanos y unas gafas de sol. Brett lo reconoció enseguida: Anatole Guzmann, un cosmopolita de desconcertantes orígenes mestizos y riqueza increíble. Era un devoto coleccionista de música y se decía que tenía una lista de discos extraordinariamente extensa, muy interesante y valiosa; su búsqueda de rarezas fonográficas había alcanzado proporciones maníacas. Eso era de dominio público; o, si no, al menos, fácilmente conocido por cualquier persona familiarizada con el mundo del gramófono. Pero lo que no se había divulgado tanto era que, aproximadamente un año antes, el nombre de Anatole Guzmann había aparecido en un notable escándalo europeo del que se zafó solo por la influencia que llegaba a ejercer su dinero. Para Brett, Guzmann jamás se libraría del repugnante miasma que rezumaba aquel asunto, aunque dudaba de que Kellett, pese a saberlo, considerara contaminado el dinero de Guzmann.

Mientras estaba sumido en aquellos pensamientos, uno de los dependientes, con la sumisión pintada en el rostro, le sostenía la puerta a Guzmann, el cual, convencido de ser el objeto más valioso de la tienda en aquel preciso momento, entró en el establecimiento con la calma y resolución de una mujer embarazada, con la misma certeza de que, con la carga ante sí, nadie la empujaría de forma inoportuna. «De unos ocho meses», pensó Brett sin compasión, mirando el perfil de Guzmann mientras este desaparecía tras la pared fibrosa. Se dirigiría con toda seguridad al despacho del señor Kellett, si es que tal señor existía. ¿Bajaría a toda prisa el director, el gerente en persona, hasta los estantes para encontrar lo que buscaba el señor Guzmann? Su elección, sin duda, debía de ser demasiado valiosa como para guardarla en la sala principal de la tienda, y eso que al vulgo no se le permitía curiosear por allí.

—Ya que estoy aquí, creo que voy a echar un vistazo a las grabadoras —dijo Brett, siguiendo un impulso inexplicable—. Están expuestas en la planta superior, ¿verdad?

—Sí, señor —dijo la muchacha con aire aburrido—. Tome las escaleras a la izquierda, justo detrás de la pared divisoria.

Brett obedeció, reconociendo para sus adentros que había perdido ligeramente el juicio. Pasó los estantes de discos y se detuvo durante un minuto al pie de la escalera. A su derecha estaba el mostrador con la caja registradora, situado de tal modo que nadie podía salir de las cabinas de escucha sin pasar por delante. Si el cliente deseaba comprar el disco que acababa de escuchar, se lo entregaba a la persona en la caja, quien lo colocaba en una cinta transportadora de goma que iba desde aquel mostrador hasta la parte delantera de la tienda, donde se envolvía el disco mientras el cliente abonaba el importe.

Subió a toda prisa las escaleras y dobló a la derecha hacia la exposición de los equipos, colocados sobre unas mesas blancas y una bonita alfombra de color naranja oscuro. Echó un rápido vistazo a su alrededor. Como esperaba, no había ni rastro de Anatole Guzmann. Al fondo de la estancia, separada por un tabique de madera y cristal, había una sala dedicada a las necesidades de aquellos que poseían y deseaban escuchar discos antiguos y de época. Tal vez Guzmann estuviera allí. Brett atravesó la estancia y miró a través del cristal: la sala estaba vacía. Se volvió hacia las escaleras. A la izquierda, nada más subir, había una puerta batiente con un letrero de PRIVADO que daba a un pasillo. Brett imaginó que las estancias colindantes debían de ser despachos, puede que de los gerentes. En el sótano solo había radios, así que estaba seguro de que Guzmann se hallaría en aquella parte del edificio; y estaba resuelto a descubrirlo.

Un dependiente se le acercó.

—¿Puedo ayudarle en algo, señor? —preguntó, o más bien sugirió.

Brett no se detuvo ni cambió el rumbo.

—No, gracias —contestó fríamente.

Aquella respuesta, en aquel tono, nunca le había fallado, y tampoco lo hizo en aquella ocasión.

El dependiente dejó de importunarlo y Brett empujó la puerta.

Cuando esta se cerró, se dio cuenta de que el pasillo no tenía salida. Solo cabía la opción de regresar como un imbécil ante el dependiente, lo que resultaría sospechoso, o entrar de golpe en uno de los despachos e inventarse una historia para justificar su presencia. Esta última alternativa podría resultar algo incómoda, en especial si se topaba con Guzmann y quienquiera que lo hubiera invitado (el hipotético señor Kellett).

Caminaba con pasos tan lentos como se lo permitían sus pies, con la apremiante necesidad de tomar una decisión. Resolvió finalmente que iría hasta la ventana al final del pasillo, se asomaría a ella durante un minuto y después regresaría a la tienda y pondría pies en polvorosa. Si un dependiente lo abordaba, le haría creer que era un inspector de obra. Si alguien salía de algún despacho, confiaría en su capacidad de improvisación. Sin embargo, esta no sería necesaria. De pronto advirtió que el último umbral de la pared derecha no tenía puerta; no daba a una habitación, sino a un tramo de escaleras de bajada. Era evidente que, en algún momento, se había reformado el edificio.

Se sintió aliviado; pero, por si el dependiente lo observaba a través del cristal de la puerta batiente, se detuvo unos segundos ante la ventana antes de girar hacia las escaleras para evitar dar la impresión de una huida apresurada y nerviosa. Se encontró mirando hacia el «callejón trasero», como lo había llamado Stephanie. Y mientras estaba allí, en pie, empezó a oír un débil sonido. Juzgó que procedía de la estancia a la derecha, que había sido recortada para dejar espacio a las escaleras. En su interior, alguien había puesto una grabación de *O Paradiso*.

Brett bajó hasta el segundo peldaño, lo que lo ocultó temporalmente. La grabación era antigua. Pese a la pared que amortiguaba el sonido, llegaba a distinguir el fondo plano, tan diferente de la resonancia de bóveda que favorecían los técnicos de sonido modernos. Se sorprendió de que alcanzara a oírlo. Por indudables razones estructurales, la nueva pared era comparativamente delgada. La examinó: cerca de la parte superior y de donde él estaba había una rejilla de ventilación por la que le llegaba el sonido.

Aguantó la respiración y aguzó el oído, discerniendo solo un acompañamiento pianístico, una oscilación metálica al fondo de la línea vocal. Como era habitual, la voz no había experimentado las muchas deficiencias de la nueva ciencia inexperta. No sonaba como si la estuvieran sacando a la fuerza por la claraboya de un ático físico, como solía ocurrir con los tenores. Llegaba sin bloqueos y era viril, incluso en el tono, armoniosa sin esfuerzo y de una potencia natural que indicaba que el cantante poseía reservas a las que no había tenido que acudir. Pero dicha potencia se combinaba con el gusto y la expresividad. Brett pensó que la voz debía pertenecer a un tenor dramático.

No había estudiado la Edad de Oro. Los discos que conocía los había escuchado por casualidad, con la excepción de un antiguo cuarteto del *Rigoletto*, que Christina había adquirido por un par de marcos alemanes y había atesorado en consecuencia, pero que él, en privado, pensaba que sonaba como cuatro ratones con una guitarra. Los nombres de unos pocos tenores le eran familiares, pero no así sus estilos y voces. Pensó que sería capaz de reconocer a Caruso, pero aquel cantante no era él, probablemente ni siquiera era italiano. El timbre vocal guardaba cierta similitud con la dulzura característica de ciertos eslavos y Brett tuvo la impresión, aunque no podía asegurarlo debido a la pared, de que el aria estaba cantada en francés. «Jean de Reszke», pensó con ironía; y entonces, con la sensación de haber dado un salto mortal, el nombre vino de nuevo: «Jean de Reszke».

Guzmann y su pasión por lo mejor de la Edad de Oro. El negocio de Kellett, justo al lado del de Majendie. El príncipe Sevastyan Karukhin, que tenía un piso en París y que estaba

ansioso por rivalizar con la colección del conde Vyestnitsky...
Por suerte, Brett no se dejó llevar por aquella conjetura. Se
dio cuenta de que un extraño sonido se acababa de imponer
sobre el aria: los erráticos golpecitos de un par de pesados pies
femeninos enfundados en zapatos de tacón, unos pies que re-
corrían el pasillo y se dirigían hacia él.

No podía permitirse esperar a que el presunto Jean acabara
su frase. Brett bajó casi volando las escaleras, con las puntas de
los pies apenas rozando los escalones y los tobillos cediendo
cuales muelles gracias a la práctica en su propia casa. La escalera desembocaba en una pequeña estancia con dos cubículos
al fondo, un lavamanos, un espejo y una hilera de perchas de
las que colgaban unos abrigos femeninos. No sin cierta alarma
contenida, dedujo que aquello debía de ser el guardarropa y
baño del personal femenino. Sin tiempo para reflexionar, atravesó la única puerta que había. Toparse con alguien en el umbral o que la mujer de los tacones lo encontrara en el interior
sería igual de embarazoso. Los escalones superiores vibraron
con el repiqueteo de las pisadas. Brett salió.

Se halló en un estrecho pasillo, en la parte posterior de lo
que reconoció como las cabinas de escucha. Si, al llegar al final,
doblaba a la izquierda, conseguiría alcanzar el mostrador, la
cinta transportadora, la parte delantera de la tienda y la libertad. Pero ¿y si alguno de los dependientes del piso de arriba
que hubiese advertido su presencia en el pasillo y lo hubiese
visto desaparecer por esas escaleras había dado la voz de alarma de que había un hombre merodeando por el baño de las
mujeres? Qué acusación más indecorosa... Además, lo habrían
detenido al salir. Eligió el trayecto alternativo, que era seguir

recto. Delante había una puerta; su posición correspondía de un modo tan exacto a la que acababa de dejar que pensó que daría al guardarropa masculino. Dado que la pared que quedaba a su derecha era el muro externo posterior del edificio, pensó que probablemente encontraría una salida hacia el callejón trasero de Stephanie, aunque le costó entender por qué se le prohibiría al personal femenino utilizar dicha salida.

Superó furtivamente el final del pasillo flanqueado por las cabinas. Su oído captó un fragmento de los ululatos de unos cuernos de Strauss, sofocados hasta proporciones élficas. Empujó con rapidez la puerta y entró. Estaba en el guardarropa masculino y allí no había nadie. Aquella estancia, a diferencia de la de las mujeres, tenía otra puerta, a la que se acercó con mucho menos ímpetu. Consideró que en aquel momento debía de hallarse en la parte del edificio que quedaba en ángulo recto respecto a la tienda principal y que se encontraba con la proyección de la de Majendie en la parte trasera de la zona bombardeada.

Brett abrió la puerta silenciosamente y se topó con unos colgajos de fieltro verde mugriento que pendían del marco hasta el suelo. Era el tipo de cosa que despertaba terrores latentes de la infancia, pese a su evidente propósito acústico. Con cautela apartó la cortina y se asomó. Tras ella no se escondía nada más terrorífico que un amplio garaje, bastante desordenado por el continuo desembalaje de cajas. Las puertas, que daban a la callejuela adoquinada, estaban abiertas y permitían que una miserable luz parduzca se colara en su interior. Había dos camionetas, una junto a la otra. Las rayas grises y amarillas de la que estaba más alejada de Brett le resultaron familiares:

el distintivo de Kellett. La otra era más pequeña, bastante sencilla y, por lo que pudo distinguir con aquella luz mortecina, de color azul oscuro. De espaldas a Brett, entre la camioneta y la cortina de fieltro había dos hombres sentados sobre unas cajas que no estaban haciendo nada. No estaban fumando, como él esperaba, pero tampoco tomaban té ni hablaban. Solo estaban sentados. Brett, a quien no le divertían las estadísticas sobre la holgazanería de los trabajadores ni las daba por sentadas, se sorprendió. Aquella completa inmovilidad y falta de comunicación estaban fuera de lugar. Y había algo más que también lo estaba. Ninguno de los dos hombres iba vestido de forma adecuada para desempeñar un trabajo con coches y cajas: uno llevaba un traje azul y el otro, una chaqueta y unos pantalones de franela. De repente, la definición de aquella actitud le vino al pensamiento: estaban esperando.

Examinó atentamente las dos espaldas; ninguna de ellas le resultaba familiar. Aunque eso no significaba que aquellos hombres no lo conocieran. Al final decidió que llevaría a cabo la retirada atravesando la tienda y, justo cuando estaba dejando caer la cortina de fieltro, su mirada se posó en algo que lo hizo detenerse.

A sus pies, tres peldaños de piedra descendían hasta el garaje y, en el ángulo que formaban con la pared, en el lado más alejado del callejón, había apiladas un par de placas de matrícula.

Brett solo llegó a distinguir el número del final. Durante un segundo o dos, vaciló en cogerlas sin hacer ruido y largarse, pero decidió que era mejor no intentarlo. Dejó caer por completo la cortina de fieltro y, en silencio, cerró la puerta. Salió con calma del guardarropa, recorrió a grandes zancadas el pasillo de las cabinas y levantó su disco envuelto hacia la cajera, esperando que no fuera de naturaleza ni talante observadores y que, por tanto, no hubiera advertido que cierto cliente en particular había subido las escaleras un rato antes y ahora reaparecía en el piso inferior sin haberlas bajado. Se encontraba en la parte delantera de la tienda. Nadie había dicho nada, nadie había reparado en él. Estaba fuera.

Durante unos instantes observó de manera distraída el coche de Guzmann. «Bien pesa sus arrobas o yo soy un mentiroso», pensó parafraseando a Eliot. Ahora su prioridad era averiguar si el garaje de Majendie también ofrecía algo de interés; pero no deseaba que lo vieran en el callejón trasero, ni a él ni a ningún agente. Echó un vistazo a la hora y se dirigió hacia la puerta de Majendie.

Dos chicos lo adelantaron. Instintivamente, los ubicó en el último año de instituto. Las gorras de sus uniformes eran de color azul marino, con dos franjas blancas, y el escudo, que Brett no había visto en años, era la puerta de un castillo. Al principio los miró con cierta lástima y, después, pensativo; a continuación, los siguió.

Dejó que caminaran un buen trecho hasta alejarse de Kellett antes de rebasarlos.

Aunque durante las vacaciones de Navidad no había partidos, conversaban animadamente sobre críquet.

—Buenos días —les dijo.

Para su satisfacción le devolvieron el saludo con una celeridad impecable. Se presentó. La inevitable reacción de alarma fue reemplazada por un agudo interés, rápidamente sofocado a términos socialmente aceptables. Uno de ellos, de hecho, parecía vacilar.

—Siento no poder ofreceros más que una tarjeta de visita personal —se disculpó Brett, sacando una y tendiéndosela al receloso—. Pero podéis telefonear, ya sabéis el número, para comprobar que soy quien digo ser. Solo una cosa: ¿os importaría llamar después de hacerme un favor?

El receloso alzó la mirada de la tarjeta de visita que tenía en la mano hacia Brett.

—¿Puedo quedármela, señor? —preguntó.

—Por supuesto.

Brett se regodeó imaginando cómo la tarjeta quedaba cubierta de una generosa capa de polvo para huellas digitales.

—Muchas gracias, señor. —El receloso, al parecer más seguro, guardó la tarjeta con cuidado en lo que parecía un monedero bastante nuevo—. ¿Qué tenemos que hacer?

—¿Veis ese hueco entre el sombrerero y el marchante de arte un poco más adelante? Conduce a un callejón paralelo a la calle. Quiero que vayáis por allí, hablando igual que lo estabais haciendo, y con aire de estar ansiosos por explorar las callecitas de Londres o algo parecido. Cuando hayáis recorrido unos cuarenta metros, veréis un garaje con las puertas abiertas en el que hay dos furgonetas, una gris y amarilla, y la otra azul oscuro o verde. Memorizad la matrícula de la oscura si podéis y está visible. Después, mirad hacia el garaje contiguo. Si está cerrado, pues nada, qué se le va a hacer. Pero si está abierto, fijaos si hay algún vehículo en el interior y también si hay hombres. Si está vacío, haceos una idea general mientras pasáis por delante. Hacedlo todo desde la más pura informalidad, con despreocupación. Nadie estará vigilando, nadie pensará nada al veros, pero es evidente que vuestra intención no es fisgonear. Llegaréis a otra salida a la calle. Tomadla y encontraos conmigo en la cabina telefónica de la plaza, esquina con Fitch Street. No tenéis que preocuparos por nada. ¿De acuerdo?

—Sí, señor. ¿Empezamos ahora?

—Ahora mismo.

Brett les dio la espalda, cruzó la calle y desanduvo sus pasos por la acera contraria de Fitch Street. El coche de Guzmann todavía estaba aparcado delante de Kellett. Al llegar a la esquina, entró en la cabina telefónica.

Buscó el número de cierta eminencia fonográfica y lo marcó. La eminencia, por suerte, estaba en casa. Brett, poco dispuesto a causar alarma, no se presentó como policía, sino como un entusiasta del gramófono conectado con el Grupo de Ópera del Noroeste de Londres, dos de cuyas producciones la eminencia había visto y elogiado. La eminencia en cuestión lo atendió con amabilidad. Le aseguró a Brett que no se conocía con certeza la existencia de registros de la voz de Jean de Reszke, a excepción de algunos cilindros extremadamente raros e insatisfactorios tomados desde las bambalinas del Metropolitan durante una representación de *L'africaine*, en los que unos extraños ruidos ahogaban la voz del cantante. Confirmó que el disco de una grabación privada alcanzaría una suma fabulosa, a cubrir por una persona lo suficientemente interesada y rica. Brett mencionó a Anatole Guzmann. Marcando las distancias, la eminencia lamentó no conocer ni la lista del señor Guzmann ni sus predilecciones personales. Brett le dio las gracias y colgó.

Miró al exterior por las celditas que la cabina tenía por ventanas. Los dos chicos estaban cruzando la calle con lo que podría definirse como «andares de un paseo rápido». Brett pensó que si habían utilizado el mismo paso para su cometido en el callejón, la escuela podía sentirse orgullosa.

—¿Ha habido suerte? —preguntó, abriendo la puerta nada más se acercaron.

—Sí, señor —dijo el antiguo receloso, ahora todo entusiasmo.

—No había hombres, pero sí un sedán, un Morris Oxford azul, bastante nuevo.

—¿Conseguisteis la matrícula? ¿Y la del otro?

El segundo chico, que no había vuelto a hablar desde que había dado los buenos días, le entregó a Brett un trozo de papel.

—¡Por el amor de Dios! No os pararíais justo delante para anotarlas, ¿verdad?

—No, señor, las hemos escrito de camino a la calle —dijo el receloso, con una mirada llena de indignación y también de reproche.

—¿Y eso es todo?

—No hay mucho más que decir. Era solo un garaje.

—Más ordenado que el otro —añadió el chico callado.

—De acuerdo, está bien. ¿Cómo os llamáis? —preguntó Brett.

El receloso vaciló.

—Lo que hemos hecho... ¿puede hacerse público en algún momento?

—No, si no lo deseáis —dijo Brett—. Pero me gustaría pasarle la información al jefe. Una cosa más... Ya sé que no es necesario que os lo pida, pero es mi obligación: no habléis de esto con nadie, ni siquiera con vuestras familias, hasta que yo os diga que podéis hacerlo. Os prometo que lo haré. Al menos podéis comentarlo entre vosotros, ¡así no explotaréis! ¿Podéis darme vuestros nombres?

Se los facilitaron, se despidieron y se alejaron. Brett apoyó la mano en la puerta de la cabina.

—¡Señor!

Se volvió. El receloso había regresado corriendo.

—Señor, no le hemos dado nuestra dirección.

—Utilizaré la de la escuela.

—¿Sabe cuál es, señor?

—Yo mismo fui a ella. ¿Os parece bien?

El receloso asintió.

—Oh, sí. Nos parece bien.

Brett llamó al despacho para pedir que mandaran a alguien a vigilar las dos salidas del callejón, con instrucciones precisas de informar de la apariencia de uno o ambos vehículos descritos. Dio los números de matrícula, indicando que tal vez no eran muy precisos. Luego se encaminó hacia su coche.

De repente advirtió que el cielo se había oscurecido. Estaba de un gris amarillento y sucio, como una vieja almohada atiborrada de plumas y con la funda mal lavada. Encendió las luces de posición. Pronto empezaría a nevar.

A menos que fuera inocente, ¿habría llegado Majendie al absurdo de mencionarle el disco de la princesa? Quizá había pensado que sería más prudente indicar todo lo que había visto. Y había tenido la intención de dárselo a Kellett. ¡Dárselo!

Aquella era una afirmación muy peligrosa. Como si hubiese pasado todo un siglo, Brett recordó la época en que Kellett descuidaba y se despreocupaba de confirmar la procedencia honesta de un disco, dado que podía venderlo por la cantidad que le pidiera... a la persona adecuada. Pensaba que Kellett había elegido a Guzmann porque otros coleccionistas de igual reputación pero mucho más decentes habrían demandado garantías, pruebas, de la procedencia de la grabación. Aunque había llegado a la conclusión de que Kellett no albergaba duda alguna sobre dicha procedencia. Majendie y Kellett, o alguien en Kellett, colaboraban; y Geoffrey trabajaba para ellos. El sabelotodo musical cortejaba a Stephanie no en vistas a seducirla —aunque eso podría llegar a terciarse con el trabajo—, sino para descubrir si desde la zona bombardeada podían escucharse los sonidos de los garajes adyacentes y si ella había oído algo; y también para averiguar a partir de su ingenua conversación si había observado o notado algo en Majendie, algún detalle que diera lugar a sospechas. Geoffrey no trabajaba aquella mañana... ¿porque estaba ocupado en otro lugar? ¿Y qué decir de Majendie, que había acentuado su desagrado por Kellett y había puesto una mueca por completo innecesaria al oír el nombre, furioso por sus quejas —¿más bien advertencias?— acerca de Stephanie? ¿Se había enojado por el trato que recibía la muchacha? No; la razón debía de ser haber enviado el mensaje de forma tan grosera, con aquella falta de prudencia tan deplorable, dando a conocer su interés en el área bombardeada. ¿Y por qué razón Kellett, con su espaciosa tienda, quería aquel solar? Para controlar él mismo la zona del garaje, en lugar de alguna persona ajena y curiosa.

Comprendió que tendría que tratar con la persona que movía los hilos en Kellett. Ningún subordinado podría encargarse de tal asunto. Pero ¿qué asunto, utilizar los garajes para almacenar figuritas Nymphenburg y pitilleras Fabergé robadas? ¡Qué robos tan eficientes! ¡Qué negocio tan eficiente! Aquella conclusión —que estaban relacionados, que eran producto del mismo cerebro organizador— era plausible y ridícula a partes iguales. ¿Cómo se tomaría el jefe Wisdom la petición de una orden de registro para los sótanos de Kellett y de Majendie? Brett se estremeció ante la idea. Por suerte, el momento para eso ya había pasado, puesto que, ante la inminente llegada del helicóptero, los garajes estarían ahora completamente limpios, a menos que hubiesen dejado algo para otra ocasión.

Lo que no tenían que perder de vista era la furgoneta y el sedán. Presentía fuertemente que estaban a punto de partir hacia Richborough. Los presentimientos no eran la base más adecuada para pasar a la acción, pero descartar aquella oportunidad, por muy descabellada que fuera, podía hacer que se arrepintiera más tarde. A las seis y media. A menos que planearan dar amplios rodeos por precaución o parar antes en otro sitio, no era necesario que salieran muy pronto. Sin embargo, los hombres parecían listos, esperando recibir la orden. Frunció el ceño. En cualquier caso, aunque se pusieran en marcha en aquel momento, para salir de Londres estaban casi obligados a tomar la A2; los agentes ya debían haber tomado posiciones en las salidas del callejón e informarían de las matrículas a los coches patrulla. Con la ayuda adicional de los típicos atascos navideños, los alcanzarían con bastante facilidad. Y a la luz de las nuevas circunstancias, Beddoes debía estar —y estaría— entre los agentes que fueran tras ellos.

—Justo lo que me gusta —exclamó Beddoes—. Coches pequeños con motores Rolls-Royce. ¡Y tres! ¡Que me aspen! No escatimamos en gastos, ¿eh? Ya puestos, ¿por qué no pedimos que nos releven en Rochester y, digamos, en Sittingbourne?

Brett, que con su extravagante petición ya había provocado algún comentario de los de arriba, fulminó a Beddoes con una mirada que habría reprimido ante los demás.

—Es porque pueden dejar la A2 en cualquier momento. Cuanto más lo pienso, más claro veo que darán vueltas para desorientarnos. No sé por qué no han salido ya. Podéis ir reemplazándoos como queráis: fijad un horario antes de empezar o utilizad la radio, lo que prefiráis. —En secreto confió en que utilizaran la radio; lamentaría no cumplir las expectativas después de haber sido tildado por sus superiores de caprichoso—. Además, ¿no crees que sería una torpeza seguirlos con el mismo coche desde Londres a Canterbury? —añadió—. Podríamos darnos por satisfechos si llegásemos a Chatham sin que nos descubriesen. Y entonces empezarían a jugar al despiste, o frenarían sin pudor y harían una llamada de teléfono, claramente mofándose de ti, o les entraría el miedo, acelerarían y se estrellarían contra una pared. Así que, avisando, o sin avisar pero no pasando por un punto en concreto, les dirían al resto que se esfumaran de Richborough. No hay que detenerlos ni asustarlos. —Hizo una pausa—. ¿Qué han dicho del tiempo?

—En Manston ya llevan dos nevadas —respondió Beddoes con tristeza— y la veleta dice que llega una buena ventisca. Pobre viejo Kent, ahí sentado en medio de una capa de nieve. ¿No fue lord Bacon el que al pasar por aquí inventó lo de la preservación de la comida en el hielo?

—Sí, fue él, congeló un pollo, aunque él mismo también acabó congelado y murió de una pulmonía. ¿Alguna novedad de los de la Divi?

—Han encontrado al médico de Ivan, que se puso rígido como un cuello almidonado y recurrió al secreto profesional. Ni una palabra. Una pena para él que su consulta sea alquilada. Los de la Divi se escabulleron a la parte trasera y hablaron con la señora Flannery, la cual, como era de suponer, siempre está mirando a todos los pacientes que entran y salen. Desde que se fundó el servicio nacional de seguridad social, Ivan se pasaba por allí una vez a la semana sin falta. Unas gotas para la nariz, unas gasas para el pecho y unos cuantos litros de jarabe. Hace cosa de un mes se quejó a los enfermos reunidos en la sala de espera de que no dormía bien.

—¿Han averiguado si iba a una farmacia en concreto?

—No, pero han empezado a buscar.

—No importa. Parece claro, ¿no?

—Sí: fenobarbital, uno por noche durante un mes, probablemente cincuenta en una receta. Suficiente. A propósito, Ivan también tanteó al doctor, o pensaba hacerlo, sobre lo de incapacitar a la abuela.

—¿Cuándo?

—Meses atrás. Al parecer no consiguió nada. Supongo que no se puede meter a la gente en instituciones ya de por sí abarrotadas a menos que estén haciéndoles pasar un infierno a los familiares. Y una cosa más. La hija de los Endean, que viven en el número 6, ha pasado esta mañana por comisaría de camino al trabajo, estaba fuera cuando, durante mi desafortunada ausencia, la Divi los interrogó, y ha mencionado haberse topado con la anciana del número 13 un sábado por la tarde de hace dos semanas. No te lo hubiera dicho de no ser porque me pareció extraño, y ahora, ante las circunstancias...

—¿Me estás diciendo que se la encontró en la calle?

—Sí. La muchacha iba a un baile, por eso sabe a ciencia cierta que era sábado. Casi se la lleva por delante al doblar la esquina de Bright's con High Street. Iba hacia su calle.

—Supongo que Ivan debía de estar en el Oak Tree. ¿Y qué pasa con la señora Minelli? Mencionó que la señora Karukhina nunca pisaba la calle.

—¡Venga ya! Tampoco es que fuese su niñera. Supongo que también habría salido.

—Claro, claro. Sábado por la tarde... Puede que fuera a la iglesia, a confesarse.

—¿Y adónde iba Olga? —preguntó Beddoes con aire inocente.

—Seguro que ya conoces la respuesta... Regresaba del buzón, de enviar una carta a Majendie.

—Y, aun así, ¿piensas seguir a ese viejo cuervo?

—¿Y por qué no?

Beddoes tomó un clip y, con gran esfuerzo, empezó a convertirlo en un trozo recto de metal.

—De acuerdo, tú decides, por supuesto.

—Gracias. Hay algo que no te he contado, pero ahora no

tengo tiempo de exponer el asunto... *ab ovo*. ¿Qué coche me espera en Folkestone?

—Un Wyvern del 55 de color plateado. Aquí tienes la matrícula. —Beddoes le tendió un trozo de papel con visibles muestras de resignación—. Han dejado el maletero abierto y la llave está en el fondo, debajo de la alfombrilla. —Hizo una pausa—. Imagina que a Majendie lo acompaña una flota entera...

—Confío en reconocer a alguno de sus socios.

—Mientras no trates de enfrentarte tú solo a una multitud ni cometas cualquier estupidez... Me refiero a que... —Sin apenas detenerse, Beddoes se sonrojó, como si supiera que sus siguientes palabras eran demasiado francas—. Esta vez no solo tienen que rendir cuentas por cuatro piezas de porcelana, sino también por la muerte de Olga. El que se cruce con ellos tiene un pie en la tumba y el otro sobre una piel de plátano.

—¡Vaya, cuántas atenciones!

En el lapso de dos segundos, el rostro de Beddoes adoptó una mueca de repugnancia y, a continuación, regresó a su expresión habitual.

—¿Y si el viejo cuervo está limpio? —dijo, cargando la pregunta con todo el recelo del que fue capaz, como si pretendiera desequilibrar a Brett.

—Entonces sentiré más alivio del que puedas imaginar —respondió Brett con calma—. Y ahora será mejor que nos vayamos. Todo parece estar ya listo.

—Nos encontramos en Canterbury después de la función, ¿no? —dijo Beddoes con cierto aire escarmentado—. Aunque... ¿Y si Majendie te ve en Charing Cross?

—¿Crees que eres el único que sabes seguir a alguien en tren? Además, viajaré en el vagón policial.

—Vaya, ¿así que nada de comida gratis a bordo?

—Me la tomaré antes de salir.

Beddoes comprobó el reloj.

—Pues te da tiempo a una sopa y una patata. Qué detalle salir a dar vueltas hoy, ¿verdad? Menuda Nochebuena. Tendrías que ver lo que nos ha puesto la cantina para llevar: termos de sopa, pavo frío, sándwiches, pastelitos de carne, café...

—Arenques con crema.

—Bueno, me voy. Oye... —el rostro de Beddoes se iluminó de forma incontenible—, ¿recuerdas aquella vez que El Viejo se equivocó de termo y vertió la sopa de rabo de buey en su taza de leche con azúcar?

El Man of Kent estaba llegando a Folkestone con cuarenta minutos de retraso. Brett pensó que no estaba tan mal, considerando que habían tenido que atravesar los efectos de una guerra de almohadas celestial: la ventisca de Beddoes, recién llegada desde el canal. Sin embargo, el viaje enjaulado en el vagón policial se le había hecho doblemente pesado. «¿Qué tipo de anuncios utilizaban para contratar a los guardias? —se preguntó—. ¿"Solo se admiten agorafóbicos"?». Estiró brazos y piernas, y echó un vistazo a través de la ventana de su celda. El tiempo había dado una tregua después de Ashford, un período de calma incierta bajo un cielo oscuro que amenazaba con que se acercaba algo más que el crepúsculo. El paisaje estaba transfigurado. La desolación luminosa parecía insustancial, casi lunar; solo las colinas tenían la forma equivocada. Las jo-robas blanqueadas de las North Downs estaban salpicadas por pedazos de sombras, capricho del viento y de los ventisqueros, o de las excavaciones subyacentes, bien romanas o británicas. Las colinas le recordaron a Brett a la malvada ballena, con sus arrugas, cicatrices y hierros enredados. Y además de aquel aspecto fantasmal, las encontraría hostiles, indomables, cuando subiera por sus caras resbaladizas en un coche que no conocía y en el que daba por supuesto que nadie había tenido la oportunidad de poner cadenas o de ni siquiera pensar en ello.

El tren reducía la velocidad. Ya no se percibía el esfuerzo, solo la inercia: una transición potente, bien controlada y una suave frenada. El guardia deslizó la puerta para abrirla y una costra de nieve cayó del techo como si fuera el glaseado de azúcar de un pastel. Brett pensó que el viento era el cuchillo, un auténtico filo de cristal tallado que lo rebanaba. Se asomó tras el guarda y vio que se aproximaban a una estación de juguete. Tenía un único andén, largo y estrecho, con una salida demasiado cercana para su gusto a la cola del tren, con lo que ofrecía un pobre escondite. Estaba desconcertado. ¿Qué era aquella estación, tan pequeña como una casita de muñecas? Pues claro, no era la del muelle, sino la del pueblo. Y tampoco era una terminal, como Brighton, sino una parada en una línea secundaria: limpia y rural, de color mostaza y verde, como cualquier estación de la zona, quizá para sugerir la cercanía del mar y de la arena, aunque, en pleno invierno, la imagen resultaba desoladora a más no poder.

El tren se detuvo. Brett se echó hacia atrás al ver que las puertas se abrían como si fueran las alas de un escarabajo.

La primera en apearse fue Stephanie, con la cabeza rubia al descubierto, el impermeable amarillo y una bolsa colgada al hombro. Resultaba evidente que conocía el trayecto y el tren. Con solo tres pasos llegó al molinete. Sus pies eran esbeltos, pero llevaba un calzado poco adecuado para la nieve. Rápida como un pájaro, como una oropéndola, cruzó la puerta y desapareció. Pero ¿dónde se había dejado al zalamero de su jefe? Nada más subir al tren en Charing Cross, había ido derecho al vagón restaurante. ¿Seguiría allí? ¿Se habría dormido, se pasaría la parada y continuaría hasta Dover?

Apareció justo en aquel momento, aferrado al pequeño maletín que Brett ya había visto. Lo acompañaba una mujer entrada en años; probablemente una conocida con la que se había encontrado en el tren. Brett vaciló. ¿Debía salir antes que él? Juzgó que no tenía tiempo. Majendie ya casi había alcanzado el molinete e iba a verlo. Pero el tren aún no reanudaba su marcha, con lo que podía permitirse esperar un minuto. Sin embargo, habría preferido que Majendie dejara de pasear y cotorrear con su amiga y se apresurara a llegar a la puerta. Brett contó: cinco metros, tres, dos, ya estaba.

Despidiéndose a toda prisa del guarda, Brett se apeó y recorrió el andén, pegado con discreción a las puertas de las oficinas. El viejo cuervo seguro que se despediría de su amiga con su característica prolijidad y tenía que darle tiempo. Llegó hasta la taquilla y se escondió tras ella, mirando hacia el molinete. Distinguió la espalda de Majendie y la de la mujer, y un flujo bien lubricado de taxis que se llevaban a los pasajeros tan rápido como los discos en la cinta transportadora de Kellett. Ahora se estrechaban la mano. La amiga se marchaba. ¿Y qué hacía ahora? Un taxi, Majendie estaba subiendo a un taxi. Confundido, Brett logró tomar nota mental de la matrícula mientras se alejaba. Le pasó el billete al revisor y se precipitó al exterior. Sus ojos, que buscaban un Wyvern gris plateado, captaron una cuesta hacia abajo a la derecha, más taxis y un muro que discurría paralelo a la valla de la estación. De repente distinguió la matrícula. A trompicones, corrió hasta el maletero cubierto de nieve como un pastel, lo abrió con pocos miramientos, retiró la alfombrilla y encontró la llave. Al fondo, el taxi de Majendie estaba doblando a la derecha. ¿A la derecha? Hacia la ciudad. Aún podía alcanzarlo, eso si el motor todavía albergaba una chispa de vida.

Cerró de un portazo, giró la llave y pulsó el estárter. El motor se puso a cantar. Exultante, pisó el pedal e hizo bajar el coche por la cuesta cubierta de gravilla. Al llegar al final, redujo la marcha, se asomó a la carretera, que estaba despejada, y giró a la derecha. Las ruedas se deslizaron siniestramente, pero un segundo más tarde aquel primer aviso ya le había desaparecido de la mente: el taxi de Majendie había parado junto a la acera y el joyero se estaba apeando. Brett pasó junto a él y, unos treinta metros más adelante, se detuvo y se dio la vuelta en el asiento. Majendie había cruzado la calzada y se dirigía hacia una parada de autobús. Alguien dio un paso al frente, una persona vestida de amarillo: Stephanie. Majendie estaba hablando con ella. Hubo un instante de duda; a continuación, ambos regresaron al taxi. Pensativo, Brett se volvió hacia el volante. Al parecer, Majendie se había ofrecido a llevarla... ¿hasta su casa? Eso sería muy amable por su parte y, de ser el hombre que Brett sospechaba, resultaría incoherente con sus previsibles actividades. Pero estaban acercándose. Brett recogió un objeto imaginario del suelo, aunque, con la visibilidad cada vez peor, dudaba que llegaran a distinguir a un babuino al volante. Encendió las luces de posición y se preparó para pegarse a ellos sin llamar la atención.

Las carreteras no debían de estar tan mal cuando el taxista había accedido a llevar a Majendie por los Downs. Entonces, ¿por qué Majendie no había conducido como hacía siempre? Puede que no lo hiciera... Stephanie había dicho que guardaba su coche en la estación de Folkestone. Pero ¿dónde estaban los garajes? Allí no había nada, ni siquiera un trapo grasiento. Dado que tenía relación con Majendie, ¿también debía desconfiar de ella, pese a su juventud, de los detalles de la residencia de Majendie y de otros indicios que le había proporcionado, además de la impresión general que le había causado? Con profesionalidad, Brett hizo de tripas corazón y se preparó para aceptar lo peor, encontrando el proceso inesperadamente doloroso.

Los siguió cuando doblaron a la izquierda, entre casitas ordenadas y jardines desiertos, y tuvo la suerte de estar lo bastante alerta como para aparcar detrás de una furgoneta cuando el taxi se detuvo un poco más adelante. Desconcertado y lleno de curiosidad, sacó la cabeza para ver qué ocurría. Majendie estaba abonando el trayecto y, mientras el taxi se alejaba, franqueó la verja lateral de una de aquellas pulcras casas y recorrió el sendero hasta el garaje. Iba a abrirlo.

Brett se preguntó por qué el anciano no habría buscado algo más cerca de la estación. Aunque poco importaba: la versión de Stephanie se confirmaba. ¿Había mencionado la estación de Folkestone o solo Folkestone? No lo recordaba. Rápidamente sacó el mapa y lo dobló para que el área comprendida entre Folkestone y Canterbury quedara en el lado superior. Barton, el pueblo de Majendie, se encontraba a un par de kilómetros de la A2. Le pareció una zona peculiar para fijar la residencia. Ya lo decía Dickens: «Kent, *sir*... todo el mundo sabe lo que es Kent: manzanas, cerezas, lúpulo y mujeres». «Y ventiscas», añadió Brett. Ubicó Pettinge a unos cinco kilómetros al este de la carretera de Majendie. ¿Iba a llevarla hasta allí? ¿Lo haría si tuviese otros intereses de los que ocuparse esa misma tarde? ¿Y si ella los compartía? Brett volvió a tratar de alejarse emocionalmente y seguir aquella línea de pensamiento. Pero pronto se rindió. Se negaba a aceptarlo sin hechos concretos. Más pronto que tarde descubriría que Majendie era más puro que la nieve sobre los arbustos del vecino y que él se había equivocado, dando además palos de ciego al creer que Stephanie era su cómplice.

Pero en aquel momento ambos estaban saliendo del garaje. Brett lanzó el mapa al asiento contiguo y dejó escapar una exclamación en voz baja. Majendie, como siempre elegante y clásico hasta la médula, conducía una enorme caja negra, de más de treinta años de antigüedad, a la que solo le faltaban el ataúd, el latón y las flores para ser un auténtico coche fúnebre. Sin embargo, Brett estaba bastante seguro de que el motor no refunfuñaría al subir las colinas. Les dio un poco de ventaja y, a continuación, los siguió.

«Majendie —pensó—. ¿Majendie?». Brett no había conseguido disipar la duda y la incerteza que habían dominado su primer encuentro. Por ejemplo, estaban las cartas de Olga.

No necesitaba el informe para saber que eran auténticas. Majendie no habría podido confeccionarlas de un día para otro. Debía de haberlas guardado por si se producía cualquier tipo de contingencia. Brett negó con la cabeza. ¿Y cómo interpretar la peculiar excursión vespertina del sábado de Olga, sino como que iba a echarlas al correo, omitiendo la formalidad de un sello? De hecho, resultaba demasiado fácil considerar a Majendie como una víctima de las circunstancias. ¿El maletín? Nada más que eso. *¿Derecho anglosajón para el hombre anglosajón?* Por una complicación surgida en el curso de una negociación habitual. Incluso el asunto de Kellett y ese disco... ¡y de De Reszke, nada más y nada menos! Había muchas posibilidades de que fuera otro tenor antiguo. El acercamiento de Geoffrey a Stephanie podría tener la más sencilla de las interpretaciones, la que él había pensado en un principio. Esas matrículas también podían tener una explicación, y si las furgonetas estaban en verdad esperando y, a falta de otro indicio que sus sospechas habituales, ¿cómo había llegado a deducir que se dirigían a Richborough? «Supongamos que no hayan abandonado el garaje en ningún momento», pensó. Beddoes debía de estar lamentándose y reclamando en vano su libertad. Brett se imaginaba sus grandes ojos expresivos mirándolo con reproche si se confirmaban sus especulaciones; aunque sus ojos, más que expresivos, eran cerúleos. Por otro lado, el grado de decepción podía ser tan intenso como para penetrar esa triple capa bronceada de jerga, frivolidad y deje nasal, y ofrecerle, por primera vez y sin esfuerzo, un premio sutilmente buscado y deseado desde hacía tiempo: vislumbrar una mínima parte de la mente de Beddoes.

La carretera hacia Folkestone era empinada, una pendiente larga que serpenteaba. Tenía que forzar la vista para no perder la arcaica mosca negra que se arrastraba más adelante. ¿Conducían todos los criminales un vehículo tan fúnebre y respetable? Se preguntó si no sería mejor adelantarlo, dejarlo en paz, renunciar y seguir hasta Richborough. Pero estaba ese asunto del camafeo, el regalo corrupto, el soborno ofensivo, aún más insultante por su insignificancia y por aquella despectiva tasación del precio. De alguna manera, Majendie había transgredido los límites por partida doble y Brett continuaba siguiéndolo para obtener una doble satisfacción.

Unos copos de nieve pasaron rápidamente por delante del parabrisas. A su espalda solo se veía un coche, que estaba a punto de alcanzarlo; y un autobús de color rojo pomelo, con unos bigotes blancos como si fuera Papá Noel, trotaba tímidamente cuesta abajo, en dirección contraria. Brett tomó una curva y enseguida comprendió por qué el autobús se había pegado a la cuneta opuesta. A la izquierda había un precipicio, como si un cucharón gigante hubiese vaciado el terreno. La carretera giraba en torno a la colina por cortesía de los antiguos, que con sus excavaciones habían creado una cornisa en aquel punto. Y por si fuera poco, la curva era doble; y la ligera alfombra de nieve no ayudaba en absoluto.

En aquel punto, el coche a sus espaldas decidió adelantarlo. El vistazo casual de Brett en el espejo retrovisor se afiló al momento, nada más ver asomar el radiador. Tendría que acelerar de golpe en la curva resbaladiza, bloqueando la carretera, o acercarse al borde para dejarle sitio. No se decantó por ninguna de estas opciones. Se limitó a continuar por su carril, procurando no pensar en lo que pasaría si aparecía otro autobús en la curva. El coche pasó muy cerca, demasiado cerca, y cuando lo hubo rebasado, dio un volantazo y siguió su carrera imprudente. «Zafio inconsciente», comentó Brett para sus adentros. La Navidad. El alcohol de las celebraciones. Una para el camino. Insolencia líquida. Medio deseó que aquel patán temerario patinara y acabara en la cuneta; pero siguió viendo las luces, que en aquel momento avanzaban rectas. Al menos no adelantaría a Majendie en un punto tan malo —no es que le importara, pero llevaba una pasajera—, porque aquella antigualla funeraria había alcanzado la cima del saliente. O eso creía. Una nieve y la oscuridad cada vez más espesas le dificultaban ver las luces del vehículo del joyero.

Allí, la calzada dejaba de ascender y atravesaba un altiplano suave y sinuoso. Un exiguo asentamiento de casuchas y bungalós se aferraba a su única vía de contacto con la vida. Las pendientes no suponían problema alguno, pero la nieve se había amontonado y ahora caía en cascada. Pese a ello, Brett pisó el acelerador para no perder de vista a Majendie cuando tomara la dirección de Pettinge. Suspiró. ¿Por qué seguir a Majendie por aquellas calzadas rurales serpenteantes? ¿Por qué no seguir por la calzada principal hasta Barton, el pueblo de Majendie, y esperarlo allí? Aunque puede que al final no apareciera.

De repente se encontró aislado. Una capa de nieve arremolinada y fragmentada se había tragado las luces, la carretera, todo. Brett continuó como pudo. Si aquello lo bloqueaba, lo mismo le sucedería a Majendie, quien también debía de divertirse luchando contra la ventisca y también debía de sentir una inquietud similar ante la nieve que se adhería a las ruedas.

Brett dudó que un helicóptero pudiera plantarle cara a una tempestad como aquella. De repente, la nieve cesó de un modo extraño y reveló un largo trecho de calzada limpia. Advirtió que lo flanqueaban bosques y más adelante, alejados, vio dos puntos rojos. Tenía que ser o Majendie o el que lo había adelantado a toda velocidad en la curva. ¿Cómo podían haberse alejado tanto? Ya fuera uno u otro, Majendie había acelerado. ¿Por qué, porque en Folkestone se había dado cuenta de que lo seguía en un Wyvern gris?

La nieve volvió a caer como si fuera una gran mancha blanca; era la ventisca de Beddoes, a gran escala y potencia máxima. Los limpiaparabrisas se desplazaban a un lado y a otro, y Brett se preguntó cuánto tardarían en cesar sus chillones protestas y se declararían en huelga. En ese medio minuto de tregua que había dado la nieve había podido comprobar que los bosques flanqueaban la carretera, por lo que la intersección de Pettinge no debía de estar muy lejos. Pero el trecho ante él era igual de visible que la luna. Siguió adelante en una marcha deprimente. Fue precisamente aquel paso de tortuga el que le impidió saltarse la señal casi inservible: Pettinge 2.

No servía de nada mirar a un lado y a otro por precaución. La nieve lo cubría todo como un sudario y solo la velocidad le sería útil. Con un volantazo atravesó la carretera. Las ruedas patinaron y fue incapaz de encontrar la cuneta. Comprendió que había tomado el camino, enderezó el volante demasiado rápido y derrapó de nuevo. Tampoco le gustó, pero debía continuar; apenas había espacio entre los terrenos colindantes y la calzada. Siguió adelante, en bajada, a través de la nieve, que lo asfixiaba al chocar contra las ventanas hasta el punto de hacerle venir ganas de toser sin parar. El motor suspiraba de forma quejumbrosa. Comprobó la velocidad a la que iba. ¡A quince! Hasta eso era imprudente. La calzada bajaba y giraba. ¿O no era así? Advirtió que estaba completamente cubierto de nieve. Los limpiaparabrisas se habían detenido, atascados, en huelga, y una costra se había formado en el cristal en un par de segundos. Abrió la ventana, se asomó, pero enseguida volvió a meter la cabeza. Lo único que había conseguido era ceguera, asfixia y mojarse el cuello. No había nada que hacer, excepto detenerse, salir e intentar reparar los limpiaparabrisas.

Se detuvo en el lado izquierdo, pero el coche se inclinó y empezó a hundirse. Mientras pisaba el freno a fondo y luego estiraba el freno de mano, oyó que de su garganta salía un extraño graznido sordo. Un pantano, arenas movedizas, gelatina... Aquellas palabras le vinieron a la cabeza antes de que llegara la más obvia: «un ventisquero». Se había metido en un ventisquero.

Metió rápido marcha atrás, bajó lentamente el freno de mano y pisó a fondo el acelerador. El motor soltó un quejido malhumorado. Las ruedas giraban en el vacío. Lo intentó de nuevo y le dio la impresión de que el coche se levantaba un poco. Se detuvo y permaneció sentado unos segundos, dando rienda suelta a la frustración con reniegos y maldiciones vehementes y monosilábicos. Luego, culebreó hasta el asiento trasero. Se sacó la bufanda, se protegió con ella la cabeza y las orejas, y se subió el cuello del abrigo. Abrió la puerta trasera y sacó una pierna para comprobar hasta dónde llegaba la nieve. En aquel punto, solo parecía tener diez centímetros de profundidad. Con un gemido y una imprecación final, se apeó del coche, cerró la portezuela y fue a tientas hasta el radiador. El coche estaba inclinado hacia delante y hacia la izquierda. Dio un par de pasos y de repente sintió que se tambaleaba y se hundía en la nieve. Se agarró al ángulo que formaban el parabrisas y el capó, tiró de sí mismo, dando la espalda a las violentas rachas para respirar mejor, y se limpió las incrustaciones de hielo que tenía en las pestañas. Comprendió que, al girar hacia la izquierda para detener el coche a ciegas, había acabado en una cuneta, oculta debajo de toda aquella nieve. No iba a mucha velocidad cuando había chocado contra aquella especie de cojín, así que seguramente el coche no había sufrido más que daños superficiales, y puede que ni eso. Pero en aquel momento, aquella cosa suave y mullida que había absorbido el golpe le impedía sacarlo, y la nieve seguía acumulándose. Lo que era peor: con aquella nevada y la oscuridad reinante, no había esperanza de encontrar leña, algún zarzal, algo con lo que poder falcar las ruedas posteriores.

La carretera era del tipo sin clasificar y estaba aislada. La posibilidad de que en aquel momento alguien pasara por allí, en una dirección o en otra, y lo ayudara era remota. Si se quedaba sentado en el interior del vehículo, pronto acabaría sepultado bajo la nieve. Solo había una opción: caminar hasta la A260, con la esperanza de que aún no estuviera cortada y que algún vehículo lo recogiera.

Se llevó la muñeca a la altura de los ojos y miró los pálidos números del reloj: las cuatro y cuarto. Abrió la portezuela trasera, se inclinó sobre el asiento para recuperar el mapa y lo

alumbró con la linterna. El corazón le dio un vuelco. Incluso
si la suerte lo acompañaba y alguien lo recogía nada más alcanzar la carretera principal y lo llevaba directamente a Canterbury —con aquel tiempo, a una velocidad no superior a
treinta kilómetros por hora—, ¿podía todavía confiar en llegar
a Richborough a tiempo? «A las seis y media en punto», había
dicho Pink. Brett tenía serias dudas.

Se sentó en el borde del asiento, con el mapa colgándole
de la mano, y sintió una oleada de desesperación y desilusión.
Sin vehículo se veía obligado a abandonar la persecución de
Majendie. Y, según parecía, también debía renunciar a lo que
le había llevado tan lejos por su obstinada determinación de
seguir al joyero.

Con gran esfuerzo se recompuso, guardó el mapa y la linterna en el bolsillo, quitó la llave del bombín y salió del coche. Cerró la portezuela, con la sensación de que por fin se desprendía
de aquel traidor automóvil, y se dispuso a desandar sus pasos.

Nevaba con menos fuerza. Nada más darse cuenta de este
hecho, se sintió como si estuviera suspendido, como si flotara
en una esclusa, una sensación similar a la que había experimentado en la carretera principal. Se apresuró a aprovechar
las circunstancias y enfocó el haz de la linterna hacia la carretera y los laterales para comprobar su estado. La nieve lo
cubría todo y difuminaba la forma de los objetos; pero a la
derecha aún se distinguía la depresión engañosamente superficial que señalaba el curso de la cuneta, bordeada por una
línea uniforme de arbustos. A un par de metros de distancia
se apreciaba un hueco en el seto y la cuneta parecía más ho-
mogénea, como si la nieve que la cubría hubiese caído sobre

una especie de puente que conducía desde la calzada hasta lo que parecía un campo. El largo haz de la linterna no se topó con ningún árbol.

Caminó hasta el hueco entre los arbustos; y allí, sin razón aparente, se detuvo y aguzó el oído. Nada rompía el silencio de la mortecina campiña. Pese a ello apagó la linterna y esperó. Transcurrieron varios segundos. Estaba a punto de calificar aquel impulso de pararse de estúpida fantasía cuando oyó algo, o más bien, dado que difícilmente se podía hablar de sonido, fue consciente de que algo se movía y se acercaba en medio de aquella quietud. De repente, el movimiento se transformó en un rumor distinguible: alguien corría, tambaleándose sobre la nieve, jadeando. Venía por la derecha, a su espalda, por la parte posterior del seto. Estaba muy cerca. Y fuera quien fuese, al llegar al hueco, tanto si lo cruzaba como si no, lo vería. Ya se encontraba casi a su altura.

Brett distinguió de forma vaga a la persona que corría; estaba sola, era más pequeña que él y no reparó en su presencia al atravesar a trompicones el trecho que daba a la superficie más llana de la calzada. En un instante advirtió que estaba asustada. Al mismo tiempo reconoció algo en aquellos jadeos agudos y agitados. Pertenecían a una mujer.

Incorporándose, se dirigió al lado interior del seto y, desde allí, alumbró la calzada con la linterna.

La mujer, de espaldas, se paró en seco, pareció estremecerse, hacerse más pequeña, y se quedó paralizada, como si fuera un conejo aterrorizado ante los faros de un coche.

—¡Stephanie! —la llamó Brett, haciendo ademán de acercarse a ella—. Stephanie, no tenga miedo, todo va bien.

Al oír su nombre, la joven se volvió lentamente. Él se detuvo y, en un arrebato de entereza, iluminó su propio rostro con la linterna. La muchacha dejó escapar un grito, igual de violento e irracional que una ráfaga de viento. Extendió una mano y empezó a caminar hacia él.

—¡Es usted! —gritó—. ¡Oh, es usted, es usted!

Brett le tomó la mano, pero no dijo nada. Estaba pasmado; también alarmado; y, por último, lleno de dudas. ¿Era un señuelo enviado por Majendie? Cabía la posibilidad. Pero, aun siendo así, eso no confirmaba que ella fuera su cómplice. Majendie sin duda podía haber tejido la telaraña, pero la muchacha estaba verdaderamente afectada por algo. Se aferraba a su brazo como si no tuviera ninguna intención de soltarlo. ¿Qué podía haber ocurrido? La experiencia priorizaba una única explicación: una conducta reprobable por parte de un hombre. En concreto, de Majendie. En aquel momento, Brett comprendió lo inestimables que eran las mujeres policía, a quienes habría entregado cualquier muchacha que se presentara ante él con aquel estado emocional.

—Stephanie, ¿qué ha ocurrido? —susurró a regañadientes—. Cuéntemelo, así no le parecerá tan malo...

Ella empezó a tirarle de la manga, como si quisiera retomar la marcha y arrastrarlo.

—Rápido —dijo sin aliento—. Rápido, rápido.

—Un momento. ¿Adónde va? —le preguntó sin prisas.

Ella siguió estirándole de la manga, sin conseguir el efecto deseado.

—¡El señor Majendie! —gritó.

A Brett se le cayó el estómago a los pies.

—¿Qué ha hecho?

—Tenemos que acudir a la Policía —imploró, casi sollozando—. Oh, por favor, vamos, rápido, por favor.

—Yo soy policía —dijo, un poco desconcertado.

Stephanie lo soltó enseguida.

—¿Cómo?

Cuando le dio su nombre, puesto y departamento, Brett se dijo para sus adentros que no se desentendía del asunto. La muchacha debía saberlo, y puede que eso la animara a confiársele. De hecho, pareció quedarse estupefacta durante unos segundos y, a continuación, trató de alejarse de él. Brett la dejó hacer.

—¿Cómo puede ser? —susurró—. ¿Lo sabía? ¿Qué está haciendo usted aquí?

—¿Qué importancia tiene eso? Será mejor que sea usted quien hable. ¿Cómo quiere que la ayude si no sé qué ha ocurrido?

—De acuerdo... Está bien —dijo, todavía sin aliento—. Pero apague la linterna, por favor —suplicó al ver que el inspector vacilaba—. Oh, sí, mejor así... Solo por si acaso. Bueno, pues el señor Majendie está conduciendo... Estaba conduciendo. Me ha acercado desde Folkestone. Y alguien lo perseguía. De repente me ha dicho que en la siguiente curva reduciría la velocidad y que yo tenía que saltar y esconderme detrás del seto hasta ver pasar el siguiente vehículo, y que después debía acudir a la Policía.

—Pero si era yo...

—No, había otro mucho más pegado. Lo he visto. Acabo de salir del seto. Nada más han pasado, me he puesto a correr. Y entonces, de repente, se ha encendido la linterna. He pensado que eran otros más. Que me habían visto y que me perseguían. No podía moverme.

Aquella explicación era tan diferente de lo que Brett esperaba que se sintió aliviado y con un gran deseo de creerla. Pero la había escuchado con cautela y escepticismo. Aun siendo verdad eso de que seguían a Majendie, Stephanie podría igualmente haber actuado de señuelo, aunque no destinado a él, sino a los otros. Puede que, como era comprensible, le hubiera faltado el valor y no hubiese sido capaz de enfrentarse a ellos; de ahí su miedo.

—¿Por qué iban a seguirla? —preguntó.

—He pensado que me habían visto a través del seto... Tuve que pararme para enterrar el maletín.

—¿El maletín?

—Un pequeño maletín portafolios del señor Majendie. Me ha dicho que tenía que esconderlo en un lugar que pudiera recordar más tarde, así que lo he enterrado en la nieve, justo debajo de un árbol que hay al lado del seto.

Brett alumbró el rostro de Stephanie con la linterna, ignorando su protesta. Sus ojos, deslumbrados por el haz de luz, se encontraron con los suyos; en ellos se reflejaba miedo, ansiedad y sorpresa, pero también absoluta franqueza. La absolvió de cualquier intento de engaño y le concedió a Majendie el beneficio de la duda. La presencia de la muchacha en Folkestone había resultado providencial para el joyero. ¿Había imaginado lo que le esperaba? Visto su comportamiento, era poco probable; de otro modo, no habría hecho el viaje. Solo la había utilizado por una emergencia.

—Bien, asumiré el riesgo —soltó Brett.

—¿Qué riesgo?

«El de creerla», dijo para sus adentros.

—El de que el maletín no esté lleno de caramelos de manzana. ¿Por casualidad no lo habrá abierto Majendie en el taxi?

—No. Oh... ¿ha estado siguiéndonos?

—¿No llevaba uno igual en el coche y lo ha cambiado? —insistió el inspector, ignorando la consternación de la joven.

—No.

—De acuerdo. Majendie le ha indicado que fuera a la comisaría más cercana. ¿Sabe dónde está? ¿En Pettinge?

—No, en dirección opuesta, de vuelta a la carretera principal. Ha dicho que allí vive un policía y que podría telefonear...

—De acuerdo, de acuerdo. Iremos hasta allí. Comienza a nevar de nuevo, así que será mejor que nos apresuremos.

—Por favor..., apáguela —suplicó—. De lo contrario nos verán enseguida.

—Pero sin luz vamos a acabar en la cuneta, igual que mi coche. Por suerte es propiedad de la Policía del Condado de Kent y no mío.

—Pero ¿cómo...? ¿Qué? ¿No lo habrá estrellado? ¿Tendremos que ir a pie?

—Me temo que sí —respondió con firmeza el inspector, encaminándose hacia la calzada por el hueco entre los arbustos.

—¡No! —gritó—. Mejor por detrás.

Brett negó con la cabeza.

—Demasiado complicado. Necesitamos encontrar a ese policía tan pronto como sea posible. Además, si alguien viniera a por usted, los arbustos no serían muy buen escondite. Yo la he visto y no la estaba buscando. Así que mejor ir por la carretera.

Le ofreció el brazo y, aunque la joven lo ignoró, empezó a avanzar. Cruzaron la cuneta y se dirigieron hacia la derecha.

—Hay un atajo —anunció Stephanie.

—¿Con esta nieve que no deja ver nada? No.

—Es un camino bastante decente, un sendero, el primero a la derecha. Bordea el bosque y da a la calzada principal cercana al pueblo. Lo he recorrido en coche con mi tío.

—De acuerdo. Nos arriesgaremos.

—¿Arriesgarnos?

—Solo en el sentido de que un atajo siempre supone un riesgo.

—Un momento... —Hizo una pausa—. Si nos ha estado siguiendo desde Folkestone, ¿a quién pretendía dar caza, a nosotros o a los otros?

—No pretendía dar caza a nadie. Seguía a Majendie.

—Pero ¿por qué?, ¿para protegerlo?

—Por pura curiosidad —dijo, sin molestarse en añadir que esa curiosidad en concreto se había visto animada con lo que ella le había dicho la noche anterior.

De repente, la joven se detuvo y se aferró a su brazo.

—Se acerca un coche —susurró, angustiada.

Brett permaneció inmóvil. La nieve, que caía con fuerza de nuevo, golpeteaba contra sus oídos mientras trataba de aguzarlos en busca del sonido de un motor.

—No me lo parece —dijo al fin—. Continuemos.

Stephanie no le soltó el brazo, aunque en aquel momento casi estaban corriendo.

—Si nos alcanzan antes de que podamos salir de esta carretera —dijo sin aliento—, ¿qué haremos? ¿Son... son peligrosos?

—Quizá para Majendie.

La muchacha soltó un grito angustiado.

—Y me ha obligado a huir. Me siento realmente mal.

—Ahórreselo —replicó secamente Brett—. La ha obligado a huir con el peligro más grande.

—¿El qué?

—El maletín.

—¿Ese? —El desconcierto hizo que su voz se quebrara—. ¿Qué hay dentro? Nada que pueda estallar, supongo.

Brett no pudo evitar soltar una carcajada.

—¿Se imagina a Majendie a menos de un kilómetro de una bomba? ¿De verdad no tiene ni idea de lo que hay en su interior?

—No, por supuesto que no... ¡Oh, mire! Ahí está el camino.

Brett alumbró con la linterna el lado derecho de la calzada. El remolino de nieve le devolvió el resplandor y lo deslumbró, pero pese a ello vio que el seto y la cuneta se adentraban, formando un ángulo pronunciado.

—Muy bien.

Tras abandonar la carretera, corrieron pesadamente en silencio durante un buen trecho. El terreno se elevaba, no con mucha pendiente, pero sí de forma continua. La nieve, que en la mayor parte de sitios alcanzaba los quince centímetros de profundidad, dificultaba su avance, que conseguían ya fuera a patadas o sacando los pies a cada paso y enterrándolos de nuevo. Además, caía directa sobre sus espaldas; tales eran sus remolinos y ráfagas que los copos se estrellaban sin cesar contra ellos. Intentar apartarlos resultaba agotador, pero era una reacción instintiva, al igual que lo era quitárselos de encima, pese a que así sus rostros se mojaban y se irritaban.

Brett iba bien cubierto y no tenía frío, pero se preguntó cómo estaría Stephanie. Su abrigo era más fino que el suyo y había pasado más tiempo a la intemperie. La miró. El impermeable amarillo era ahora oscuro, de lo empapado que estaba, y las zapatillas planas que había visto en Folkestone ya no eran beis, sino negras.

—¿Qué lleva debajo del abrigo? —le preguntó.

—La ropa que utilizo para la tienda. El vestido gris.

Brett gruñó.

—¿Qué inefable vanidad le ha hecho ponerse ese abrigo y esos zapatos con este tiempo?

—No sabía que tendría que hacer todo esto...

—Pero incluso si esto no hubiera pasado... Oh, no importa. ¿No sería mejor dejar de correr? Es muy cansado y me parece que no es mucho más rápido que caminar.

Una vez que hubieron enmendado el paso, y teniendo en cuenta las condiciones meteorológicas, aunque avanzaban más lentamente, también lo hacían de forma más ágil.

—¿Cuánto tiempo ha pasado desde que ha visto el coche hasta que me ha encontrado? —preguntó.

—No tengo ni idea. Fue todo muy rápido, como en un sueño. No tenía noción del tiempo.

—¿Y desde que ha saltado del coche de Majendie y se ha escondido detrás del seto? Ya sé que no es muy habitual mirar la hora en una situación así, pero ¿por casualidad no miró...?

—No.

Se produjo un silencio considerable.

—¿Actúa en homicidios? —preguntó ella de repente.

—Por norma general, no —respondió, entendiendo lo que quería decir después de un instante de desconcierto—. Me he topado con un par.

—¿Y entonces? ¿Robos, atracos y cosas por el estilo? Supongo que eso ya debe ser suficientemente malo.

—¿A qué se refiere?

—Bueno, ¿no es un trabajo espantoso? Papá dice que al final los policías acaban pareciéndose a los maleantes con los que se mezclan.

—Ah, ¿sí?

—Sí.

Brett continuó caminando en silencio.

Era consciente de que aquella opinión estaba bastante extendida, aunque nunca se la habían dicho tan a bocajarro, por supuesto. El tono de Stephanie no había sido provocador, sino indiferente, casi divertido. Estaba bastante seguro de que no pretendía hacerle un desaire con aquella generalización. Simplemente había demostrado una vez más el poco tacto de la niña egocéntrica y en cierto modo mimada que era. Y Brett se maravilló de que un comentario tan poco meritorio de su atención lo hubiese herido, como había hecho por un instante.

La nevada había empezado a apaciguarse y, al cabo de pocos minutos, cesó por completo. Vio árboles a ambos lados. Stephanie caminaba pegada a él y, cuando se volvió hacia ella, la muchacha se detuvo.

—¿Qué ocurre? —le preguntó Brett.

—Me temo que nos hemos equivocado de camino —dijo con un hilillo de voz.

Parecía tan preocupada que Brett no se atrevió a dar rienda suelta a todo lo que sentía en aquel momento.

—No deberíamos habernos internado en el bosque —continuó la muchacha—. El sendero correcto atajaba por la izquierda.

—Bueno, no será para tanto —dijo, tratando de sonar despreocupado—. Hemos tomado otro camino que atraviesa el bosque en lugar de bordearlo. Imagino que al final llegaremos a la carretera principal.

—El problema es que no hay otro camino entre el que teníamos que tomar y la carretera. Nada atraviesa el bosque.

—Bien... Y entonces, ¿dónde estamos? Es usted la que conoce la zona.

—Pero es que no la conozco tanto. Solo venimos aquí a pasar las Navidades o algún fin de semana. Y ni siquiera venimos aquí, sino a Pettinge.

Por un instante, Brett deseó que hubiese dicho eso antes de proponer la idea del atajo.

—Ilumine con la linterna hacia aquí —le ordenó—. Comprobaré nuestra ubicación en el mapa.

Echó un vistazo hacia los dos lados del camino, que se había estrechado hasta convertirse en poco más que una vereda. Los árboles, sin la contención de una cerca o de una zanja, crecían justo en los bordes, que eran muy rectos, como si los hubiesen trazado con regla.

—Creo que esto es un camino privado —murmuró Brett, rebuscándose los bolsillos en busca del mapa—, o un sendero rural para carros y caballos que atraviesa un campo. Lo que significa que cerca debe de haber una casa bastante grande. Menos mal.

Su búsqueda del mapa dejó de ser relajada.

—¿Lo ha perdido? —preguntó Stephanie.

—Supongo que sí —murmuró, después de continuar buscándolo durante unos instantes más sin éxito—. Debe de habérseme caído en el coche, mientras lo guardaba en el bolsillo. Bueno, no tiene importancia. Es imposible perderse en un condado como Kent. Nos toparemos con una casa de algún tipo enseguida. Continuemos.

Siguieron adelante con desánimo.

—Voy a apagar la linterna —dijo—. Cierre los ojos durante un par de segundos y cuando los vuelva a abrir, la vista se le habrá acostumbrado.

—De acuerdo, pero ¿por qué la apaga?, ¿para que no se gaste la pila?

—En parte. —La apagó—. ¿Hay suficiente luz? —preguntó un momento después.

—Oh, sí. Pero ¿no le parece que en este paisaje nevado todo se ve diferente? Todo parece estar más cerca, o más lejos, no tengo muy claro cuál de las dos opciones. De algún modo, nada está asentado y en su sitio.

—Eso es porque la nieve invierte la dirección natural de la luz. La tierra brilla y el cielo está oscuro, así que no hay sombras. Supongo que se proyectan hacia arriba y la noche las absorbe.

Stephanie se estremeció.

—Apresurémonos. No me gustan estos árboles.

—*Quem fugis...*

—¿Cómo?

—Es un verso de Virgilio —aclaró.

—¿Sabe cómo continúa?

—*Quem fugis, a, demens? Habitarunt di quoque silvas.*

—Suena bien. ¿Qué significa?

—Vamos, inténtelo. Seguro que puede adivinar *quem fugis.*

—¿Quien huye?

—¿Cómo? *Fugis.* ¿No lo ha oído bien? Y *quem,* acusativo.

—¿Entonces? ¡Ah! *Fugis* es segunda persona. ¿Por qué huyes?

—De quién huyes —dijo Brett suspirando—. Ahora... *a, demens.*

—Bueno, *a* es lo mismo que *ab.* «De, lejos de». ¿De quién huyes?

Brett se la quedó mirando. Por lo que veía con aquella luz espectral, no había rastro de su sonrisa pícara.

—Solo significa «ah» —dijo con calma—, o si prefiere, «oh». Venga, continúe... *a, demens.*

—¿Oh... Oh, demonios? —probó suerte la muchacha.

—*De-mens.* —Brett pronunció la palabra marcando bien las sílabas—. ¿Qué es *mens?*

—Un mes.

Brett soltó un gruñido.

—Mente. *Demens,* fuera de su mente, insensato, demente.

Stephanie empezó a reír.

—Oh, con esa nariz le habría quedado muy bien. Me refiero a lo de ser romano.

—Mi nariz no es romana. Es larga y sobresale bastante.

—Bueno, pero tiene un puente irregular. Brett...

—Seguro que eso no lo ha leído en una etiqueta —observó, algo ausente.

—Había una nota de su esposa en su cocina... a menos que Christina no sea su esposa.

—¿La leyó toda? —preguntó—. Notable.

—Justo iba a decir —continuó ella con voz avergonzada— que creo que estamos llegando a un claro.

—Ya lo había visto.

Brett clavó los ojos en el espacio en blanco que había unos veinte metros más adelante y que rompía la hilera de árboles.

—Recíteme el resto de la composición en latín —soltó Stephanie sin reprimirse y adelantándose—. ¿O no puede? —Se echó a reír.

—Ah, insensato, ¿de quién huyes? —empezó a decir.

Stephanie se paró en seco. A Brett le falló la voz.

Un hombre acababa de salir silenciosamente de entre los árboles y estaba esperándoles al final del sendero.

Brett se obligó a seguir la marcha, hablando:

—También los dioses moraron en...

En medio de aquella oscuridad que los rodeaba, oyó voces que crecían y se apagaban; cercanas y distantes al mismo tiempo, como las voces de aquellos marineros que estaban hablando en su vagón mientras él dormitaba. Escuchó durante unos instantes con indolencia. Entonces cayó en la cuenta de que no podía estar en un tren, porque... Pero ¿qué hacían allí aquellos marineros? Volvió a dormirse.

Unas horas más tarde, cuando entreabrió los ojos somnolientos, vio las sábanas y la colcha blanca de su cama perdiéndose en las sombras. Por supuesto, no estaba en un tren, sino en el cuarto de los niños. Sintió los escalofríos de la fiebre, oyó el siseo de la tetera sobre los fogones. Veía el fuego, pero su resplandor era tan brillante que le lastimaba y no podía mirarlo directamente. De vez en cuando, unas figuras alargadas y trémulas oscurecían su luz. Eran su madre y la nana, y las voces que murmuraban les pertenecían, y hablaban de qué hacer para que se sintiera mejor. Cerró los ojos y se durmió.

Cuando se despertó se sentía terriblemente mal. Estaba enfermo, no cabía duda. Aunque aún era de noche, Christina debía de haberse levantado. La lámpara del tocador casi le cegó cuando miró hacia allí para ver su sombra vaga moviéndose mientras se vestía y se cepillaba el pelo. Seguramente había traído la radio al dormitorio, porque alguien hablaba, un hombre. Debía de ser el primer noticiero de la mañana.

Sacudió la cabeza y sintió unas náuseas repentinas. Alarmado, se quedó inmóvil, esperando a que pasara la desagradable sensación. Se dio cuenta de que las sábanas en contacto con su cabeza y sus manos estaban empapadas de un sudor frío, y trató de apartarlas. Pero advirtió que no se podía mover. Se quedó pensativo un par de minutos antes de entenderlo. Estaba paralizado.

Abrió la boca para llamar a Christina. No ocurrió nada. No podía articular sonido alguno. Su garganta, bloqueada, crujió sin resultado alguno. Entonces, para su desesperación, reparó en que Christina se había marchado; o mucho peor, que nunca había estado allí. Solo se la había imaginado. No sabía que yacía allí, enfermo, mudo e indefenso. Estaba abandonado a su suerte.

De repente sintió algo húmedo en la mejilla y el líquido le resbaló hasta el mentón. Alguien le metía algo en la boca y algo frío se deslizó entre sus labios. Por instinto tragó. El frío se convirtió en ardor. Brandi.

Se despertó sobresaltado, gimiendo de alivio. Como tantas otras veces, había estado soñando, un sueño casi al borde de una pesadilla. No estaba tumbado sobre sudor febril, sino sobre nieve. No estaba paralizado, sino atado. Al bajar deslizándose por la fisura de la montaña, debía de haberse golpeado la cabeza y haber quedado inconsciente. Qué traicioneros que eran esos Alpes bávaros. Tampoco lo habían abandonado, por supuesto. Christina y Reinhard habían ido en busca de ayuda. Acababa de llegar. Y eso explicaba el brandi, que debía de proceder del barril en el cuello de un sambernardo. Se lo había traído un perro, como... como a alguien de quien había oído hablar hace poco. Y el grupo de rescate ya estaba en marcha. Lo transportaban, atado, a un lugar seguro. Allí estaba la luz cegadora del foco para las búsquedas, el rugido del motor del helicóptero... El helicóptero...

El helicóptero. Brett abrió los ojos. El mundo giraba como si estuviera colgado de los raíles de una noria. Se dio cuenta de que eso se debía a su ángulo de visión. Estaba tumbado en el suelo. Y comprendió que, por fin, estaba despierto de verdad. Sabía dónde se encontraba, qué le habían hecho y qué estaba sucediendo. Lo arrastraban por los hombros, atado, a través de un claro nevado en un bosque de Kent, después de haberle atacado por la espalda y haberle golpeado la cabeza —¿la misma mano que había golpeado a Beddoes?— mientras caminaba por el sendero entre los árboles. Y comprendió quién lo había llevado hasta allí. Stephanie.

Las náuseas traspasaron la pesadilla y se apoderaron de él.

—Voy a vomitar —dijo débilmente. Seguían arrastrándolo—. Deténganse —exclamó sin aliento—. Lo digo en serio.

Alguien, con humanidad y la rapidez del último minuto, lo hizo rodar boca abajo en la nieve, le levantó los hombros y le sujetó la cabeza. Todo desapareció de su consciencia, excepto el horror del vómito. Llevaba tanto tiempo sin experimentarlo que había olvidado cómo aquel angustioso malestar, incluso no siendo doloroso ni grave, llegaba a postrar a quien lo sufría. No le quedó nada más, excepto dicho malestar. Mientras duraba, la vida empalideció, el tiempo quedó suspendido y no se le veía final. Sin embargo, terminó, por supuesto; y a medida que los espasmos disminuían, la primera de las sensaciones que regresó fue la de un dolor insistente que le cincelaba la nuca. La vista, el oído y el tacto también volvieron, confusos. Lo único que deseaba era tumbarse y que lo dejaran allí, solo, en la oscuridad. Temblando, giró la cabeza en busca de un lugar donde apoyarla. Encontró el brazo de alguien y allí la dejó caer.

Lo colocaron de nuevo boca arriba, apoyado contra las rodillas de alguien. Fuera quien fuese, tenía un pañuelo limpio con el que le secaron la boca y le dejaron sonarse la nariz.

—Trae —dijo un hombre.

Después de unos momentos de buscar algo a tientas, alguien pasó el aroma del brandi por debajo de las fosas nasales de Brett, que negó débilmente con la cabeza.

—Agua —susurró.

Se produjo un breve silencio.

—Ten —dijo la misma voz.

Brett sintió que le acercaban una sustancia fría a los labios. Los abrió y recibió un bocado de nieve suministrado con torpeza. Después de la sorpresa inicial y de que el primer escalofrío convulsivo hubiera pasado, dejó que se derritiera y le bajara por la garganta.

—Duster le ha dado demasiado fuerte —murmuró una nueva voz.

—No sabía quién era.

—De todos modos, siempre da fuerte. Toma.

Le ofrecieron un segundo bocado de nieve, que aceptó.

—Esto va a acabar en un baño de sangre —dijo la primera voz—. ¿No ves que están encima de nosotros? ¿Por qué no nos largamos mientras podamos?

—Debe de ser una coincidencia. La Policía no sería tan estúpida.

—No los conoces tanto como yo. No sabes lo estúpidos que pueden llegar a ser —dijo el primer hombre con aire taciturno—. Toma, bébete esto.

En aquella ocasión, Brett no rechazó el brandi; sin embargo, lo retiraron tan rápidamente que solo pudo dar un trago.

—¿Qué estáis haciendo? —preguntó una tercera voz—. ¿Qué diablos estáis haciendo? He dicho que lo metáis dentro.

Fue en ese momento, después de que hablara el recién llegado, cuando Brett advirtió el contraste entre la primera y la segunda voz. La primera voz hablaba en un murmullo rápido y bajo, familiar tras años de servicio. La segunda voz, y ahora también la tercera, pregonaban a los cuatro vientos un origen y ambiente de clase media. Además, Brett sintió que reconocía vagamente la del recién llegado.

—Aquí, Stan piensa que la Policía es estúpida —apuntó la segunda voz— y cuida de este como si fuera su madre. Pero está preocupado porque cree que nos pisan los talones.

—Sé lo que estoy haciendo —dijo la tercera—. Todo va bien; si no, nos habrían avisado. ¿Queréis vuestra parte?

—¿Qué parte? —dijo la voz del tal Stan—. De momento, lo único que tenemos son problemas.

—Eso no es culpa nuestra. Lo hemos hecho lo mejor que hemos podido. En cualquier caso, todavía la tenemos a ella. Venga, ahora metedlo dentro.

—¿Por qué no me escucháis? —protestó Stan—. Llevo en esto desde que empecé a escupir. Si dejamos este viejo trasto aquí, pasarán días, semanas, antes de que alguien lo encuentre. Pensadlo un momento: dos coches, pegados uno detrás de otro... Hasta el más novato de los policías se dará cuenta.

—En Navidad, no. Con las fiestas...

—Tenemos que ir juntos en el coche más rápido.

—Demasiado peso. ¿Y qué sería más sospechoso que un vehículo lleno de hombres?

—En Navidad, no —rebatió Stan, malhumorado.

—De acuerdo, ya basta. Yo estoy al mando. Tú vas en este, en la parte de atrás, con ellos. Duster conducirá. Tim, tu conducirás para mí, ¿de acuerdo? Venga, muévete, Stan, que no tenemos todo el día. Levantadlo.

—¡Pues echadme una mano! —gritó Stan—. ¡Ni que fuera un peso pluma!

Brett no logró oír la réplica, que llegó desde lejos.

—¡Malditos niños engreídos de escuela privada! —murmuró Stan con ponzoña—. ¡Oye, Duster, échame tú una mano!

Alguien, al parecer nuevo, se acercó. Juntos cogieron a Brett al igual que las enfermeras alzan a los pacientes paralizados. Mientras lo hacían oscilar, dos focos deslumbrantes iluminaron la nieve.

Un rumor parecido al de una cascada rompió el silencio. «Se acabaron las luces de rescate y el helicóptero», pensó Brett. Comprendió por lo que decía la tercera voz que había dos coches, aunque no podía ver el segundo par de luces. Mientras reflexionaba sobre esta cuestión, las cuatro manos que lo sostenían por los hombros se convirtieron en dos. Uno de los hombres se dirigió hacia sus pies. Mientras se inclinaba para agarrarlos, las luces le iluminaron el rostro.

«Wacey», dijo Brett para sus adentros. No le sorprendía en absoluto. Era el tal Stan, el veterano del equipo. Y había sido Wacey, y no el otro, el que le había sujetado la cabeza y le había dado un pañuelo, nieve y brandi. ¿A qué venía tanta ternura? Él y Wacey no eran amigos. Pero, como si fuera una mosca golpeándose contra el cristal de una ventana, una explicación le rondaba por el cerebro, algo relacionado con un tiempo verbal. Absorto, empezó a conjugar *tollo*, su favorito de niño. *Tollere, sustuli, sublatum...* En efecto, lo estaban levantando, a juzgar por los gruñidos de esfuerzo que le llegaban. Su costado derecho golpeó contra una especie de marco.

—Eh, tú, payaso, muévete. —Oyó que decía con rudeza una voz extraña.

Brett sintió que le sacudían los hombros, que lo soltaban, y cayó. Se golpeó la cabeza contra una pared. A través del agudo dolor que parecía perforarle el cráneo oyó un gemido, como el que se emite cuando se pierde un balón en un partido internacional.

—¡Señor Nightingale!

Alguien al otro extremo de un tubo acústico lo llamó por su nombre.

—¡Sí, soy yo! —respondió.

—Cierre el pico.

—Querido amigo...

—He dicho que cierre el pico.

El inspector concluyó que debía de haberse producido alguna interferencia entre dos líneas de Whitehall y esperó a que los interlocutores se aclararan. No ocurrió nada. Sintió que lo incorporaban y lo sentaban sobre algo suave a la vez que irregular. Abrió los ojos. Estaba en un habitáculo pequeño y oscuro. En la esquina del extremo opuesto, un rostro pálido parecía suspendido en la negrura, como si fuera un viejo cuadro de pésima calidad en una antigua mansión. Lo miró fijamente y en silencio durante unos instantes.

—El retrato de un maldito idiota —dijo finalmente, y cerró los ojos.

Lo despertó una gélida ráfaga de viento en el rostro y enseguida se dio cuenta de que se sentía mucho mejor. Sacudió la cabeza para probar; aunque todavía le dolía, sus ideas ya no estaban confusas. No sentía náuseas. Supuso que debía agradecérselo a Wacey, a su asistencia, la cual, aunque poco ortodoxa, parecía haber surtido efecto. Dudando sobre la declinación de *assistens* y *effectus*, abrió los ojos.

Wacey estaba sentado ante él, con la mirada perdida en algún punto de sus orejas y el aire inquieto de un viejo preso.

—¿Mejor? —murmuró.

Brett asintió.

—Gracias —respondió.

Estaba seguro de que Wacey pensaba exprimir y sacarle todo el jugo al significado de aquella palabra. Sin más clarificación verbal, había entendido lo que Wacey le solicitaba. Era una póliza de seguros para el momento del juicio, evidentemente no muy lejano. Confiaba en que Brett recordara sus raciones de brandi y nieve. Y, de hecho, así lo haría.

Consciente de cierta fuerza en su debilidad, Brett echó un vistazo por la ventana abierta. Abierta... Wacey se estaba empleando a consciencia.

Estaban conduciendo a una velocidad discreta por una carretera razonablemente ancha pero sin iluminación. Ahora no nevaba, aunque la nieve se acumulaba sobre los arbustos y en los laterales. Aquello que amenazaba con impedir el tráfico había acabado por no materializarse. Brett recordó con amargura el ventisquero en la calzada hacia Pettinge. Aunque esta última era más estrecha, y una vía secundaria, y de no haber virado a la izquierda todavía estaría...

Al ver que seguir esa línea de pensamiento no le llevaría a ningún sitio, la interrumpió. Si en las circunstancias del momento solo podía especular, al menos debía hacerlo sobre el futuro; por ejemplo, sobre el lugar al que lo estaban llevando en aquel enorme coche cuadrado. El segundo vehículo: lo habían transportado de espaldas hacia él y, naturalmente, no había podido ver las luces. El segundo vehículo: ella había dicho que solo había pasado uno... pero ¿por qué seguía dando crédito a sus palabras? Cerró los ojos con rapidez. La única certeza que había acompañado su despertar era que Stephanie le había tomado el pelo. Deseó haberse quedado en el mundo nebuloso del cuarto de los niños, en los Alpes bávaros y en las conjugaciones de verbos latinos.

Se preguntó por qué Wacey se sentaba frente a él y no a su lado. Se fijó en que el asiento de Wacey era abatible y que salía de la división que los separaba del conductor. Junto al delincuente había un asiento similar, ocupado por el propietario del rostro que había visto suspendido en la oscuridad unos momentos antes, pero que ahora también poseía un cuerpo. Volvió la cabeza hacia la derecha. En la cuarta esquina también había un pasajero. Brett le echó un vistazo. El interior del vehículo solo estaba iluminado por el reflejo de la nieve en el exterior, pero fue suficiente.

—Majendie —dijo Brett.

La silueta se revolvió de forma extraña, como si estuviera limitada por algo.

—¡Nightingale, amigo mío! ¿Cómo...?

—¡Por el amor de Dios! —exclamó Brett, disgustado—. ¿No cree que ya es hora de quitarse de encima esa capa de hipocresía? ¿No hemos pasado ya la fase del regateo?

—Cerrad el pico —murmuró Wacey en un tono de suave reproche.

—Oiga, ¿no se da cuenta de lo que dice? Está fuera de sí

—protestó enérgicamente Majendie—. Seguro que no es usted tan sumamente insensible a...

—Cierra el pico —ordenó de nuevo Wacey, con mayor firmeza—. Y ya.

Brett, que había girado la cabeza hacia el lado opuesto, se volvió de nuevo hacia Majendie. En un instante comprendió la razón de los torpes movimientos del joyero, de su silencio actual, de aquellos asombrosos modos con los que su subordinado se dirigía a él. Majendie, apoyado en la esquina del asiento trasero, estaba, al igual que él, maniatado.

Su diagnóstico de la situación, de todo el asunto, se desintegró y en menos de un minuto evolucionó hacia uno nuevo. Era evidente que habían estado siguiendo a Majendie, aparte de él; hasta ahí, estaba en lo correcto. Majendie había infravalorado la astucia de sus asociados, que habían llegado a la misma conclusión que Brett. Y en aquel momento, el joyero se estaba ahorcando con su propia soga. En cuanto a la opinión que Brett albergaba sobre Stephanie, se había modificado ligeramente hasta llegar a plantearse de qué lado estaba en aquel nuevo esquema de las cosas: del de la banda principal o del de Majendie.

—¿Dónde está la chica? —preguntó, casi en contra de su voluntad.

No obtuvo respuesta. Y Wacey tampoco le pidió que cerrara el pico, tal como había esperado.

—¿Dónde está la chica? —repitió.

—No me lo perdonaré nunca —se lamentó Majendie de pronto, en un tono de voz que no parecía el suyo.

—¡Oh, deje de decir tonterías! —gritó Brett con impaciencia. De repente comprendió—. ¿Qué ha sucedido? —preguntó, arrinconando las mentiras y la traición de Stephanie y recordando solamente su cuello terso, la espalda recta y los mechones dorados cayéndole sobre el hombro.

—Pobre criatura... No dejaba de gritar. Ha luchado tanto. Me temo que...

Majendie se interrumpió. El coche había aminorado la velocidad y en aquel momento se había detenido con el motor al ralentí. Sin mediar palabra, Wacey se inclinó hacia delante, abrió un poco la portezuela, salió agazapado hacia el pálido crepúsculo, cerró la puerta sin hacer ruido y desapareció. Todo ocurrió en cuestión de segundos y el coche reemprendió su camino.

Atónito, Brett no pudo hacer más que mirar boquiabierto lo que había sucedido. Todo aquello le trajo a la mente el primer delito que había presenciado de niño cuando, un día que acompañaba a su madre a hacer unas compras, se volvió y vio a un hombre que escondía una bobina de tela a cuadros debajo de su abrigo. En aquel entonces, igual que ahora, solo miró, con el cerebro paralizado y preguntándose si lo que había visto era real o solo lo había imaginado. Nunca lo supo. En aquel entonces, al igual que ahora, guardó silencio. El hombre, con total discreción, acababa de escabullirse.

Pero, de ser eso cierto, ¿a qué venía ese silencio? No le sorprendía que a Majendie no le importara; sin embargo, ¿y el hombre del otro asiento? No cabía duda de que formaba parte de la banda. No era otra víctima maniatada; sus manos reposaban tranquilamente sobre las rodillas. Seguro que había llegado a algún acuerdo con Wacey. Su marcha había sido demasiado furtiva como para pensar que estaba planificada, que era solo ese «largarse» que había sugerido en el claro. ¿Tal vez quisiera pasar desapercibido saliendo con tanto sigilo y discreción?

Brett observó al hombre del asiento abatible. Tenía el rostro vuelto hacia la puerta por la que acababa de salir Wacey. Su mirada se perdía tras la ventana. Permanecía sentado, sin apenas moverse, como había estado durante todo el trayecto.

Algo en la cara y en su postura atizó los recuerdos de Brett. Al mismo tiempo comprendió que lo que le había permitido ver con claridad el rostro del hombre —y que tenía las manos sobre las rodillas— unos minutos antes había sido una luz más intensa: tenían un coche detrás y otro iba a cruzarse en dirección opuesta; y también iban más rápido. Brett dedujo que aquel aumento en el tráfico y en la velocidad solo podía indicar que habían llegado a una carretera principal. En aquel momento oyó un susurró que surgía de los labios de Majendie.

—Señor Nightingale... ¿puede oírme?

—Sí —respondió Brett.

—¿Comprende lo que digo?

—Por supuesto.

—Perdóneme, amigo mío. Ha estado desvariando tanto que me preguntaba si no estaría fuera de sí. —Majendie pronunció estas palabras de un tirón, apenas sin aliento—. Podemos... hablar con libertad si no levantamos mucho la voz... ¿Lo comprende?

Brett llegaba a ver a Majendie, cuya cabeza apuntaba hacia el hombre pálido, tratando de transmitirle con muecas que, ante un tipo como aquel, las reticencias estaban de más.

—¿Dónde estamos? —preguntó.

—En la A2, la carretera principal de Dover —susurró Majendie—. ¿Cree que, con este tráfico razonablemente intenso, podríamos arriesgarnos a...?

—¿A esta velocidad? ¿Y atados?

—Podemos probar a llamar la atención... Si algún vehículo nos adelanta... Y la ventana está abierta...

—¿Dónde está Stephanie?

—¿La señorita Cole? En el otro vehículo. Salieron antes que nosotros, pero ahora no puedo verlo. Usted cree que abandonarla sería un escándalo, pero si pudiésemos escapar y llegar hasta la Policía, hacer que detuvieran ese coche... a menos que usted sepa que no puede hacerse. ¡Pobre criatura, pobre criatura!

«Así que Stephanie forma parte de la banda principal», pensó Brett, casi mofándose de su preocupación. Por supuesto, estaba del lado de Kellett o de Geoffrey. Sin embargo, al recordar aquel nombre, Brett cayó en la cuenta de que sin la ayuda de la joven no habría sabido nada del dependiente, de los sótanos ni de la colección de Majendie. Hasta había mencionado el maletín...

—¿Le ha dado un maletín para que lo escondiera? —preguntó.

—Pues claro... ¿no se lo ha dicho? —Majendie parecía sorprendido.

—Sí. Pero pensaba que era solo un engaño, que trataba de engatusarme.

—¡Amigo mío! ¿No estará sugiriendo que forma parte de la banda?

—¿Por qué no? Usted le ha dado el maletín, sí, pero suponga que se lo haya entregado a ellos cuando han pasado por la carretera.

—Y entonces, ¿por qué me han seguido y casi hacen que me estrelle cuando me han obligado a detenerme y...? Y, amigo mío, ¿por qué han rasgado todos los asientos y las alfombras buscando el maletín? —respondió Majendie con aire triunfal.

—Claro... —murmuró Brett—. El segundo coche es el suyo.

Solo tenían uno. Al interiorizar con avidez aquel dato, Brett concluyó que Stephanie le había dicho la verdad.

—Ahora entiendo los bultos e irregularidades en los asientos... —comentó—. ¿Sabe si han llevado el coche hasta el bosque para registrarlo en un entorno aislado?

—Sí. Uno de ellos, un tal Tim, conoce la zona. Yo también, por descontado. Hemos entrado en la finca del coronel Waring, junto a un camino secundario. Hectáreas y más hectáreas de bosque. Antes había un templo del amor de estilo palladiano. Qué curioso que hoy en día esas estructuras se conozcan con el nombre de «niditos de amor»... Supongo que ya debe de saberlo. El coronel lo hizo demoler años atrás, aunque era un lugar excelente para su propósito. Solo tiene dos accesos: el que tomamos nosotros y el que tomaron ustedes.

—Pues crea que hemos dado con él por casualidad...

—Si la hubiese visto cómo luchaba y daba patadas, pese a la pistola...

—¿La qué?

—Sí. Me temo que me he dejado llevar por la cobardía. Sabía que venía alguien, y ellos también, por descontado. Uno de los de la banda estaba en la entrada principal y el otro, en el sendero. No sé cómo, ha visto una luz desde lejos y ha dado la voz de alarma... Son cuatro, o al menos lo eran, y uno de ellos ha ido hacia los árboles mientras que el otro, el tal Tim, se ha apostado al final del camino. Los he oído llegar. El sendero parecía actuar como un amplificador de sonido y tengo la sensación de que al aire libre la gente tiende a elevar la voz sin darse cuenta. Entonces he distinguido la risa de la señorita Cole. No he reconocido su voz, pero debía haberlos advertido del peligro. Sin embargo, como ya le he dicho y para mi deshonor, no he sido capaz. Como comprenderá, ese tal Geoffrey me estaba apuntando...

—¡Geoffrey!

Brett recordó a quién pertenecía aquella tercera voz tan familiar.

—Así lo llaman. ¿Lo conoce?

—No —dijo Brett con cautela. Tal vez Majendie sabía algo de Geoffrey, o tal vez no—. Lo encuentro un nombre bastante curioso para un matón, eso es todo.

—Pues debería saber que son un grupo muy estrafalario. Dos de ellos creo que pertenecen a los bajos fondos: el que saltó del coche y nuestro conductor, el tal Duster. No sé si...

—Es un profesional... —dijo Brett secamente—. Me ha dado bien con el bate hace un rato.

—¿Un bateador profesional? Pues demos gracias a Dios de que esté con nosotros y no con la señorita Cole...

—Y ahora me dirá que los otros dos son unos perfectos caballeros, ¿verdad? Creo que ha mencionado que Geoffrey lo apuntaba con una pistola. Pero ¡mire! ¡Salimos de la A2! ¿Sabe dónde estamos?

—Déjeme pensar... Hemos tomado la carretera después de que ese tipo se haya bajado del coche, nada más pasar Barton, ya sabe, donde tengo la casa. Nos hemos dirigido hacia el noreste, hacia Adisham, supongo, o hemos tomado la carretera siguiente...

Noreste. Brett sintió un repentino aleteo de esperanza; tras toda su decepción y desánimo, iban dirección a Richborough, nada más y nada menos. Recordó el altercado que había tenido lugar en el claro del templo palladiano. Wacey había adivinado que se aproximaban problemas, los había olfateado con la sagacidad de un profesional. Los otros, demasiado confiados, habían preferido continuar con el plan. No cabía duda de que eran los de la banda de Hampstead; habían sacado adelante dos robos lo bastante importantes como para llenar de confianza a quien los hubiera cometido. Sin embargo, por muy listos que fueran, carecían de la cautela que se adquiría tras años de práctica y de los trucos del oficio que distinguían la finura profesional del celo del aficionado. Según experiencia propia, cuando un profesional de los bajos fondos se encontraba cara a cara con un policía, se escurría instintivamente con la máxima discreción; y si llegaba lo peor y le ponían las manos encima, salía corriendo a toda pastilla, dejando que reaccionara lo mejor que supiera; lo que no hacía nunca era ponerse en medio.

«¡Malditos niños engreídos de escuela privada!». Aún se percibía el resentimiento en las palabras de Wacey. Aquella gente no era solo nueva, sino que ni siquiera tenían alma de criminales; eran forasteros, a quienes este mundo les era completamente extraño. ¿Era esa la razón por la que al principio había sido tan difícil recabar información y por la que Pink, al final, lo había informado del tema con tanto gusto?

—¿Piensa que hay posibilidades de que... nuestras vidas corran peligro? —preguntó de repente Majendie con cierta vacilación.

—La mía probablemente no —respondió Brett sin piedad—. Matar a un policía es pecado mortal, e incluso ellos conocen el precio de cometerlo.

—Pero ¿y la de esa desafortunada criatura?

—Dudo... —Brett se detuvo. Aquella palabra resumía a la perfección todo lo que pensaba sobre Stephanie—. En lo que respecta a usted —prosiguió—, bueno, debería conocer sus opciones. ¿Qué ha hecho para merecerlo?

—¿Hacer? ¡Pero si yo no he hecho nada de nada!

—Entonces, ¿por qué rebajó el precio del camafeo?

La pregunta voló hasta sus labios como si fuera un pájaro. Y la siguió un silencio.

—Escuche, amigo mío —susurró finalmente Majendie con voz nerviosa—. Ya sé que en estas circunstancias... no nos resultará fácil conseguir atención médica... pero siga mi consejo: túmbese, relájese, ya sabe, trate de estar tranquilo...

—¡A otro perro con ese hueso! —Brett, furioso, sintió que los descarados dichos de Beddoes se adueñaban de sus labios—. Ya está bien de tonterías. Estoy perfectamente lúcido y sano. ¿Le dijo o no usted al pelota de su dependiente que me ablandara rebajándome el artículo que quisiera?

—¡Cielo santo, señor! —susurró Majendie, evidentemente afectado—. Si con ese término ofensivo se refiere al señor Emmanuel, está claro que no.

—En sus circunstancias actuales, ¿por qué no dice la verdad?

—¿Tiene la desfachatez de decirme a la cara que no se fía de mi palabra? —gritó Majendie con indignación y elevando la voz.

—Yo no me fío de nadie —confesó Brett.

—Vaya, al parecer, la sospecha y el cinismo, si no son congénitos, deben de inculcársele pronto a un policía. Debería considerarse una especie de enfermedad profesional.

La conversación languideció. Mientras miraba por la ventana, Brett se preguntó cuánta gente, cuya buena voluntad y amabilidad aceptaba sin cuestionar, se sentían incómodos ante él y lo miraban con aversión.

Pasó casi un minuto y entonces se dio cuenta de que, en su esquina, Majendie balbuceaba algo ininteligible.

—Sinceramente me he dejado llevar... el descuento... la cabeza... indispuesto... perturbado...

—No se preocupe —dijo Brett—. Tiene razón.

Se hizo una pausa.

—Y comprenda también —prosiguió Majendie con mucha más seguridad— que no conozco todos los artículos de la tienda. Dígame cómo era el camafeo.

La petición le pareció tan inútil que no vio por qué no satisfacerla. Brett se lo describió.

—Dieciséis, diecisiete libras o guineas —calculó Majendie—. Arriba o abajo. No más de veinte. Por supuesto, justo después de la guerra hubiese sido otra historia.

Brett permaneció en silencio. Emmanuel había informado a Majendie de la cantidad rebajada, eso era todo. Cierto era que

Majendie sonaba extrañamente convincente, aunque su verosimilitud nunca había sido puesta en duda.

—¿Por qué no pide una tasación independiente? —sugirió en aquel momento el joyero.

Eso era más fácil de decir que de hacer. Primero tenían que salir del aprieto en el que estaban.

—Pero ¿cómo se le ha metido esa idea en la cabeza? —insistía Majendie.

«¡Sí, cómo! O mejor dicho, quién». Brett no añadió más. No era seguro. ¿Adónde llevarían aquellas preguntas sino a más capas de desilusiones, investigaciones y cuidadosos exámenes, incluido a Majendie? Por lo que había visto Brett, hasta el momento el joyero no se había interesado en absoluto por conocer el motivo de su aparición en escena.

Reprimió a duras penas un gemido. No sabía qué pensar y le dolía la cabeza. Comenzaba a sentir la presión de las ataduras; desde que Wacey se había bajado del coche, había estado tratando de zafarse de ellas, aunque sus esfuerzos solo habían conseguido apretar más los nudos y hacer que sus muñecas se hincharan. Pero lo que más anhelaba era estar con alguien de confianza. El nombre prohibido casi afloró a la superficie, seguido de la imagen desalentadora, alarmante hasta el punto de hacerlo sudar, que le dejaba el cerebro en un estado peor, si era posible, que el de actual inutilidad.

Rápidamente, para expulsar el pensamiento, miró hacia el tercer pasajero. Como antes, seguía sentado inmóvil y en silencio. Una frase resonó en la mente de Brett: «Eh, tú, payaso, muévete». «Payaso», una persona a la que nadie tenía en cuenta, a la que no se le prestaba atención, ante quien todo el mundo hablaba con libertad, un objetivo fácil para un abusón. Brett lo comprendió: «El inocente de *Borís Godunov*». Lo había tenido en la punta de la lengua, justo antes de que lo interrumpiera Majendie. El inocente, sin esperanzas ni otra alternativa que aguantar las burlas y sufrir. Sin embargo, el inocente no era un tonto. Sus comentarios astutos e ingeniosos hacían palidecer al zar Borís. No se hacía ilusiones de una nueva vida bajo un nuevo líder, sino que seguía cantando sobre el dolor y las penas que suponía vivir en Rusia.

Rusia. «Exacto», pensó Brett con bastante serenidad pese a la repentina iluminación. Dirigió su mirada hacia la esquina, donde vagamente se distinguía el espeso bigote del tercer pasajero.

—¡Ivan Ilarionovich! —pronunció en voz baja.

—¿¡Cómo!?

La exclamación salió de Majendie con una fuerza y brusquedad espontáneas. Aparte de apreciar el tono de sincera sorpresa, Brett la ignoró.

—Ivan —repitió—. ¡Ivan Karukhin! ¿Me oyes?

—Un Karukhin —susurró Majendie—. ¡El Karukhin!

—¿Entiendes lo que te estoy diciendo? —prosiguió Brett—. Ah, se me olvidaba..., por supuesto que me entiendes. Has vivido en Inglaterra desde que tienes noción de conciencia, casi cuarenta años en Bright's Row. Eres británico, al menos oficialmente. ¡Ivan!

Hizo una pausa. Nadie habló.

—De acuerdo, no importa —claudicó Brett—. No necesitas

decir nada si no te apetece. Yo puedo aclarártelo. Lo sé todo. Sé lo de tus padres, a los que nunca conociste: tu padre disoluto, tu dócil y delicada madre rubia que te transmitió esas tres cualidades... y quizá un carácter afectuoso, destinado desde un buen principio a marchitarse, puesto que no tenías a nadie a quien amar, solo una persona a la que temer. Sí, sé lo de tu abuela. Si los adultos la temían cuando estaba cuerda, ¿cómo no iba a hacerlo un niño cuando se volvió loca?

—¿Loca, dice? —preguntó Majendie.

—Oh, no una loca lamentable y patética... Ciertamente, no lamentable. No en este estado de conflicto mental que jamás se resuelve. Ella solo se confundía en el exterior, se desorientaba. ¡Como si el pelotón de ejecución de Leningrado la buscara para confirmar la victoria!

—Manía persecutoria...

—¿Qué había de cierto en ese miedo? Por supuesto, lo suficiente como para enjaularse en Bright's. Loca, sí... pero, según creo, también perezosa. ¿Empezar a trabajar a cierta edad? ¡Ni pensarlo!

—Pero si no necesitaba trabajar... —gritó Majendie.

—Orgullo, agudo y crónico. ¿Vender el único resto de su importancia, la única seguridad tangible de que era realmente una princesa? No, no y no. Cualquier memo, cualquier comerciante puede tener dinero, pero solo la princesa Karukhina podía tener aquel collar *rivière* de diamantes, aquella reliquia familiar en forma de pitillera Luis no sé cuanto y ese tipo de cosas.

—Vendió algunas piezas —observó Majendie.

—Si no me equivoco, esas piezas pertenecían a la princesa

Irina, ¿verdad? Puede que no las apreciara en absoluto. —Brett
hizo una pausa—. Pero contigo, Ivan, ¡oh, sí!, se quedó contigo,
al menos, mientras tú pudieses quedarte con ella. Fuiste una
inversión y, por eso, ella se desveló para que consiguieras la
nacionalidad. Además, siempre era cautelosa con el servicio.
¡Y tú la servías en todo y para todo! Sé cómo transcurrió tu
infancia, arañando hasta el último penique para hacer las compras, adquiriendo y comiendo Dios sabe qué, ¡me ha bastado
ver el desayuno que tomas de adulto!, vestido gracias a la ocasional caridad de un vecino, con mala higiene, enfermo, igual
que una planta sin luz. Los niños sanos sienten rechazo por
los débiles. El asma debió de dejarte fuera de muchos juegos.
Además, ¿no eras ese que vivía con una vieja bruja? Los niños
del vecindario probablemente la habían visto en la ventana,
puesto que nunca salía, lo que aún la hacía más terrorífica. ¿La
escuela? Lo sé: años de oscuridad al fondo de la clase. «Falto
de confianza»: ese solía ser el comentario en tus notas. ¿Y de
dónde habrías podido sacarla? ¿Del trabajo? ¿De independi-
zarse? ¡Vanas esperanzas! Ella dejó de vender un broche aquí
y otro allá, y se dedicó a consumir tu miserable y ridícula paga,
tu recompensa por cincuenta rutinarias semanas al año en un
despacho lleno a rebosar y cargado del humo de los trenes de
una estación principal...
　—Pero, amigo mío —objetó Majendie—, al llegar a cierta
edad, buscar el bienestar personal y hacer valer los derechos
propios se convierte en una obligación...
　—¿Y qué había incluido tu educación, Ivan, para darte a
entender que tenías derechos? ¿Pensabas que sí los tenías, incluso en esa época? Tu agilidad mental se desarrolló tarde y,

sin duda, cuando tu mente y juventud ya estaban atrofiadas por la costumbre y el miedo. Además, no tardaste mucho en encontrar un opiáceo. ¿Quién te enseñó a ahogar las penas? ¿Y cómo te las arreglaste para hacerlo? Puede que le ocultaras las subidas de sueldo que debes haber obtenido con los años para gastarte el dinero extra en el *pub*. Supongo que, con el paso del tiempo, esas cantidades no fueron suficientes. Bebías y gastabas más, enfrentándote a cualquier cosa que te dijera, porque tu soledad se estaba volviendo insoportable. El rechazo en la infancia y las miraditas por encima del hombro de tus colegas te habían convertido en alguien retraído. Tu vida no te ofrecía placeres; de hecho, no te ofrecía nada, excepto miseria y aburrimiento, de los que era fácil escapar con una copa. Al final, ni siquiera el *pub* llegaba a esconder la enorme brecha entre tu vida y la del resto del mundo. Pese a que no podías permitírtelo, por aquel entonces ya habías decidido marcharte de Bright's Row. Oh, sí, tu salario aumentó y aumentó, sobre todo después de la guerra, y lo mismo sucedió con tus ansias de beber. Cuanto más clara veías la situación, y cuanto más reflexionabas sobre ella, más desesperanza y frustración tenías por ahogar. Sabías que nunca podrías conseguir más dinero, no podías conservar el que tenías y tus ahorros eran inexistentes. Creo que trataste de llenar un poco los bolsillos, ese almanaque de apuestas de galgos en tu armario, ¿no sería una pista de lo que intentabas hacer?, pero no tuviste suerte. Veías cómo tu vida se te escapaba de las manos, carcomido por la rutina, trabajo durante el día, *pub* durante la noche, cuando una tarde, no hace mucho, llegaste a casa enfermo.

Hizo una pausa. No se había producido ninguna reacción

por parte de Ivan; sin embargo, Brett se sentía impulsado a seguir por la mínima posibilidad de que lo escuchara y lo entendiera. Miró por la ventana, pero no pudo ver gran cosa. Si se dirigían hacia Richborough, sería mejor que se diera prisa; incluso si la nieve les hacía reducir la velocidad, no tardarían mucho en llegar.

—Sospecho que esa fue la primera vez que te dijeron que podías marcharte en lugar de pedirte la baja por un día —prosiguió—. Si hubieses tenido la costumbre de llegar sin avisar, Olga habría cerrado la puerta con llave, pero no solía hacerlo. Así que entraste. Y el arcón estaba abierto.

»Nunca habías visto qué había en su interior. Puede que de niño preguntaras y que ella te respondiera con engaños... ¿Qué te decía, papeles familiares? Creciste con la certeza de que rara vez salía de la habitación, así que supongo que nunca se te ocurrió pensar que había un motivo para aquel comportamiento, aparte de sus rarezas. ¿Cómo ibas a adivinar que alguien que vive en tales penurias estaría en posesión de un tesoro como aquel? Resulta lógico que no quisiera perderlo de vista. Pues bien, aquella tarde lo entendiste. ¿Qué estaba haciendo cuando entraste? ¿Disponía su contenido por toda la habitación? ¿Con las cortinas corridas? Quizá se había puesto las joyas: una *parure* de collar, pendientes y pulsera, con diamantes de talla cuadrada, de Brasil, y esmeraldas de talla cuadrada, de Siberia, con montura en oro. Rememoraba otra época.

—Un pasatiempo excepcional, querido muchacho —murmuró Majendie.

—A partir de ese momento cerró la puerta con llave —siguió Brett—, no para mantener a raya el «peligro rojo», como pensaba la señora Minelli, sino para asegurarse de que nadie la interrumpiría mientras contaba pieza por pieza el tesoro. Ni se molestaba en ocultártelo; de nada servía. Lo viste otra vez, muchas más veces; llegaste a conocer todos sus detalles, a aprendértelo de memoria, igual que un niño se sabe un cuento de hadas. Con el tiempo, sin proponértelo, le tomaste cariño, al menos a una de las piezas. Pero eso lo averiguaste demasiado tarde. Mientras tanto, lo primero que pensaste fue que el contenido del arcón te proporcionaría los fondos que tan desesperadamente necesitabas. Si te hubieses parado a pensar antes de hablar, supongo que hubieses llegado a la conclusión de que estaba más loca de lo que creías, demasiado loca como para apreciar el valor del arcón. Pero hablaste. Le explicaste el valor e importancia que tenía para ti, ¡qué momento!, y le sugeriste que vendiera.

»Por supuesto, ella se negó. Pero el hecho de averiguar que no eras tan estúpido, que durante aquellos años de sumisión aparente te habías atrevido a fomentar tu ambición ¡debió de conmocionarla! Puede que también descubriera la virulencia del odio que te profesaba, aunque probablemente se conocía lo suficiente como para saberlo ya. Debió de afectarte mucho mucho cuando te lo reveló. La dureza que sentiste de niño, el desprecio cuando estabas borracho, es decir, casi a todas horas, en casa. ¿Por qué te dejó familiarizarte con el tesoro, aun cuando sabía que lo ansiabas, aun cuando se había tomado todas aquellas molestias para que nadie supiera de su existencia? Era como si dijera: «Ven, deléitate la vista, grítalo a los cuatro vientos. No tengo miedo... ¿quién va a prestar atención a las fantochadas de un borracho?». ¿Y tú, no encontrabas ciertas aquellas palabras? «Príncipe», «todo un poeta»... Al desprecio y a la burla estabas acostumbrado, pero al odio, no.

—¿Y cuál, según usted, era la causa de ese odio? —preguntó Majendie—. Evidentemente, hay cierto...

—Ivan, eras el hijo de su hijo —se apresuró a interrumpirlo Brett—, ese hijo obstinado que se atrevió a contrariarla y de la nuera cuya docilidad despreciaba pese a exigirla. Tú los representabas a ambos. Representabas su fracaso pasado, sus errores y sus disparates. No podía quitárselo de la cabeza porque noepodía perderte de vista. Era lo bastante astuta como para saber que dependía de ti, razón suficiente para comprender qué te ha convertido en lo que eres: herencia, agravada por su educación. Hizo un bastón a su medida, pero como la mayoría de las personas en su posición, jamás lo hubiese admitido, excepto para sus adentros. La mayoría de la gente encuentra una vía de escape. Y ella también lo hizo. Para Olga, tu existencia era una tacha y la convirtió en una ofensa. Para salvarse del odio que sentía hacia sí misma, lo dirigió hacia ti.

Brett se detuvo. Unas luces brillaban al otro lado de las ventanas, junto a la calzada, tras las cortinas de colores de las casas. Estaban atravesando un pueblo de tamaño considerable. Vio un *pub*, una capilla, una gasolinera, una pared cubierta de carteles.

—Esto, si no me equivoco, es Wingham —susurró Majendie—, en la carretera de Canterbury a Sandwich, como ya sabrán. ¿Piensa que nos dirigimos hacia la costa?

—No resulta difícil entender tus sentimientos —continuó Brett—. Te hizo daño, te ofendió y, finalmente, empezó a torturarte. ¿No es cierto que, después de su mordaz rechazo a vender, reiterado hasta la saciedad, hallaba cierto placer malicioso en disponer el tesoro en tu presencia? ¿No te dijo que nunca serías su heredero, que jamás llegarías a tocar alguna de aquellas cuentas y gemas? Tal vez te comunicó que ya había hecho testamento. No era cierto, pero ¿cómo ibas a saberlo? Todo lo que sabías era que te privaba en vida de él y que te privaría también muerta. Y tú estabas desesperado, dividido entre beber y olvidar o tratar de encontrar una solución.

»Tuviste una idea brillante: que la incapacitaran. Consultaste a un médico, puede que incluso a un abogado, pero averiguaste que no funcionaría. ¿Y si robabas el arcón? Era un plan factible, incluso pese a su presencia casi continua. Pero sabías que tendrías poco margen antes de que lo descubriera; sabías que lo notificaría a la Policía y que tú serías el primer sospechoso. Y aunque lograras esconderte, ¿cómo ibas a sacarte las piezas de encima sin que nadie se diera cuenta? Por supuesto, pensaste en matarla. El problema era el mismo: todo conduciría a ti. No se te ocurría nada que no tuviera ese resultado. Así que más discusiones, más alcohol, más desesperación... Hasta que una noche, en el Oak Tree, conociste a Stan Wacey.

—¿El que se ha apeado del coche en marcha? —preguntó Majendie con interés.

—El que se ha apeado del coche en marcha —respondió Brett—. ¿Cómo apareció en ese *pub*?, ¿por casualidad? Completamente inverosímil. No fuiste tú el que dio el primer paso, Ivan, de eso estoy seguro. Eras el objetivo y Wacey habló primero. Mediante rodeos te fue llevando hasta el tema de la herencia, algo por otro lado sencillo con la ayuda de varias pintas, y, finalmente, al arcón.

—¡Dios mío! El riesgo...

—Wacey vive de riesgos. Por supuesto, fue cauteloso, ladino. Cuando vio que estabas listo, señaló que sería mejor asegurar una parte que perder todo el lote. Sugirió que no vendieras el arcón, sino la información sobre su existencia, y que dividieses el dinero de su divulgación profesional con cualquiera que te ayudara a ponerle las manos encima. Caíste. Supongo que fingió desinterés y que hasta te sacó unas pocas libras por difundir la información en los lugares adecuados. En cualquier caso, seguro que te pidió un segundo encuentro, probablemente no en el Oak Tree. ¿Dónde fue, en Vanbrugh Street? No importa. Acudiste. Te presentó a un amigo sin nombre, una parte interesada, a quien deleitaste con una descripción detallada del adorado tesoro. Explicaste las dificultades: su estrecha vigilancia, la puerta cerrada que solo se abría para ti o para la señora Minelli. Aseguraron que encontrarían una manera de sortear todo eso. Lo importante era que tú no te vieras envuelto. Todo ocurriría mientras estabas en el trabajo. Fijaron una fecha, poco cercana, para que tuvieran tiempo de organizarlo. Después del golpe recibirías el primer pago... ¿Cuánto, cincuenta por adelantado? Imagino que te dijeron que no podían estipular una cifra definitiva porque no sabían cuánto iban a sacar. Y en aquellas circunstancias, tu única opción era contentarte.

—Ya lo dice el dicho: entre bueyes no hay cornadas —comentó Majendie—. Aunque me parece que la manera tan casual en la que se fijó una empresa tan peligrosa y el lapso de tiempo entre promesa y actuación deberían haber suscitado ciertas dudas...

—¡Dudas! Debías de estar exhausto con tantos recelos y

cambios de humor, Ivan. Principalmente te aterrorizaba que robaran el arcón por su cuenta y te engañaran sin que pudieras hacer nada. Y lo que es peor, habrías perdido tu parte. Pero también soñabas con la libertad, que cada vez veías más cercana. Sin el arcón, la anciana ya no podría aguijonearte más. Podía quedarse en Bright's hasta pudrirse mientras tú te dirigías hacia una vida mejor, o acompañarte, según tus propias condiciones y contigo al mando. ¿Y si le daba por ir con sus delirios a la Policía? ¿Quién iba a creer que algo así existía fuera de su mente confundida? ¿Tu repentina opulencia? Un golpe de suerte en las apuestas, ahorros acumulados... Habría resultado difícil probar lo contrario. Sin embargo, Ivan, vuestra posición de salida era incorrecta desde el buen principio. Había alguien que no solo había visto una parte de lo que contenía el arcón, sino que también la había recibido: la señora Minelli. Tu abuela le había regalado un icono y un broche mucho antes de que vieras las joyas. Pero, por supuesto, tú no lo sabías, así que, a su debido tiempo, le pediste al doctor que te recetara somníferos.

—¡Que no son en absoluto más baratos y sí menos anónimos que unas cuantas aspirinas de manos de un farmacéutico desconocido! —comentó Majendie.

—Acudiste al doctor en parte por costumbre y en parte por la creencia, equivocada y confusa, de que una receta auténtica ratificaría la inocencia de tu propósito. Fue una imprudencia por parte de ellos dejar que fueras a por los somníferos. La ansiedad hizo que sobreactuaras, que llamaras la atención hacia tu insomnio y hacia tu persona. Pese a todo, el 21 de diciembre acudiste a Vanbrugh Street para darles tu llave. Sospecho que la señora Minelli te abría la puerta a menudo, así que imaginaría que la habías perdido y no haría preguntas. Y durante la mañana del 22, desayunaste más temprano de lo habitual y, en el vaso de chocolate de tu abuela, añadiste una cucharada extragrande de leche condensada y una dosis de somníferos machacados.

—¿Una sobredosis querrá decir? —matizó Majendie.

—Bueno, sí, pero no tan desmedida. El objetivo era un sueño profundo y largo. Pero, Ivan, olvidaste que, por muy dura e indestructible que te pareciera, era una anciana malnutrida. Esperaste a que se durmiera, por eso te levantaste más temprano, y fuiste al trabajo, donde, por primera vez, te esforzaste en llamar la atención de tus colegas, incluso te juntaste con uno para almorzar. Como con el médico, el desasosiego...

—¡Amigo mío, «desasosiego» se queda corto! Seguro que estaba esperando que la Policía viniera a por él.

—No tanto. Sabías lo que iban a hacer: desatarle el cordel que llevaba al cuello, abrir el arcón, transferir el contenido a las bolsas, cerrarlo, poner la llave de vuelta en el cordel y atárselo de nuevo al cuello. Con un poco de suerte, la anciana no descubriría que el baúl estaba vacío hasta pasados un par de días. Y como durante la mañana no hubo ninguna alarma, por la tarde te acercaste a Vanbrugh. ¿Qué encontraste? Caras largas y nada de dinero. Recordemos que les habías descrito en detalle lo que podían esperar. Recordemos que eran expertos. Les faltaba una pieza en concreto, la más ansiada, una que no había que desmontar, por la que un coleccionista privado con pocos escrúpulos hubiese pagado miles de libras. Pero esa pieza no estaba en el arcón. Aseguraron que te la habías quedado o que era fruto de tu imaginación. Manifestaste una y otra vez tu buena voluntad, tu completa ignorancia, tu sorpresa, tu inocencia. Y aunque no sirvió para conseguir tu parte, al parecer se convencieron de que decías la verdad. Según creo, insinuaron que, a causa de alguno de sus caprichos o excentricidades, la anciana debía de haberlo sacado del baúl y lo había ocultado en la habitación o en algún otro lugar de la casa, y propusieron que regresaras, le dieras otra dosis de somníferos y lo buscaras mientras dormía. Vacilaste. Señalaron que si descubría el robo antes de que pudieras encontrar el objeto que faltaba y librarte de él, la anciana podría enseñárselo a la Policía, que estaría mucho más dispuesta a creer sus cuentos de tesoros desaparecidos si quedaba uno de ellos. Así que volviste a Bright's.

»Viste desde el exterior que no había luz en la ventana. Te desconcertó, pero no te alarmó. Imagino que pensaste que o bien los somníferos la habían dejado tan adormilada que todavía no había encendido la lámpara de gas, o bien que aún no se había despertado. Subiste las escaleras, llamaste a la puerta, pero no contestó nadie. Probaste a abrirla y cedió. Entraste, encendiste la lámpara con una cerilla, echaste un vistazo a tu alrededor... ¡Qué mal rato debiste pasar! Pero ahí estaba, tumbada plácidamente sobre la cama. Fuiste hacia allí, la observaste durante un minuto y te diste cuenta de que estaba muerta.

»Al ver el cadáver, tu reacción fue como si acabara de explotar una bomba: saliste corriendo de la casa presa del pánico y de la confusión. No sabías adónde te dirigías ni qué estabas haciendo, solo que ella había muerto y que tú estabas sentenciado. Seguramente pusiste pies en polvorosa hacia Upper o High Street hasta que... ¿qué, sufriste un ataque de asma? Hasta que no pudiste respirar. Cuando te viste obligado a detenerte, tus pensamientos se calmaron un poco y retomaron su costumbre más arraigada. Querías sentirte mejor, querías alivio, consuelo, olvido. Fuiste al Derby Arms.

»Sin embargo, ¿sabes que de no haber perdido la cabeza, o de haberla reencontrado de nuevo y de habérselo dicho a los otros, creo que te hubiesen recomendado avisar al médico? Era un riesgo bastante asumible: tu abuela era muy mayor y no le habría sorprendido a nadie que muriese mientras dormía. Con suerte hubieses salido de ahí sin autopsia. Al fin y al cabo no había un móvil directo, explícito...

Majendie se revolvió, como si fuera a decir algo, pero cambió de opinión.

—La conciencia, Ivan, o, mejor dicho, el peso de la culpa, fue tu gran escollo —continuó Brett—. Sabías que eras el culpable de su muerte. Estabas seguro de que te descubrirían y que te castigarían por ello, que cualquier evasión sería solo temporal. El dinero, las joyas, ellos, la Policía: todo se volvió irrelevante. Para ti, la vida había terminado. Podías darte por muerto. Pero la costumbre te impulsó a seguir bebiendo. Tuviste algún momento de lucidez y, en uno de ellos, lamentaste lo que habías perdido, lo que habías perdido en vida, por no hablar de con ella muerta. Creo que lo amabas sin ser consciente. ¿Cómo no ibas a hacerlo? Oh, era precioso, sí; un juguete, un capricho rutilante... Algunos afirmarían que era de una hermosura ostentosa, solo apta para aquellos acostumbrados a contemplar las formas de arte más puras del mundo. Pero para ti, en Bright's Row, era perfecto. ¡Hielo, escarcha y estrellas! Eso fue precisamente lo que le dijiste a aquel parroquiano. Y él te calificó de «todo un poeta».

El vehículo pasó por un bache y Brett se inclinó hacia un lado. Retomando la posición, apoyó la cabeza contra el respaldo del asiento. Se sentía muy cansado. Le dolían los brazos y seguía maniatado, impotente.

—Ya nada tenía sentido, Ivan —dijo con cansancio—. Saliste del Derby Arms, te dirigiste en medio de la oscuridad hacia el canal y, como buen ruso, saltaste. Pero fue inútil de nuevo. Te habían seguido. Mi amigo el sargento Jonathan Beddoes, un alma noble, te sacó del agua en nombre de la humanidad y de la Policía Metropolitana. Pero te habían seguido, toda la tarde, desde que saliste de Vanbrugh. No se fiaban de ti, querían ver si regresabas de verdad a Bright's Row o adónde ibas si no lo hacías. Cuando saliste corriendo de la casa, se figuraron el porqué. Según creo, uno permaneció allí por si había alguna novedad. El otro se pegó a tus talones. Tenían que pescarte antes de que te fueras de la lengua. Habrían podido cerrarte el pico de una manera más rápida y ruda de lo que lo hicieron. Pero permaneciste en Upper Street, demasiado iluminada y concurrida como para intentarlo... Aunque tú ni te diste cuenta. El que te seguía vio cómo te metías en el Derby Arms. Y allí es donde Beddoes entró en escena. Creo que lo vieron y lo reconocieron, pidieron refuerzos, puede que un coche para acecharte de cerca. Nada más saliste, todos empezasteis a seguiros como si fuerais patitos o una fila de perros; tú, Beddoes, ellos. Cuando saltaste al agua, dejaron que Beddoes te rescatara, lo noquearon y te prendieron. Y lo que han hecho contigo desde entonces o por qué te han llevado con ellos, eso ya lo ignoro. No has podido decirles dónde encontrar el objeto perdido. Entonces no lo sabías ni tampoco ahora. En cualquier caso, pronto tuvieron una buena, aunque vaga idea propia, y me temo que fui yo quien se la insinuó, aunque sin proponérmelo.

—Amigo mío, ¿está seguro de que...?

—Verás, sin que tú lo supieras, la anciana había estado afanándose sin descanso durante el último par de semanas para privarte del baúl. ¿Quizá sintió que la muerte se acercaba, aunque no necesariamente adivinando que no sería por causas naturales? O pese a que suene demasiado fantasioso, puede que notara un cambio, cierta tensión en la atmósfera. Si llegaste a sobreactuar ante desconocidos y colegas a los que el asunto les traía sin cuidado, ¡cuánto debiste hacerlo en su melancólica presencia! Así que decidió apresurarse. Tu día de paga, con la fundada certeza de que permanecerías en el trabajo, emplazó a un célebre joyero a Bright's Row.

»Por supuesto, no era consciente de la enorme ironía en su elección. —Brett hizo una pausa—. El hombre era también un coleccionista, un amante de las joyas, un conocedor de la obra de Fabergé. Al instante se enamoró, y codició, la misma pieza que tú tanto amabas. Era demasiado fácil para él, con la confianza que despertaba. Ignoro qué excusa presentó, pero se llevó aquella estrella única de la colección. Tal vez dejó una paga y señal. No encontramos ningún cheque ni dinero en efectivo, pero puede que tu anciana abuela saliera y lo ingresara en el banco. Recordarás que he dicho que uno de ellos se quedó vigilando la casa durante la noche del 22. Obtuvieron su recompensa. Vieron los coches patrulla, me vieron a mí. Me siguieron cuando tomé un autobús y cuando me apeé de él, y me vieron llamar a la puerta del joyero. Suficiente. Ataron cabos. Lo vigilaron. Pero él los enredó casi hasta el final.

—¿Casi? Amigo mío, si no dudara sobre que voy a vivir para disfrutarlo, casi podría corregirlo. Y, de hecho, esa sería la menor de mis correcciones. Entiendo sus sospechas... De hecho, la exposición de sus ideas ha sido muy interesante, aunque un poco farisea...

—¿Cómo?

—Me refiero a su actitud hacia la princesa. La juzga, pero ¿qué habría hecho usted en su lugar para sobrevivir a la Revolución? ¿Cómo puede no sentir pena por su mente sin duda trastornada?

—¿Y por su víctima, cómo es posible no sentir nada? —dijo Brett, más alto de lo que pretendía.

—De acuerdo, de acuerdo... Supongo que cada uno defiende su propia generación. Creo no equivocarme cuando digo que, pese a las diferencias forjadas fruto del carácter y el ambiente, usted e Ivan Karukhin tienen casi la misma edad, ¿no es así?

—Él es cinco meses más joven. ¡Oh, maldita sea! No quería decir «él». Ivan...

Brett se mordió la lengua, reprimiendo lo que iba a decir. Había percibido un cambio; como cuando una salsa, que se ha ido removiendo durante un buen rato a fuego lento, empieza a espesarse. El vehículo avanzaba con la mayor lentitud que había ido hasta el momento y, paradójicamente, fue dicha disminución de velocidad la que lo advirtió de que los acontecimientos se precipitaban. El coche había llegado a una aldea diminuta, constituida por un solo grupo de casas que rompían la monotonía de los setos blanqueados; la carretera la atravesaba y doblaba a la izquierda, hasta convertirse en un camino estrecho e irregular.

—¿Qué piensa? —susurró Majendie—. ¿Deberíamos intentarlo? ¿Deberíamos tratar de escapar ahora? Sepa que he estado pendiente de nuestro trayecto y me temo que nos dirigimos hacia el río Stour.

Para su fastidio, Brett empezó a temblar. Sabía que la causa era el alivio y el cansancio, pero aquello no hacía más que enojarlo todavía más.

—Hemos doblado hacia el norte antes de Ash —continuaba Majendie— y no hemos pasado por allí. Ahora hemos girado a la izquierda. Es difícil calcular el tiempo y la velocidad, pero de haber seguido por la carretera principal hasta Ash, deberíamos haber pasado Sandwich hace un buen rato. De eso estoy seguro. Yo digo que... ¿Ha visto eso? Han apagado las luces.

Brett lo había visto. Habían atravesado un hueco en un seto, donde debía haber una verja en el pasado o seguía ahí, abierta, y se habían detenido un poco más adelante. Solo se veía una pequeña pendiente a su izquierda. A la derecha, el blanco se extendía sin interrupción hasta que se fundía con la oscuridad.

—¡Ahí está el otro coche! —gritó Majendie—. Diría que son las luces traseras, unos veinte metros más adelante. Y un hombre se acerca.

Mientras hablaba, su conductor también se apeó, dejando la portezuela abierta.

—Nada. No haga nada, no diga nada —soltó enseguida Brett—. Déjemelo a mí. Ya llegan... ¡y no les va a gustar precisamente!

La puerta de su lado se abrió. Vio que el segundo hombre no era Geoffrey, así que supuso que se trataba del tal Tim.

Durante un par de segundos, los dos hombres observaron, en silencio y boquiabiertos, el asiento vacío junto a Ivan. El conductor empezó a maldecir.

—¿Dónde está? —espetó Tim, ignorando a Ivan y dirigiéndose hacia Brett y Majendie.

—Se ha escapado —dijo Brett fríamente.

—¿Dónde? ¿Cuándo?

—Hace un rato. ¿Cómo voy a saber dónde?

Se produjo un silencio.

—Esta gente no tiene agallas —dijo Tim al final, con la indiferencia de un funcionario que condena un acto de barbarie—. ¿Cómo demonios no te has dado cuenta? —le reprochó al conductor.

—¿Es que tengo ojos en el cogote? ¿Cómo iba a saber que saltaría en marcha?

El conductor estaba furioso. Se inclinó hacia delante, le agarró el brazo a Ivan, lo sacó del coche y, de un empujón, lo obligó a sentarse en el estribo delantero.

—¿Por qué no gritaste, gallina? —le dijo, golpeándole el rostro con el dorso de la mano con tal fuerza que Brett tuvo que apresurarse a estirar sus piernas atadas para evitar que cayera hacia atrás.

—Venga, ya está bien —dijo Tim—. No perdamos más tiempo. Ya no se puede hacer nada. De todos modos, él se lo pierde. Tú, Ojos Claros, vas a cambiar de sitio.

Pasó el brazo por debajo del de Ivan y lo levantó. Se alejó sujetándolo, seguido por el conductor resentido.

—¡Un Karukhin! —Majendie sonaba horrorizado.

Brett guardó silencio y miró por la ventanilla, tratando de

perforar la distancia para divisar una choza, un grupo de arbustos, cualquier cosa que les permitiera ocultarse. Pero ¿estaban de verdad en Richborough? Puede que el joyero se equivocara; además, había mencionado solo el río, y las marismas del Stour cubrían una zona bastante extensa. Brett justo iba a preguntarle cuando sus ojos se fijaron en algo que apareció entre los coches.

Tres siluetas, apenas visibles en la engañosa luz que reflejaba la nieve, se encaminaban hacia ellos; las dos exteriores sujetaban a una tercera en el centro, una figura mucho más pequeña, que arrastraba las piernas como si fuera un borracho inconsciente. «¿Y ahora, qué?», pensó Brett. De pronto, un nombre le cruzó la mente. Era absurdo, imposible. Pero examinó el trío con atención. Sí, así era. Dejó escapar una exclamación indefinida.

—¿Qué ocurre? —gritó Majendie.

—Stephanie —anunció Brett.

La portezuela se abrió. Tim entró primero, de espaldas, sujetándola por los hombros. Duster le agarraba los pies. La depositaron rápidamente sobre el suelo y desaparecieron sin mediar palabra. Tim salió por el lado de Majendie y cerró de un portazo.

—¡Señor Majendie! —exclamó la joven—. ¡Oh, señor Majendie!

—¡Mi queridísima niña, gracias a Dios! Pensé que podrías estar herida... No es así, ¿verdad?

—No, no, solo me han atado. Oh, señor Majendie...

La muchacha rompió a llorar.

Brett se sorprendió ante su propia indiferencia, ante aquella frialdad que casi rozaba el aburrimiento. Comprendió que se había equivocado, que Majendie estaba en lo cierto respecto a Stephanie; sin embargo, aquello no le trajo alivio ni remordimientos. Toda su ansiedad, todos los acontecimientos de la tarde, parecían un sueño ligero. Oyó a Majendie emitir unos sonidos parecidos a los de un corral de gallinas en una tarde soleada, calculados a la perfección para calmar a la joven. Vio y comprobó que Duster había vuelto a ponerse al volante, había puesto el motor en marcha y ahora conducía despacio hacia la zona despejada a la derecha. Por los tumbos y baches, Brett dedujo que la nieve ya no cubría un sendero, sino un pastizal irregular. Con esfuerzo se obligó a poner los cinco sentidos en el interior del vehículo.

—Todo es culpa mía —sollozaba Stephanie—. El hombre del otro coche es Geoffrey. Almuerza conmigo. Yo no sabía... Le conté que usted poseía una colección, que iba a pasar sus vacaciones aquí... Oh... Lo siento mucho. No tenía ni idea...

—Por supuesto, ¿cómo ibas a saberlo? —la consoló Majendie—. No te preocupes, querida. Pronto saldremos de esta, sanos y salvos. ¿Has visto quién está en la otra esquina? El señor Nightingale... Quizá no recuerdes su nombre...

—¡Usted! Pensaba que lo habían abandonado en el bosque —gritó—. ¡Oh, ¿se encuentra bien?! ¿Lo han herido?

—No me han hecho ni cosquillas.

—Qué extraña suena su voz.

—La suya tampoco es del todo natural.

—No puedo evitarlo... No puedo dejar de llorar.

—Por supuesto, por supuesto, es comprensible —dijo Majendie con cierto tono de reproche o, al menos, así le pareció a

Brett—. Su comportamiento ha sido magnífico. ¿Está segura de que no la han herido?

—No, oh, no. Se han limitado a amenazarme y preguntarme... sobre el maletín, por supuesto. Yo he fingido no saber nada del asunto, así que no han podido hacer nada. Están verdes de rabia, pero tienen prisa por llegar a algún sitio. No sé por qué hemos parado aquí.

—¿Lo ve, querido amigo? —dijo Majendie con aire triunfal.

—Lo veo —respondió Brett—. ¿Y no hablaron para nada entre ellos?

—Solo ahora, antes de traerme aquí. Alguien se ha marchado...

—Lo sabemos.

—Oh, y ese hombre que lo golpeó... ¿Sabe que utilizó una especie de salchicha?

—Un calcetín lleno de arena o de caucho, supongo.

—Bueno, no dejaba de repetir que aquello no le parecía bien, pero Geoffrey... —Su voz se quebró—. Geoffrey le ha ordenado que se alejara, supongo que con este coche, para que usted no lo viera. El conductor ha dicho que usted lo vería de todos modos y que tampoco estaba sordo, pero Geoffrey lo ha obligado. Le ha dicho que fuera con cuidado con las cunetas. Eso es todo. Oh, ¿dónde estamos? —añadió tristemente.

—Por inexplicable que parezca —respondió Majendie—, en algún lugar cerca de Richborough, por lo que he calculado con respecto al tiempo, dirección y todo eso... ¡Vaya!

El coche acababa de detenerse. Y Brett pensó que Majendie había pronunciado el fatídico nombre de su destino. ¿Podía exculparlo finalmente? Eso esperaba. Si aquello era Richborough, ¿dónde estaba la Policía de Kent? ¿Dónde se escondían en aquella blancura salvaje? Eso si se habían escondido. Un escalofrío le recorrió la espalda al pensar que alguien había metido la pata. Se figuró que un falso mensaje, cuya autenticidad se había cuestionado demasiado tarde, los había desviado. O también podrían haber anulado el plan en el último minuto. ¿Y si el gran jefe había insistido en concentrar las fuerzas en un punto en concreto? ¿O si habían pensado que el encuentro se cancelaría con aquellas condiciones meteorológicas?

Duster, el conductor, salió y cerró la puerta. Empezó a alejarse del vehículo. Brett observó como se tambaleaba y resbalaba, tratando de avanzar por aquella nieve traicionera llena de baches y agujeros.

—Y ahora, ¿qué? —se apresuró a preguntar Majendie—. ¿Por qué ha dejado el motor al ralentí?

—¿Por la batería? No, sin las luces no se descargaría, y no las ha dejado encendidas. Puede que para salir pitando. Al parecer, y al contrario de lo que pensaba, no tienen intención de abandonarnos aquí.

—¿Qué ocurre? —preguntó Stephanie.

—El conductor se ha ido —explicó Brett, dándose cuenta de que, desde el suelo, la muchacha no veía nada—. ¿Puedes mover los dedos?

—No. Estoy maniatada y la cuerda pasa justo por encima de los dedos.

Sorbió por la nariz sonoramente.

—Bastante peor que el trayecto con el sedán de papá, ¿no cree? —dijo Brett.

—Yo puedo mover el índice y el pulgar derechos... un poco. ¿Qué quiere que haga? —dijo Majendie.

—Si podemos, deberíamos desplazarnos por el asiento hasta ponernos espalda contra espalda para que me desate las manos. Creo que si queremos escapar, ahora es un buen momento.

Brett se movió hasta topar con la espalda de Majendie.

—Amigo mío, esto es algo incómodo —dijo el joyero—. Me temo que no podemos ponernos espalda contra espalda sin caernos. Un momento... ¿llego a sus manos?

Brett sintió que la yema de un dedo le rozaba el pulgar izquierdo.

—Quizá si hubiera más ángulo de separación... —sugirió Majendie.

—¡Espere! —gritó Brett, sobresaltado.

Había estado mirando por la ventanilla durante todo aquel tiempo. Dos pares de luces acababan de encenderse a unos cien metros.

—Stephanie —dijo—. ¿Has visto un tercer coche?

—No llegué a verlo, pero mencionaron una furgoneta.

—¡Una furgoneta! ¿Solo una?

—¿Qué sucede? —preguntó Majendie—. ¿Continúo o no?

—Quizá yo pueda morder la cuerda —sugirió Stephanie.

—Creo que es demasiado gruesa, querida. —Majendie comprobó su progreso, lento y torpe —. ¿Qué es eso? ¿No lo oyen?

Brett aguzó el oído. El motor del coche ronroneaba en voz baja. Y por encima de aquel ronroneo, literalmente encima, se oía otro ruido mucho más potente.

—Las vías del tren atraviesan la marisma —dijo Majendie.

Brett negó con la cabeza.

—No es un tren.

—Quizá sea un avión procedente de Manston. Pensaba que no se les permitiría despegar con este tiempo. ¿He dicho «despegar»? Pero si parece que esté descendiendo... Espero que no tenga problemas...

El ruido era cada vez más ensordecedor, un gran rugido que lo cubría todo, como si un titánico molinillo de café estuviera triturando unos toscos granos.

—Eso no es un avión —gritó Stephanie con todas sus fuerzas—. Es un helicóptero.

Brett oyó los gritos de excitación que profirió Majendie, pero no llegó a entender lo que decía. Era el momento de que la Policía de Kent —si andaban por allí, ¡un condicional más!— les cayera encima o se quedarían sin lo mejor del botín. El helicóptero podía elevarse en un abrir y cerrar de ojos, y los testigos se quedarían mirando hacia arriba como si fueran los apóstoles en un cuadro de la Ascensión.

—Rápido —susurró—. Rápido, rápido...

De repente, el rugido cesó. El sonido del motor del coche, en comparación, apenas se oía. Brett parpadeó. El helicóptero, suave y torpemente, había descendido hacia los haces de las luces. Durante un momento o dos planeó y se balanceó con los rotores todavía girando, como si fuera una libélula en la estación equivocada batiendo sus alas sobre un estanque. A continuación, aterrizó. De inmediato, las luces se apagaron.

—¿Se ha estrellado? —Stephanie sonaba asustada.

—No, ha aterrizado —confirmó Majendie, que había abandonado sus intentos por liberar a Brett y estaba mirando por la ventanilla—. Qué desconsiderado apagar las luces ahora, ¿no le parece, amigo mío? ¡Oh, cielos! ¡Una luz Verey!

En medio de la oscuridad, detrás de los coches, un destello escarlata atravesó el cielo y, mientras Majendie ahogaba un grito, la ciénaga se volvió blanca como el yeso. En aquel lago resplandeciente de luz artificial, los vehículos eran como rocas. Entre ellos, un grupo de hombres se congelaron en su posición un par de segundos, como si estuvieran en un cuadro. A continuación, se dispersaron como guisantes desparramados, algunos hacia los coches, un par hacia el helicóptero.

—¡Querido muchacho, la Policía! —exclamó Majendie exultante.

—Demasiado tarde —susurró Brett.

Las aspas empezaron a girar; el motor, con su ensordecedor rugido, arrancó. Los dos hombres ni siquiera lo habían alcanzando cuando aquella criatura pesada se despegó del suelo con un movimiento brusco.

—¿Como que demasiado tarde? —gritó Majendie.

—Está en el aire —vociferó Brett—. Aunque, al menos, estamos bien.

Miró hacia el helicóptero. El haz de luz procedente de un reflector lo seguía sin descanso. Frunció el ceño. El helicóptero no alzaba el vuelo, tampoco avanzaba ni sobrevolaba, sino que daba bandazos, como si estuviera bloqueado entre las marchas de esos tres movimientos. Una convulsión abrupta lo dirigió hacia ellos. Brett regresó sobresaltado a su esquina y presionó el rostro contra la ventanilla. No sabía qué estaba ocurriendo. Solo tenía ojos para el helicóptero. Volaba bajo, muy bajo. Lo único que se atrevió a suponer es que trataba de esquivar la luz del reflector. Pero ¿por qué no se marchaba? Las letras de la matrícula...

Sin embargo, un nuevo bandazo lo hizo desaparecer de su campo de visión. Brett se apresuró a bajar la vista. Uno de los coches ya no estaba y el segundo, a una velocidad increíblemente lenta, se estaba alejando en aquel momento. De pronto advirtió que Majendie le estaba gritando a los oídos con un nuevo tono.

—¿Cómo?

Se volvió. El interior del habitáculo estaba iluminado por la nieve y las luces. El estruendo del helicóptero era ensordecedor. Brett examinó el rostro afligido de Majendie y, sin necesidad de comprender las palabras del joyero, supo qué iba a ocurrir. Durante un instante sintió una presencia por encima de sus cabezas, demoledora y adversa. El golpe, como si fuera un puñetazo desde arriba, lo recibió la parte delantera del coche, que terminó aplastada. La parte trasera se elevó y volvió a caer con fuerza. Brett y Majendie volaron de sus asientos, se golpearon contra el panel divisorio y se desplomaron sobre Stephanie. El coche se deslizó, se bamboleó y dejó de moverse.

Brett, en el suelo sobre el bulto que conformaban Majendie y Stephanie, dobló las rodillas, se empujó con los pies, arqueó la espalda y consiguió incorporarse, al menos, todo lo que el vehículo le permitía. Las lágrimas bajaban por sus mejillas. La nariz le moqueaba, un líquido caliente y abundante. Al caer, había ido a dar contra el panel divisorio. Se lamió el labio superior y reconoció el sabor metálico de la sangre. Sacudió la cabeza, parpadeó y miró de nuevo al exterior. El helicóptero se estaba alejando, sin apenas alzar el vuelo, en una serie de saltos vacilantes, como si fuera una anciana que esquivaba charcos a saltitos. Por el rabillo del ojo lleno de lágrimas, Brett vio el destello lejano de una fogata. Echó un vistazo a su alrededor y miró de nuevo hacia delante, más allá del habitáculo destinado al conductor. Las llamas no estaban en el horizonte, sino que procedían del radiador del vehículo.

Sintió que tenía la mandíbula y los labios petrificados, pero sabía que debía hacerlos funcionar. Movió los pies con dificultad, se volvió y se inclinó para abrir la ventanilla. Con una voz horriblemente quebrada gritó. Aunque el helicóptero estaba a cierta distancia, aún rugía con estrépito. Escupió un chorro de sangre y se volvió de nuevo hacia el interior.

—¡Majendie! —gritó.

—¿Qué ocurre? —La voz del joyero, evidentemente demasiado aturdido para gritar, apenas era audible—. No puedo levantarme.

—¡Debe hacerlo! —chilló Brett—. ¡El coche está ardiendo, el motor...!

Un gemido de Stephanie lo interrumpió.

—¡Accione la manija con los dedos que tiene libres! —continuó chillando—. ¡Déjese caer y ruede por el suelo! ¡Steffy, escúcheme...! ¡Escúcheme! Cuando él haya salido, culebree hasta la puerta y déjese caer. Levante la cabeza mientras lo hace. Después empiece a rodar sobre sí misma. Y no deje de gritar.

Se dio cuenta de que no hacía falta decírselo, puesto que él mismo estaba gritando como un endemoniado. Se desplomó sobre el asiento trasero y trató de abrir la puerta a patadas, pero desde aquella posición no tenía suficiente fuerza. Se incorporó de nuevo, consciente de los terribles esfuerzos de Majendie por colocarse de espaldas a la puerta del otro lado. Las llamas se elevaban cada vez más, impetuosas. Por supuesto, la Policía debía de haberse figurado que un coche inmóvil era un coche abandonado, y las llamas lo confirmarían aún más. Maniatado, Brett trató inútilmente de girar la manija de la puerta. El viejo coche fúnebre... Pensó que si no se apresuraban a salir de allí, se convertiría precisamente en eso. Una posibilidad espantosa le cruzó la mente.

—¡Majendie, ¿dónde está el depósito, delante o detrás?! —le gritó al joyero.

—¡Delante!

Brett se precipitó hacia la puerta. El depósito no podía estar roto o ya habría explotado. Debía de ser solo el carburador. Pero se trataba de un depósito por gravedad y pronto la gasolina empezaría a salir formando piscinas, y aquel chorro continuo de llamas saliendo del tubo roto...

—¡Junto al asiento del conductor hay un grifo! —Oyó que gritaba Majendie—. ¡Estaba lleno en Folkestone! ¡Puede explotar!

Desesperado, Brett dio una patada y la puerta se abrió. Se dejó caer y salió del coche.

—¡Por aquí! —gritó con voz ronca a los otros.

Alguien lo agarró. La portezuela se había abierto, pero no gracias a él. Alguien, con torpeza y jadeando, lo estaba arrastrando hacia una zona segura. Volviendo la cabeza, levantó la mirada.

Y aunque quiso decir algo, solo emitió un susurro:

—¡Ivan!

Su sorpresa se desvaneció enseguida.

—El depósito —dijo con urgencia—. Cierra el grifo, Ivan, justo debajo del volante.

Ivan vaciló.

—¡Debajo del volante, en el lado del conductor! —gritó Brett—. ¡O saca la navaja que llevo en el bolsillo trasero izquierdo y desátame! ¡Rápido!

Ivan empezó a buscar.

—¡El de la izquierda! —gritó Brett, desesperado.

Ivan encontró la navaja. Con unos movimientos exasperantemente lentos, liberó los brazos de Brett. Estaban rígidos y entumecidos. Brett los estiró y sacudió mientras Ivan cortaba la cuerda que le rodeaba los tobillos. Al sentir que cedía, rompió las últimas hebras, se puso en pie y casi sin fuerzas rodeó el maletero.

Ivan corrió tras de él.

—¡No! —gritó Brett—. ¡Los otros! ¡Saca a los otros y ponlos a salvo! ¡A ambos! ¡Y desátalos! ¡Date prisa! ¡Cuando acabe con esto, vendré a ayudarte!

Ivan abrió la portezuela de Majendie; Brett la del conductor. El capó ardía aquí y allá, donde se habían formado charcos de gasolina. Ya se notaba el calor de las llamas en el interior. Se agachó y buscó a tientas el grifo, en el lado derecho, allí donde estarían las rodillas del conductor, tal como él mismo había visto cierta vez en una antigualla de vehículo. Aunque los haces de los reflectores no llegaban a esa altura, logró encontrarlo y lo cerró. Si aquello funcionaba, si el sistema no había sido pasto de las llamas, cortaría el flujo de gasolina y el fuego se limitaría a los charcos. Se incorporó y vio que la llave seguía en su sitio. Apagó el motor, aunque no sabía si aquello supondría alguna diferencia.

De un salto salió de la cabina del conductor tambaleándose. Le temblaban las rodillas; le dolían las espinillas como si acabara de pasar la gripe. Un hilillo de sangre seguía saliéndole de la nariz. Se lo secó con el dorso de la mano y se dirigió hacia la puerta de Majendie. Stephanie ya había salido e Ivan, terriblemente falto de aliento, estaba cogiendo a Majendie por los hombros.

—Está bien, yo me ocupo —dijo Brett.

Pasando por encima de Majendie, reemplazó a Ivan. Lo levantó de los hombros y lo sacó del coche arrastrándolo de espaldas.

—¡Amigo mío! —repetía Majendie con una voz agitada—. Amigo mío, si ese depósito se llega a romper mientras estaba allí... Es un coche viejo y el metal no debe de estar.... No quiero ni pensarlo.

Brett lo sostuvo mientras Ivan lo desataba.

—¿Está usted bien? —preguntó.

—Sí, gracias, sí. Los músculos y los huesos están en su sitio. Puedo mantenerme en pie por mí mismo. No me van a tumbar así como así, amigo mío. En el 15 pasé por cosas mucho peores. Vaya a ver a la señorita Cole.

Pero Ivan ya la había liberado. Aunque se puso en pie como si sus cuerdas no hubiesen sido más que telarañas, no dejaba de llorar.

—Oh, señor Majendie —sollozaba, abrazándolo y cogiéndolo de la mano—. ¡Su viejo y querido coche!

—Tranquila, querida, ya ha pasado, no llores. —dijo el joyero con voz temblorosa, y haciendo un esfuerzo supremo por mantener la calma, añadió—: Ya sabes que no soy ningún indigente y ahora sirve para darnos calor... Supongo que el fuego ya está controlado, gracias al señor Nightingale. Ya está, querida, ya ha pasado todo.

Brett miró a su alrededor en busca de Ivan. Se estaba alejando rápidamente, casi corriendo.

—¡Ivan! —llamó Brett—. ¡Ivan, espera, por favor!

Ivan se volvió y se detuvo. Brett lo alcanzó, resbalando en la nieve y evitando la caída con un último bandazo con el que se agarró al brazo de Ivan.

—Mi navaja, por favor —dijo, tendiéndole la mano vacía.

Ivan se lo quedó mirando. A regañadientes, con un asentimiento que parecía demostrar que sabía muy bien por qué se la pedía, se la devolvió. La hoja seguía abierta.

—Gracias, gracias, de verdad. —Brett vaciló, mirando desde arriba a Ivan, que era mucho más menudo—. Lo siento —prosiguió—. Todo lo que he dicho... Sabía que estabas escuchando, pero trataba de demostrarte que entendía, o pensaba que entendía, cómo habías llegado hasta ahí. Lo siento.

De repente, Ivan habló: una frase suave y rápida de la que Brett no entendió una palabra. Le tomó un par de segundos darse cuenta de que Ivan debía de haberla dicho en ruso. ¿Cómo iba a responderle? Repasó para sus adentros el breve vocabulario ruso que conocía. *Tsar, kremlin, soviet, niet.* Guardó silencio.

Las marismas estaban igual de silenciosas. Excepto por el fragor del fuego, solo unas ráfagas de viento rompían la quietud. El helicóptero se había marchado; los coches no se movían. Y, en medio de aquel silencio, se oyó un grito.

Ivan se sobresaltó. Brett, a punto de caerse, descubrió que había estado apoyándose en él.

—No —le dijo, sujetándolo para que no escapara—. ¿Qué conseguirías con huir? ¿Adónde te llevaría? Solo a ellos. No sirve de nada. ¿A los canales? No, no volverás a intentarlo. Has hecho algo más difícil y completamente sobrio: regresar cuando no tenías motivo para hacerlo, arriesgarte a que te atraparan... Bueno, esto último no era un riesgo, sino una certeza, y todo por tres desconocidos. Así que no te marches. Acaba lo que has empezado, ve hasta el fondo, demuéstralo... Demuéstraselo a Majendie, que conoció a otros Karukhin, a ellos, que verán al único que queda. No huyas. Ve a su encuentro.

Brett miró fijamente a Ivan. Tras ellos, Majendie prorrumpió un grito tembloroso.

—Ya llegan —anunció Brett—. Estarán aquí en un minuto. No te conformes solo con que te encuentren. Ve hacia ellos, Ivan, ve a su encuentro. Rápido, ve. Demuéstraselo, demuéstraselo, por favor.

Sin mirarlo, Ivan avanzó dos pasos; tres. Se detuvo. Había hombres corriendo hacia él; muchos hombres.

Brett trató de convencerlo para que siguiera, pero no podía. Ya no le quedaban fuerzas para intentarlo. Se rindió; y una frase en ruso le vino a la mente. Era una estupidez, algo extravagante e inoportuno: el título de una ópera en la que, muy pronto, interpretaría el papel de un bufón profesional.

—*Lyubov k trem Apelsinam!* —dijo.

Ivan se volvió.

—¿Naranjas? ¿Amor de tres naranjas? —dijo con voz tré-
mula y acento de Londres. Negó con la cabeza, como compa-
deciéndolo, según pensó Brett—. A veces dice usted cosas que
me hacen pensar que es un poco estúpido.

A continuación, Ivan le dio la espalda y se dirigió hacia los
agentes que se acercaban.

—¿Amigos de la escuela? —interrumpió el superintendente.

—Sí, señor —dijo Beddoes, con cara de póquer y la espalda
recta—. Según creo, del instituto, señor.

—Bien, no tiene importancia, sargento. Prosiga.

—Bueno, señor, no se produjo ningún incidente hasta
unos tres kilómetros después de Charing, cuando el vehículo
de Majendie, seguido por la furgoneta azul de Kellett, se detuvo delante de un *pub*. Uno de los hombres del señor Majendie
se apeó y fue al baño, en el patio junto al local, y entonces los
hombres de la furgoneta azul salieron de su coche y entraron
en el otro vehículo, que partió enseguida a toda velocidad.
En ese momento pensábamos que ambos vehículos viajaban
juntos y nos pareció extraño que abandonaran a uno de los
ocupantes, teniendo en cuenta que creíamos que ambos iban
cargados con objetos de valor. —Beddoes lanzó una rápida
mirada a Brett—. Así que el coche que teníamos más cerca
empezó a seguirlos, pero, vista la velocidad que requería la
tarea, pronto lo descubrieron. El chófer del otro vehículo empezó a conducir de forma temeraria. Como resultado de la
comunicación por radio que mantuvimos con la Policía del
Condado, las patrullas nos dispersamos para interceptarlos

y, en la persecución, el segundo vehículo, el de Majendie, dio un volantazo y volcó junto a la carretera. Afortunadamente, los ocupantes salieron solo con alguna contusión y un buen susto. Cuando los detuvimos, los hombres de la furgoneta confesaron que su destino era Richborough, confirmaron la llegada de un helicóptero a las seis y media, y nos proporcionaron la localización exacta del aterrizaje. Les habían ordenado seguir al vehículo de Majendie porque sospechaban que contenía un valioso artículo, que debían llevar a Richborough. De inmediato comunicamos dicha información a la Policía del Condado...

—Quienes pensaron que, visto el decepcionante resultado obtenido tras seguir al coche —interrumpió el superintendente con una sonrisa—, participar en la operación les subiría la moral. Está todo en orden, sargento, tenemos la autorización del superior. —El superintendente sonrió de nuevo—. Ya sabe que nuestro inspector, que es de la zona, se conoce las marismas como la palma de la mano. El plan era que él y otro agente tomaran posiciones en el canal más cercano, en uno de tantos, y esperaran el aterrizaje, y que después enviaran una bengala y se adelantaran para interceptar el helicóptero, dejando el resto a los agentes que habían rodeado la zona. Por supuesto, constituyó una considerable mejora conocer la ubicación exacta, puesto que pudimos ajustar nuestra posición. También dispusimos coches en las intersecciones con el fin de detener una probable fuga sobre ruedas. Cuando recogimos al sargento Beddoes, el jefe sugirió que, dado que había sido él quien había facilitado toda aquella valiosa información, reemplazara a nuestro sargento... Ya se lo imagina: un gran gesto, una gran idea, es Navidad, etcétera. Había tiempo de sobra para traerlo desde Charing, así que lo resolvimos pronto.

—¿El qué? —preguntó Brett.

—Pues que participara en la operación de interceptar el helicóptero. Y así fue. El plan no salió del todo bien. La nieve les impidió correr. ¿No es así, sargento?

—Sí, señor.

—Y, como el piloto todavía estaba en el aparato, logró elevarse de nuevo. Se las arreglaron para elevarse. Y después, claro, el tal Hayes, el piloto, se resistió y, en la refriega, el inspector, que es miembro del club de vuelo local y había sido elegido en concreto por su habilidad para pilotar en situaciones de emergencia, recibió un golpe del todo desafortunado.

—¡Beddoes! —dijo Brett, sintiéndose algo mareado—. ¿Con qué amenazaste al piloto?

—No lo amenacé, señor —objetó Beddoes con voz y expresión angelicales—. Me temo que me vi obligado a neutralizarlo, señor.

—¿Cómo?

—En primer lugar, con una patada y, después, tuve que golpearlo cuando bajó. En la barbilla, señor, y en la nariz, pero no tan fuerte como para rompérsela. Entonces, señor, me senté a los controles. Probé unas cuantas cosas...

—¡Sí, ya lo sé!

—Lo siento mucho, señor. No pretendía darle al coche... Y finalmente conseguí aterrizar el aparato.

—Algo que, considerando las circunstancias, no carece de mérito —alabó el superintendente—. Huelga decir que el tren de aterrizaje estaba completamente doblado pero, al fin y al cabo, ¿qué más da? La sacudida reanimó al inspector. Apagó los rotores y el motor... ¿Sí, qué sucede?

Una cabeza y un hombro uniformado se asomaron por la puerta.

—El padre de la muchacha acaba de llegar, señor.

—Ah, sí. Saldré en un segundo. —El superintendente se volvió hacia Brett—. Si me disculpan, debo ir a calmar cierto grado de agitación parental. Parece buena chica.

—Muy buena chica.

El superintendente salió y cerró la puerta.

—¡Que me aspen! —soltó Beddoes en voz baja. Se sentó en el borde de la mesa—. «Muy buena chica». ¡Y qué más! A mí nunca me encargan misiones con rubias resplandecientes. No, no... Al sargento lo enviaremos a la carretera de Dover, a seguir a un vehículo después de un montón de púdines navideños caducados. Eso le sentará bien.

—Beddoes, lo siento. Pensaba lo mismo que ellos sobre el coche de Majendie, excepto que yo contaba todo el lote y ellos, solo el plato fuerte. Y no recuerdo que sugirieras algo diferente. ¿No te sorprendió?

—¿Que si me sorprendió? Deberías haberlo visto. No solo había púdines, sino también paté, salchichas, fruta, pavo, puros..., suficiente para dar de comer a un batallón, y todo rodando por la carretera. Las puertas se abrieron, ¿sabes? Imagino que en esa cuneta deben de haber quedado unas cuantas golosinas. Los vagabundos correrán la voz por toda Inglaterra. De camino hacia aquí me decían que las fiestas de Navidad y Año Nuevo de Majendie son famosas en el condado, especialmente en Nackington.

—¿Nackington?

—La central de tráfico. Al parecer, sus huéspedes, en el trayecto de vuelta a sus casas, hacen una interpretación propia del código de circulación, y la verdad es que me lo creo. Estuve a punto de recoger un pudin por si debajo estaban los diamantes...

—¿Todavía no estás satisfecho? ¿No te parece suficiente haberme hecho sentir como Prometeo? Sí, había nieve, como en el pico de la montaña, y una águila que bajaba...

—Pues yo en ningún momento me sentí como el rey de los cielos, eso puedo asegurártelo. ¡Qué bien se está en tierra firme! Y a todo esto... —Beddoes vaciló—. ¿Te molesta si fumo?

—¿A qué viene eso? No seas ridículo —respondió Brett, sorprendido.

Observó cómo Beddoes sacaba un cigarrillo y una cerilla, y se preguntó cuánto tiempo tardaría en encenderlo. La llama bailó como un mosquito alrededor del extremo del cigarrillo, porque, por lo que vio, a Beddoes le temblaban las manos.

—¿Sabes qué te darán por todo esto? —dijo pensativo.

—Una medalla de yeso. Preferiría un cheque.

—Un ascenso —dijo Brett.

—¡Que me aspen! Tendré que comportarme. Educado y cortés todo el tiempo...

—Sí, y tu sucesor me llamará «señor, sí, señor, por supuesto, señor». ¡Eso sí que me resultará extraño!

Beddoes lanzó un anillo de humo.

—Ese piloto, el tal Keston Hayes, ¿es norteamericano? —preguntó.

—No, finge el acento. Y su nombre real es Maurice Wright. Es británico, así que podemos pescarlo. Pero no has mencionado lo más importante sobre él. ¿Se te ha olvidado o no lo has oído?

—¿El qué?

—Que trabajaba de asistente personal de Guzmann.

—¿Lo dices en serio? Qué interesante... No es que tenga muchas esperanzas en pescar a Guzmann...

—Pero tampoco está de más probar. La banda de Hampstead... Es extraño conocer la identidad de casi todos sus miembros...

—Si quieres saber mi opinión, son todos intrusos. No muy integrados, como diría el viejo cuervo.

—¿Quién? Ah, Majendie... ¿Sabes cómo llamó a la bengala? Una «luz Verey».

—Totalmente pasado de moda.

—Al menos, está pasado de moda con honores. Alguien que ha estado en las trincheras tiene derecho a pasar el resto de su vida rodeado de joyas. Además, superó el incidente en el coche con mucha gallardía y mira lo rápido que se ha repuesto. Así que nada de viejo cuervo, Beddoes.

—Ya, y eso me recuerda... ¿Has oído eso de que no era la salida habitual para el fardo, es decir, para los objetos robados?

—Ah, ¿no?

—Me lo comentó el hombre de la furgoneta. Por cierto, supongo que habrás ordenado que se ocupen de Kellett, ¿verdad? Está bien, solo preguntaba. Bueno, pues el helicóptero era su última opción para desvanecerse tan rápido como fuera posible si aparecían complicaciones. Supongo que se referían al asunto de la señora Karukhina. Por lo general, suelen ir por canales más discretos.

—Pues les hubiera convenido seguir utilizándolos —dijo Brett—. Estoy seguro de que no fue porque Wacey no se lo aconsejara.

—Por lo que he entendido, se rajó. Sálvese quien pueda. Nada que ver con la filosofía de Ivan el Terrible... No, no pienso utilizar ese apodo con él, y menos ahora que le ha salido una aureola. Aunque me parece extraño, con sangre de boyardo y todo eso en sus venas. Aunque, en el fondo, fueron unos pesados. ¿Cómo se las arregló para llegar a tu coche sin ser interceptado por ellos o nosotros?

—Te olvidas de su capacidad para pasar desapercibido y de que todo el mundo lo infravalora. Además, no importa como llegara. Beddoes, ¿sabes hacer anillos de humo por encargo o son fortuitos?

—Me salen por casualidad. ¿No has visto a Ivan desde que lo encerraron? —preguntó lentamente Beddoes.

Brett negó con la cabeza.

—Pues se lo preguntaron. Dijo que había vuelto porque en ese coche había un conocido suyo.

—¡Pero si nunca antes nos había visto! —exclamó Brett, saltando de la silla—. Por el amor de Dios, ¿no me digas que vamos a tener que sospechar de Majendie otra vez?

—¡Oh, que me aspen y arda en el infierno! —dijo Beddoes—. A veces me pregunto... —Hizo una pausa, suspiró ostentosamente y negó con la cabeza.

—¿Qué? —dijo Brett—. Y bien, ¿por qué crees que dijo eso?

—Olvídalo. Al fin y al cabo, no tiene muchas luces. Y ya sabes que el viejo cuervo, ejem, el señor Majendie, está totalmente limpio, ¿no? Pues entonces deja de darle vueltas. Lo que deberías preguntarte —continuó Beddoes, mirándolo con malicia— es por qué decidió entregarse. A fin de cuentas, una acusación de homicidio no es poca cosa.

—Puede que Ivan acabe con homicidio involuntario. Al menos, en mi opinión, así debería ser.

Beddoes lanzó un silbido, con cierto efecto de trémolo.

—Necesitará un buen abogado.

—Lo tendrá.

La puerta se abrió y tras ella apareció de nuevo la cabeza y el hombro uniformado.

—Su llamada a Londres, señor. ¿La realizará desde aquí?

—Sí —dijo Brett—. Gracias, ya puede pasarla.

—Ah —exclamó Beddoes, bajándose de la mesa—, ¡ha llegado el momento de que le eche un vistazo a la rubia!

Apagó su cigarrillo a medias y atravesó el umbral, sonriendo.

Brett levantó el auricular.

—¿Diga? ¿Christina?

—Hola, cariño, ¿qué tal? ¿Qué pasa?

¡Siempre tan informal, tan poco preocupada! Por supuesto, no era tan tarde como pensaba. No lo esperaba.

—Nada, en realidad —respondió—. Estoy en Canterbury.

—¡Cielo santo! ¿Recuerdas el calor que hacía cuando estuvimos allí? Aquellas chicas cargadas con mochilas, todas sudadas y sonrojadas, peinándose en la catedral... Oh, cariño, ¿crees que podrás estar en casa mañana?

—Pues claro. Vuelvo esta noche. ¿Qué pasa mañana?

—¡Brett! ¡Mañana es Navidad!

—¡Oh, por todos los diablos!

—¿Qué ocurre?

—Nada, nada —añadió rápidamente—. Estaba pensando en otra cosa. —En el camafeo, de hecho—. ¿Te gustó la cantata? No he querido despertarte esta mañana.

—Oh, no estuvo mal, excepto que en el puesto de contralto tenían una vaca que no dejaba de mugir y, por supuesto, no tenía ni idea de...

—Chris —interrumpió Brett—, ya sabes: el que esté libre de pecado...

—Oh, no cantaba mal, solo eran esos horribles mugidos y la manera en que aporreaba la letra.

Brett suspiró.

—Escucha, Christina. ¿No te preocupa estar casada con un policía, siempre rodeado de escoria y lleno de sospechas?

—¿Cómo? Brett... ¿estás bien?

—Por supuesto que sí —dijo con impaciencia—. De otro modo, ¿cómo podría estar hablando contigo? Solo te he formulado una pregunta sencilla. ¿No hay una respuesta sencilla?

—Sí, claro que la hay. Cariño, he puesto una tetera al fuego. Tengo que irme. Regresa tan pronto como puedas... Tendrás tu respuesta entonces.

—Pero, Christina...

—*Zu neuen Thaten, theurer Helde!* ¡Adiós!

Al oír el definitivo clic al otro extremo de la línea, Brett colgó el teléfono. Permaneció inmóvil durante un minuto más o menos, anticipando con placer la respuesta prometida, sin plantearse ni por un segundo que esta llegaría de forma verbal. A continuación salió del despacho y, ya en el pasillo, a unos pocos metros, se topó con el superintendente.

—Ah, aquí está —le dijo a Brett—. Justo venía a buscarlo antes de que se fuera. Ha surgido un asunto. Al parecer hay cierta propiedad del señor Majendie enterrada detrás de un seto en la carretera de Pettinge. Estábamos dispuestos a enviar a alguien a recogerla, pero la señorita Cole no consigue describir la localización exacta. Fue ella la que la enterró... Y dado que tiene que ir a Pettinge, hemos decidido que sea ella la que haga la búsqueda. Entre nosotros, creo que nos podría haber dicho exactamente dónde estaba, pero que quería que los acontecimientos se desarrollaran así. ¿Y bien, por qué no complacerla? Ha pasado por mucho. ¿No está usted de acuerdo?

—Completamente. ¿Y qué papel juego yo en todo esto?

—Pues bien, el señor Majendie cree que usted también estaría interesado en venir. Si prefiere no hacerlo, no es necesario, por supuesto, pero si al final decide que sí...

—¿Con qué transporte contamos? ¿Puedo llevarme a Beddoes?

—Sí, sí, por supuesto —exclamó el superintendente profusamente—. Tenemos el coche del señor Cole y el mío, así que hay sitio de sobra. Vamos a ir todos. Y si lo desea, después los acompañaré hasta Folkestone en lugar de traerlos de vuelta aquí. Tendrán más opciones de trenes.

—Muchas gracias. Ya estoy listo.

—Bien, iré a buscar mi coche. Ah... señorita Cole.

Stephanie estaba en la puerta de un despacho que daba al pasillo.

—Pase, inspector —le dijo el superintendente a Brett—. Su padre también está dentro con su sargento.

El superintendente se marchó sin esperar a que Brett se reuniera con ellos.

—¿Dónde ha estado? —preguntó Stephanie, cerrando la puerta tras de sí, con lo que ambos permanecieron en el pasillo—. No lo había visto desde lo del coche. ¿Qué ha estado haciendo? Parece exhausto.

—Lo estoy. ¿Usted no?

—No, pero me siento algo rara. Un poco como si me acabaran de sacar un diente. ¡Oh, no fue tan horrible!

—No le dé más vueltas. Por lo general, a los ciudadanos respetuosos con la ley, este tipo de cosas solo les pasan una vez en la vida. Y usted lo ha superado pronto.

—Bueno, no es lo que quería dar a entender. Ha sido bastante horrible... He sido tan estúpida. Y cuando una piensa en todas esas cosas..., o en otras similares, en cualquier caso, se imagina que mantendrá la compostura y actuará con frialdad, que será la que sacará a todo el mundo del embrollo. Pero cuando me he visto en esa situación de verdad, lo único que he hecho ha sido llorar.

—Le ocurre a todo el mundo, Stephanie.

—Pues yo no he visto que usted llorara.

—Por supuesto, es fácil que alguien como Beddoes destaque en momentos así. ¿Sabía que subió al helicóptero y lo hizo aterrizar sin tan siquiera saber cómo?

—Ah, ¿sí? —Stephanie no pareció impresionada—. Oh, ¿ha podido ver lo que llevaban en las cajas de embalaje? Las están descargando en una sala... El agente de policía, el que acaba de irse, es muy amable y me ha dejado entrar y mirar. Oh, debe ir a verlo. El señor Majendie casi pierde el juicio. —Se interrumpió de repente y soltó una carcajada—. Incluso se lo oye desde aquí: «¡Querido amigo, por favor, con cuidado! Esa figurita... El año pasado en Christie's... Casi idéntica... Y esto y aquello... Bustelli, ¿sabe?».

—Lo imita a la perfección, Stephanie.

—Bueno, lo oigo cada día. Ah, eso me hace pensar en algo... ¿Recuerda ese camafeo? Bien, me pareció extraño que el señor Emmanuel se lo dejara a un precio menor sin ser amigo suyo o del señor Majendie, así que he hecho un par de preguntas...

—¡Por el amor de Dios!

—Preguntas discretas —apuntó con dignidad—. Y siento mucho haberlo confundido, pero siempre ha costado quince libras. De verdad. Al fin y al cabo es fácil despistarse con las cifras, sobre todo cuando no te las dicen directamente, sino que se lo comunican a otra persona, y lo único que hace una es aguzar el oído. ¿Qué sucede ahora?

—Nada, nada de nada —respondió Brett.

—Iba a decírselo por carta —admitió. Su rostro se nubló—. Ahora ya no me queda nada sobre qué escribir.

—¿Y eso va a disuadirla? Entremos y presénteme a su padre.

—Oh, supongo que debo hacerlo. —Suspiró—. ¿Sabe que su famoso sargento Beddoes también está ahí dentro? Se ha presentado él mismo.

—¿No le cae bien?

La mano de la muchacha ya estaba sobre el picaporte. Lo hizo girar, superándose a sí misma en sonrisas.

—No tanto como usted —respondió.

—En resumen, amigo mío, pensó que yo era uno de ellos —dijo Majendie en voz baja, jadeando ligeramente a causa del esfuerzo que le suponía avanzar por la nieve—. No, no, no se disculpe. Era una deducción completamente lógica. Ah, ahora aprecio su capacidad de observación, qué ironía que la princesa me eligiera de forma inconsciente para la venta. ¡Pobre de mí! Entonces también pensó que yo... ¿cómo se dice?, que había apuñalado a mis socios por la espalda, que les ocultaba mis visitas a Bright's Row y que me beneficiaba a escondidas. Pero debo insistir, amigo mío, que no le compré ni robé nada a la princesa. Tenía intención de aclararle ese asunto y estaba a punto de hacerlo cuando los acontecimientos se precipitaron sobre nosotros. ¡Demonios! Qué difícil resulta avanzar con esta nieve. Es traicionera. ¿Le importaría que me apoyara en su brazo? Ah, muchas gracias. No, señor, la princesa me lo regaló. Para ser precisos, me ofreció elegir la pieza que más me gustara de su colección. Confieso que me quedé perplejo. Es decir, ¿y si elegía el collar de esmeraldas? Habría tenido una fortuna en mi mano sin apenas levantar un dedo. Sin embargo, estoy seguro de que cuando alcance mi edad, amigo mío, también lo verá de este modo. ¿Qué es el dinero, a fin de cuentas? Sin embargo, lo que me llamó la atención fue «la pieza del coleccionista», como se suele decir. Oh, había muchas otras, pero aquella era excepcional... «La estrella de la colección», dijo usted mismo con notable acierto. No lo dudé un segundo. —Majendie hizo una pausa—. Los otros van bastante más adelantados. ¿Nos acercamos? ¡Señorita Cole, bendita muchacha! ¡Qué energía! ¡Qué equilibrio!

Aceleraron un poco la marcha.

—¿Por qué se lo ofreció? —dijo Brett—. ¿Era su manera de...?

—Una propina —admitió Majendie con sorprendente deleite—. Una comisión, la máxima. Como el aguinaldo para los trabajadores. La recompensa para el sirviente. Oh, no me hacía ilusiones, ni me las hago, por mi estatus. Escogí esa pieza, amigo mío, la escogí. Y cuando la otra noche me informó del robo, me remuerde la conciencia que... No, no es cierto, ¿por qué debería sentir remordimientos? Admito que mi primera reacción fue de alivio: me había llevado mi recompensa y la tenía a buen recaudo.

—Sí, lo admite, pero no aporta nada nuevo —murmuró Brett—. Lo llevaba escrito en el rostro, tan claro como su nariz.

—¡Pobre de mí! —Majendie parecía turbado.

—¿Y qué me dice de *Derecho anglosajón para el hombre anglosajón*? —insistió Brett—. Supongo que lo consultó para averiguar las cuestiones legales del regalo.

—Querido muchacho, no puedo sino maravillarme ante su agudeza visual... y ante la imaginación que demuestra con sus conjeturas. Está en lo cierto; estaba un poco preocupado. Sabía que el desafortunado Ivan había visto la colección. La princesa me lo comentó, no muy complacida, aunque usted ya lo ha intuido todo. Si Ivan se hubiese enterado de mi visita, si alguien le hubiera contado lo que había ocurrido y hubiese presentado una demanda...

—¿Y por qué no acudió a un abogado?

—Amigo mío, imagínese que me hubiera dicho que no tenía derecho a quedármelo... Él habría sabido que ya lo tenía...

—¡Mire! ¡Se han detenido! —anunció Brett.

—Vamos, querido muchacho. Tengo que estar presente cuando lo encuentren —exclamó Majendie, avanzando de pronto con tal vigor que Brett casi perdió el equilibrio.

—Esta nieve... —Brett se interrumpió. Estaba a punto de comentar la facilidad con la que Majendie se movía por ella en aquel instante, pero ¿cuán a menudo el joyero ignoraba sus muchas, y chocantes, observaciones?—. Me recuerda a un pisapapeles —concluyó mansamente.

—¿A un pisapapeles? —Majendie pareció aguzar el oído en medio de sus prisas.

—Sí, de aquellos en los que se ve una tormenta de nieve en su interior cuando se agitan.

—Ah, sí —dijo Majendie con indulgencia—. Fascinante, fascinante. ¿Y bien, mi querida señorita Cole?

Habían alcanzado a los demás. El señor Cole y el superintendente estaban postrados sobre la nieve. Stephanie aguantaba una linterna y el sargento, dos.

—¿Han encontrado el lugar? —preguntó Brett.

Stephanie se echó un mechón de pelo hacia atrás.

—El sargento Beddoes ha reparado en que habían removido la nieve —anunció con frialdad.

—Bueno, si hubiese caído otra nevada después de enterrarlo, habría sido diferente —dijo Beddoes, con una humildad asombrosa.

—¡Ajá! —exclamó el superintendente—. Aquí hay algo. Sujeten las linternas. Tire de su lado, señor Cole. Eso es... ¡Ya sale!

Y bien, señor, ¿este objeto es de su propiedad?

Sostenía el pequeño maletín.

—Sí, así es —admitió Majendie, agarrándolo con una alegre falta de ceremonia—. ¿Me permitiría un momento, por favor? Debo asegurarme...

Sosteniendo el maletín con una mano, empezó a rebuscar con la otra en el bolsillo interior del abrigo y sacó una llavecita. Retiró un grumo de nieve que había quedado atrapado en la cerradura, insertó la llave y abrió el maletín, que reveló un tejido sedoso que servía de protección. Lo apartó. Debajo, alojada en una tela de algodón, había una caja de terciopelo gris con forma de huevo, de aproximadamente unos quince centímetros.

—Ah...

El suspiro de alivio de Majendie fue largo y profundo. Colocó de nuevo la protección.

—Espere —se apresuró a decir Brett—. ¿No cree que debería asegurarse?

—Querido muchacho, ¿aquí?

—Es un lugar tan seguro como cualquier otro.

Majendie lo observó con una de sus mejores miradas de hámster. Asintió enérgicamente y, sin mediar palabra, dejó caer la tela protectora y lanzó el maletín hacia Beddoes. Sacó la caja de terciopelo gris, retiró un pestillo lateral y la abrió, de tal modo que las mitades abisagradas quedaron hacia abajo, planas.

Acunado en el forro de satén había un huevo, blanco, glacial, con la superficie estrellada y adornada como si fuera el cristal de una ventana en una helada intensa. En el centro brillaba un monograma de diamantes. Otros muchos diamantes, engarzados en una faja de metal, rodeaban el huevo longitudinalmente.

—¡Oh, señor Majendie!

—Sí, querida. Fíjese en el efecto tan interesante y excepcional que se ha obtenido con el esmalte y los grabados. Como habrá observado, montura de platino y relucientes diamantes por doquier, completamente inusitado. Pero permítanme abrirlo.

El huevo, como la caja, se abrió gracias a unas bisagras imperceptibles desde el exterior. El lado izquierdo de la carcasa estaba hueco; su albura estaba salpicada de diminutas estrellas, unos sutiles puntitos de platino que surgían de un único diamante. En la mitad derecha, sobre un cojín de terciopelo blanco, había un broche, una enorme estrella refulgente, una Arturo que, a la luz de la linterna que sostenía el joyero, lanzaba finos y palpitantes destellos.

Nadie pronunció palabra. Majendie, con otro asentimiento, cerró el huevo y la caja, volvió a poner la tela protectora que Beddoes había recogido del suelo y cerró el maletín.

—Y aquí está el huevo de Pascua —dijo Brett en voz baja.

Esta primera edición de *Misterio en Londres*, de Mary Kelly,
se terminó de imprimir en Grafica Veneta S.p.A. (Italia)
en octubre de 2023.

Para la composición del texto se ha utilizado la tipografía FF Celeste,
diseñada por Chris Burke en 1994 para la fundición FontFont.

Duomo ediciones es una empresa comprometida con el medio
ambiente. El papel utilizado para la impresión de este libro
procede de bosques gestionados sosteniblemente.

Este libro está impreso con el sol. La energía que ha hecho posible
su impresión procede exclusivamente de paneles solares.
Grafica Veneta es la primera imprenta en
el mundo que no utiliza carbón.

OTROS LIBROS DE LA COLECCIÓN
**LOS CLÁSICOS DE LA NOVELA NEGRA
DE LA BRITISH LIBRARY**

. . . .

El asesinato de Santa Claus,
de Mavis Doriel Hay

Crimen en Cornualles,
de John Bude

El asesinato de Lady Gregor,
de Anthony Wynne